私酿

榛生 著

北方联合出版传媒（集团）股份有限公司
万卷出版公司

图书在版编目（CIP）数据

私酿 / 榛生著 . -- 沈阳 :万卷出版公司, 2009.2（2014.8重印）
ISBN 978-7-80759-625-7

Ⅰ. 私… Ⅱ. 榛… Ⅲ. ①短篇小说－作品集－中国－当代 Ⅳ. I247.7

中国版本图书馆CIP数据核字(2009)第016280号

出版发行：北方联合出版传媒（集团）股份有限公司
万卷出版公司
（地址：沈阳市和平区十一纬路29号 邮编：110003）
印 刷 者：北京季蜂印刷有限公司
经 销 者：全国新华书店
幅面尺寸：140mm×204mm
字　　数：210千字
印　　张：8.5
出版时间：2009年3月第1版
印刷时间：2014年8月第2次印刷
责任编辑：张冬梅
装帧设计：佳 艺
ISBN 978-7-80759-625-7
定　　价：28.00元

联系电话：024-23284090
邮购热线：024-23284050
传　　真：024-23284521
E-mail：wanrongbook@163.com
网　　址：http: //www.chinavpc.com

虚构

——序

小说是虚构的艺术。

写小说是静静发疯的过程。

写小说的人常和妄想症患者出现同样的病症。

写小说的人写小说的时候，极度孤独，又非常热闹，暂时失去与外界沟通的能力，内旋进自己的星球，无人可救，亦不能自救。

都没错，我都体会过。

一个念头，起初或许极其细小、微弱，如一粒蒲公英的种子，因风因呼吸因气流的扰攘或因满月的吸引而飞起，在夜空中滑行。

它是亿万念头中的一个，恰巧有幸被逢遇的一个。

而其余的，大部分已被迅速地彻底地遗忘了。

聚集意念捕获它，不让它溜走。开始驯服它收养它，用想像力喂饲它，迫令它乖乖听话，跟它互通言语，教它侃侃而谈，要它慢慢长大。

这整个的过程，文档以每天半页、或者更少的速度，缓缓向后翻去。

因为慢，这本书里的小说，每一篇我都写了很久。

坐在椅前，面对电脑，独个儿发疯发了四年。

我发现我并不会写那种真实发生在自己身上的故事。

我会的只是虚构。

和那些能把自己的事情写成小说的人相比，我缺少的不仅仅是勇气，更有，我的生活乏善可陈，甚至历数数十年来的生命里，并没经历过任何刻骨铭心的事件。

不是说，上天给予一个人的和这个人被收回去的东西从来是一样多吗？

这平淡的生命……替代它享受了传奇的，是笔尖。以刺绣的状态，它写。写作和刺绣如果有共通点，那就是每断掉一次，都还可以重来。

绣线重新穿进针孔，文档重新打开。很好，让我们继续。

由是，我这样一个悲观主义者，从此学会了坚持，学会了积极，并且从当中感受到极大的快乐。

小说是虚构的艺术。

更是治愈的艺术，使人变得快乐的艺术。

棣生

目　录

私酿

你对爱，

可以取之尽锱铢，用之如泥沙。

你。

是你。

那便是你。

你古旧长袍曳了地，你脸色荒谬的绿。你凉。疲倦。你全不着意。你肉身高大而心脆如纸。你灵魂淋漓。

你流丽，你不婉转。你轻率，你不放肆。你哀感，你不机智。你甘美。

你如食物甘美。火与水，烹煮你，刀叉，撕扯你，唇齿咬噬你，情欲溶蚀你一点一点一寸一寸，化掉你每一缕神经，你再无痛感。你温柔顺受，唾手可得，缓慢消耗，安宁，平静。

你是铜锈掉的你。你是土掩埋的你。你是雪下三尺心跳热烈的你。领口脱落的纽扣，像你，你自己都不知道自己在哪里。

你远远地走来，往那雪天走去。你皑如那一冬九十七场大雪。你着了大红袍，双踝赤裸，你足跟静脉隐隐。你血流经你，你便变作蓝。

你是雪堆积出来的你。你是血喷溅出来的你。易碎，易裂，小心轻放，不宜倒置。你是玻璃器皿的你。

你独自前往一条莫可知的路。女心伤悲，雪中送炭。荡悠悠你把芳魂消耗，路上雪化，炭熄，白茫茫大地真干净。

呵！你。

自古多遗恨的是你，千金换一笑的是你。是是非非恩恩怨怨，都是你。

是是非非恩恩怨怨都是我。

管昭认识你。庞玢也认识你。

你在管昭的车上跟他接吻。你们第一次见到便接吻。

你们第一次见到是什么时候？你竟跟他接吻。你们第一次见面见了二十四小时。在有晨光的窗下你们接吻，阳光里你睁着眼睛，你什么具象也看不见，只是光斑累叠起来压向视网膜，你睁着眼睛。

阳光透过眼珠穿进你的脑，你瞳孔大得怕人，你脑内一片雪白。你快死了。

管昭以手合上你的眼。你沉入黑暗最低最底里面去。管昭的吻开始变得疯癫。

你真爱管昭的吻。神经质的吻。令你窒息的吻。魔鬼的吻。

你恨不得葬身，以吻。

庞玢摔坏你的青瓷花盆，在后来的后来的清晨。

青蓝瓷花盆，潮州出产，一年前你乘船从海上抱回来，你一路抱着它，像抱一只婴。

你怕摔坏它，因它薄如纸，细如丝，发丝一般纤弱浮雕，几乎会呼吸。你抱它回来不太明确会用它干什么，你明明没有植物，你却买一只花盆给自己，似是调侃与讽刺，你在意瓷盆的完整，像担忧人生的残与裂。你抱着它回来，你把它洗干净，白色毛巾反复擦干。

瓷盆显出蓝色整洁图案，杜丽娘之颓垣，需要秋月如圭，白露如珠，姹紫嫣红开遍。你将你的脂粉倒入花盆。

花盆碎，脂粉出——

十六管口红。十六支唇彩。十六盒腮红。全是红。四盒眼影。四管眼线液。四支眉笔。四盒散粉。一盒定妆散粉，一盒防晒散粉，一盒萤光散粉，一盒防敏感散粉。

二十支粉底，肉桂黄，百合白，尽由你差遣。

八管睫毛膏。八把眉毛剪刀，八支眉毛镊子，八片眉毛刀片。八支睫毛夹子。六盒双眼皮贴纸。腮红刷，眼影刷，唇线笔，指甲油。

定妆大刷子是最后一笔，水貂毛细筛毫端纤痒如浮云掠过山峦。

你看看你，这么丰饶的你。

明星荧荧，开妆镜也；绿云扰扰，梳晓鬟也；渭流涨腻，弃脂水也；烟斜雾横，焚椒兰也。

你长了一张戏子的脸。

戏子的脸之下，你没有心。

因为你没有心，你对爱，便可取之尽锱铢，用之如泥沙。

谁说你没有心？管昭知道你有心。你的心像三十六层电梯，忽上忽下，忽而开，忽而合。装着各色不同人等。管昭跟着你患上心脏病。

管昭抛弃形形色色的女子，抛弃是一场奇异的病变，管昭那颗老心，经不起这样的折腾，抛弃了一个，便会撒手第二个，遗落第三个——那老心的口子，松了。

管昭成了弃物狂，有瘾症，不能止息。

上瘾时，忽然捡到一个你。你在他心瓮之口，一缕魂魄细细游走。你进出自由。

是夜有黑霞，东方未明，阴雨连月不开。你喝醉，站在门廊外，你的钥匙落在泥泞里。你翻遍背包，口袋，大衣，你不知道钥匙在脚底下被你自己一脚踩住。你扶着门，手指又细又长又白，又绝望，指甲根儿上很多小月亮。你开始哀哀唱起歌，是的那一夜你醉了，你跟夜色与天雨荡漾在一起，白沙在涅，与之俱黑。那一夜是二零零二年圣诞节。

管昭从他车上下来，俯身于泥泞中打捞有酒馊气味的你。你醉得很重，你挑起细致的眉，打开含糊的眼，你厌恶在你有酒馊气味时，遇到不相干的这样一名男子。

你问管昭，你是谁。管昭不回答你，只把你钥匙在你眼前晃。你夺过钥匙并不急于开门，你醉醺醺是管昭面前的醉娃娃，你看到这男子有张宽容的面孔你就交浅言深问多一句：请带我去桥上。你问管昭可以吗？管昭无声发动了他的黑小车（似这般生关死劫谁能躲）。

那夜桥上有很多警察，戒严刚刚开禁，抓住实施爆炸的男子一名。圣诞夜他引燃雷管，炸裂了桥的栏杆十二座。

栏杆十二座，无人会，登临意。世纪初人如鸡犬，一车一车从桥南运往桥北，又一车一车从桥北运往桥南。赶圣诞，赶热闹，赶彩头，商场打折，血拼抽奖，买一赠一，买两百赠五十，放焰火，行大礼，小偷出动，警察忙碌，好事者拥堵，民平跟风，女子花钱，男人埋单，老妇抱着小孩雀跃，尖叫，拍掌，观望。路面阻塞难通人与人紧贴像钎子上一块接一块羊肉。同煎，相熬，纵然唇亡齿寒谁也不会去关心另外一个人的死与生，抑或是否牛仔裤口袋里装有小粒炸药。

桥上的豁口迅速缝合为铁丝围网，男子迅速成为罪犯，你迅速成为路人甲，管昭是乙。你们路过那个地点，那本来是你想停留的地方你想在桥上看看风景。你们却在一辆车里结成朋党，一车便是一国，一夜便是一生，狭小空间你们彼此吐纳氧与二氧化碳，有一刻你们这样紧密相连，你们路过那喧闹戒备之地，之后，平安驶往下一程。

你同管昭的车，路过一辆一辆公共汽车，公共汽车都塞满了人。你忽然想起一句话来，是在哪个电影里你不记得了，老年痴呆症的婆婆说：“男人，和公共汽车，一旦走了，就再也追不回来。”

庞玢后来跟你道歉，买回同样青瓷花盆。这次你用来垫桌脚，另外三个脚放着四五本厚皮书。桌垫高了，这样，你开始站着车衣。你不必再躬身。你站着车衣舒服多了。你一条新鲜的脊椎回归了柔韧，暗红凝滞的血流动，七窍贯通。你不再疼痛。你剪裁了太多太多的衣服，给自己。

你所用绢帛都是古人写字的纸。你所用竹尺是更古远的古人写字的纸。你的扣，兽齿，鸿蒙初始有人用它刻字。你做一件白色长背心，当心落一块大补丁。你是女娲。

背心你使用最原始裁剪法，正面背面两块布，缝合，你不求章法，心术婀娜，你连稀薄布片边都不锁，你没设防方可裁云镂月。你不是裁缝但你会车衣，你的衣都无立体感，因为只有你一人穿，因为你瘦。你一个褶都不打，因为你太瘦。中心补丁上，你用熨斗熨出鱼鳍纹路，二十八条。背面横向熨，同样鱼鳍纹路，二十八条。穿白衣，白补丁。白色薄棉布，里面的双乳无胸罩。你在阳光下站立，吃一只硬草莓，酸极了你眯上眼，草莓还没长好还是白的。你看到自己通透婉转。可以飞翔的白鸟。

你把缝纫机都用坏两台。你缝了太多衣服三生三世都穿不完。庞玢代你将衣服交给某人，某人转手又交给某人，你运气真好，碰到有财力的大公司，有人大手笔卖下让你工作的权利。你开始接受固定的工作，你轻易就知道了原来市场要哪种你一夜之间画下三十六张图，下一季大街小巷每个女人都穿你设计的衣，骂你俗。

庞玢不骂你俗。你在他心里，做什么事都是撒娇，犯什么错都是无意，无论你有多卑微你都优雅无比，无论你有多渺小你都骄傲得像只白鹰。是的，你有尖利的喙，你有锋芒爪子，你可以抓得他遍体鳞伤你多像他的妹妹，最小的那一位，你真应该是他妹妹，一日三餐永远不吃饭只吃巧克力的妹妹，牙齿细小如蛇咬人很疼会致人丧命的妹妹。

如果真有如此一位血亲男子，多么好，可惜你从出生起便无兄弟姐妹，你连堂兄表弟都没有，你父母都是独子。

轮到你，浩大方程得到最终一个零数字。

最后一盏路灯熄了，天很快白净起来。管昭一直跟你说话，起初是客气的，后来是暧昧了。起初的管昭真把你当作一位，怎么说，女邻居。友善的管昭，清楚的管昭。管昭对任何人都具备一个邻居的亲热和冷漠。管昭老了。只有老人才会那样四面逢迎，生怕不周。

而你蜜饯一样，你真甜柔。你脸都红了，你醉了酒。你真可耻。管昭看着你，他怎能不悦纳你。他口里低声说不开心吗？他一颗心便贴上来，粘腻腻的老心，他身体最疲乏的器。他心器探着你的热，兜搭上来，他身体却是君子，与你距离保持两尺外。

两尺外是方向盘和引擎，管昭目视前方，侧脸却在等你讲话。“我没有醉。”你反复这样说，反复地，将车上厚重小钢樽里秘绿阔叶苍白花瓣的姜花，撕下来，撕下来，一片一片放在掌心里，有两片放在眼睛上。

有时候你幼嫩像花朵，管昭爱上姜花的你，管昭是老去的姜花你便是新鲜的姜花，你们香气四溢。

车从汉口转汉阳兜了一圈又回武昌，两个小时，你在坚持你没有醉。其实你真的没有醉，醉酒时你清清楚楚，他笑你你便知道他当你不懂事，他睃你你都知道他是在不怀好意，你说，我们沿着长江开下去好么，住江边住二十年长江早晨却从未见过。你说着说着他已经把车向下游开过去。长江在凌晨时候黄苍苍水声哽咽。有人告诉你，人长大了才学会哽咽，小时候只会号啕而已，人是越来越小声，因为听到的声音都比自己声音大。

管昭不知道你，除了有一张蜜饯的嘴，还有一袭蜜饯的身，撒娇之后，你还会放肆。在路渐渐荒凉你们必须回来的时候，你看他眉目淡淡，如垂死花蕾，你心动恻隐，丘峦崩摧。你伏在他肩上，闻到他皮衣气味，管昭在黎明到来的第一缕晨霓之中，你伏上他肩背的时候，便彻底被证实是老去了。

你们接吻在那早上，圣诞后的第一个早上，此后你们相依为命了一整天，你丢了钥匙，他丢了心，上帝还是个小婴儿，你们的吻如白色云朵，或者天使翅膀上的羽毛，那无足轻重却又圣洁的事物。

再回头你已是百年身，你楼上天花板漏水。起初它或许是字母 O，后来变成 P，而后是 B，你见到时它已伸展开放成为字母 R。或者起初它是个口字，再后来是个尺字。起初它只是孕育而后是撕裂与诞生。你一个晚上都在钻研天花板的变化，你一边喝热水一边看着那图案，你怕它漏水到你杯子里，你让开沙发的位置站在阳台上。

房间这么整洁一尘不染像诗里情妇所住之青石小城，高高窗口透长空进来，可是天花板一块黄渍成为污点你开始焦躁。你千百种想象归结到最后总是那上面藏有一具腐尸。灯光越强烈你就越害怕。你睡下露重如凉玉，簟席这般冷，天气薄湿像披一件半干的衫，你睡睡又醒转夜黯黄，衣半干。你终于上楼去了，你敲管昭的门，你邻居管昭不在。你非常恼火。

午夜三点你坐立不安你又打开了房门，你刚踏出一步电话就响了你吓得砰地把门关上。你又一次忘记带钥匙你不可饶恕。同样的错误你犯了多次，从不记得，永不改善，你有做一个笨蛋的资质和潜力，你绝对不聪明，除非你疯了才有人会说你曾经聪明过。

你在走廊上手按着触感灯开关不想它熄灭，它一片小小钢板表面微热，你多么喜欢这微微的热，微微温热的这人间。屋内电话还在响，叮呤呤声音听起来是庞玢的节奏。便在这时，背后，有一道时光深渊，呵开国何茫然，你见到背影，尔来四万八千岁，裙裾缠碍，步履惺松，一双软屐，行止柔腻。茑萝一样的发，遮盖了香艳肩膀，却有一袭亮烈逼人的腰身。背影往楼下走去，你上前想跟她说此间本有电梯，可是这样深的夜，这样危楼高百尺，你觉得了头皮发麻的恐怖。背影踢踏已经又下了一层楼，你微微醒觉，怕，但你还是去了管昭的门口，你扣门忽然发现这次门没有锁。

你拖鞋是杏黄皮拖鞋，杏黄皮拖鞋一步一步走进去像走进雪洞，地毯发出雪一样簌簌声，里面没有光线，你踩了一脚雪水，冰凉冰凉。你闻到潮味，悲伤的潮味，几天不开窗子的苔青潮味。你触到你自己手臂，手臂如白璧，你是清辉玉臂寒。

味道不停你脚步不停，你越走越明白这潮味房间原来没有灯。你脚底下的水都发出哗哗声，你一双拖鞋像沉船在海底拖行。没有灯，便看不见秘密。你根本不想知道管昭的秘密你又走了出来。

你坐电梯到一楼，三分钟，你几乎患上幽闭恐怖症。你毛发猫般竖起，你看到自己一双杏黄皮拖鞋，滴着腊蜜一样的浓稠汁。

电梯口你遇到看你愣住的保安，你说，给我四毛钱。

你就在公用电话亭里给庞玢打了电话。庞玢在午夜四点到来把你取走安置在他的房间。你躺在庞玢的新床上，睡不着。庞玢给你拿来食物，葡萄美酒夜光杯，你吃了，你又喝了许多水，你洗了澡，热水流经你赤裸小腹时你还在发抖，你吃了安眠药还是不能睡。庞玢陪你不睡。庞玢手臂借你当枕，庞玢这样那样搂着你搂到有一刻他想要你可你拒绝了，你直到早上九点都醒着发着抖。而后庞玢走了，你忽然开始做梦，你梦到死后的自己化作灰满地滚动游走，你一直这样梦这样睡，你睡了整整十二小时。

你睡了十二小时。人生里又有多少个十二小时？

来算一算，就算每天你只睡七小时，你可以活到九十岁，你一生就已睡掉九千五百八十一天。等于二十六年。你只余下六十四年是清醒。就算你和你所爱之人，在二十岁相遇从此不离不弃，减去二十年没有在一起的时间就剩下四十四年。每天你要工作八小时，那么一年至少有一百二十二天你不能和他在一起，二十岁开始工作六十岁终于退休，你又少了十三年。

你只有三十一年了。

而六十岁到九十岁你又能干什么？减法再剪掉这昏聩的三十年。

原来你只有一年。

一年，仅仅只一年。

一年你还拒绝庞玢的好意，你连这样一个善待你的安全感都摒弃。

你到底要和谁厮守？

你在楼下花园晒太阳时遇到管昭。你抱着猫你现在仅仅只有一头猫，以前你养过起码两批猫。花的一批净面毛的一批。它们都纷纷离你远去。你唯一的忠臣宠物猫看到管昭耸起毛，嗖的一声跳跑了。管昭微笑对你说好久不见。

管昭低下头轻声在你耳边说想念。其实你不需要这样恶劣的招诱。你扬起面孔说你天花板在漏水你人到哪里去了？你语气甚至是一个投诉的女邻居的语气。如果此后管昭可以折磨你一生而你毁了管昭生存的唯一兴趣，也仅仅缘于你们地理位置太靠近吧。

有一个故事是这样：一对男女分别住在两幢相邻的高楼，在两幢楼的中间，有一条狭长走廊。无事时女人喜欢到走廊上走走，男人喜欢在走廊上抽烟。后来男人跟女人相爱，后来他们又分开。皆因这条走廊。

走廊太狭窄他们必须遇见因而很容易爱慕，走廊太狭窄他们必然分开因为很容易清楚。

管昭和你一同上楼，电梯里管昭吻你你没反对。你知道这一幕将会被楼下四毛钱保安看得清清楚楚，你忽然笑了对摄相机闪动一个鬼脸。

管昭抱你，你爱这拥抱，这带着血腥味的拥抱重如千钧却不足为外人道。

你怎么能不爱管昭呢，他离你最近，和你最亲，他是一个老去的公子，又清明，又脆弱，多难得。他是唐宋或晚清年代走过来的少爷只是穿戴换成这样倜傥的现代衣装。他是你不能反抗之人，他是你的药，你是他的病，他是你最长久的折磨，你是他最后一次的贪多。你们终要互相摆布，因为，电梯比走廊更狭窄。

管昭房间到了。管昭自皮箱取出钥匙。他一只皮箱装得这样井井有条每次旅行都这样带着。他是从很远的地方回来，那儿盛开着澳紫的锦葵花，他忘情于花朵回来时并不知道他的家门被打开过，他的地毯泡在水里，他的宠物患上忧郁症。

门开了。

青花瓷瓶，梨花木椅，象牙门把手，绿松石镇纸，屏风描出春夏秋冬四季美女图。阳光下看去这便是一个小型博物院，珍珠如土金如铁，宝藏聚集此地散发防腐剂气味。你的猫终于挣脱了你的手，扑向阳光下的鹦鹉架。

你们静静，定定，看猫扑向那只患有忧郁症的鹦鹉。

地面的水，从卧室卫生间一路流出，已经是很清冽的水。

“你看到了什么?”

管昭忽然问你。

一整个暑天你上班下班做刚硬白领，你忙得几近昏迷你赚那么多钱真不知道该怎么样花掉。你买一个冰箱再买一个小冰箱，你买一台电视再买一台小电视。你总觉得天花板有痕迹你要重新装修。你指着天花板对工人说这里漆蓝色。

工人把整桶普鲁士蓝油漆漆到你天花板，你房间便有了蓝凋凋的天。你坐在这样的天花板下和庞玢跳舞。庞玢是你的宠儿，你是庞玢的妹妹。你变成角色扮演狂。你抱着庞玢的头你说庞玢我们在一起足足有二十年了吧，庞玢，你抱紧庞玢，你像我的哥哥，是吗，如果我有哥哥的话。

兄妹相处二十年不及你同异族男子的一晚。庞玢如兄，管昭是劫。你看着庞玢的眼睛庞玢用神情提示你这是一双出口，你看久了就像爱丽丝落入仙境你对庞玢说，你离开，他就离开，你说你回来，他便回来。

庞玢是你最有诚意的空缺。

七月里你患上顽固的伤寒。头昏，目眩，幻听，弱视，你口干舌燥，脏腑俱焚。你痛觉敏锐，味蕾消失。你渴。你时常很口渴，你喝光了差不多整条长江的水。你冷，大热天开着热空调你还得抱着棉被和厚毛毯。

你不知道你怎么了。管昭便来探你了。

管昭来给你号脉。最有趣。管昭阴险而甜蜜地给你号脉。心跳以七十计为三十七度，每升十五下，是一度。你心跳一百二十二下，你体温都四十度半。大夏天，你完了。

每每你遇到管昭你都有这感觉。你完了。是的，你汹涌澎湃又无比虚空地疼着。“那晚你见到了什么？”管昭开始喜欢这样问。你不想说，他不再问。但他下次还会问。

你不想说那晚你见到了一名女子，她从三十六楼向下走去独行踽踽，她手腕有东西遗落那一滴一滴那并非苏联琥珀珠，那是血。三十六层楼梯每层都有血。晒太阳时你发现自己杏黄皮拖鞋边缘溅了些深色的溶液。知道铁离子氧化后都变得棕不棕黑不黑，就是那颜色。

你真痛。你常想象那刀片切下去。血管横断，心脏如姜花揉烂般痛楚，迅即干瘪的痛。放一大缸温水这样睡在温水里就不会觉得冷。人们说自杀时会非常冷，而一大缸热水之必须，深夜之必须，暗之必须，女子都懂得。

这女子是谁？或许便是管昭所抛弃的之二或之三，冰颜雪貌，不可多得，然而管昭视之，亦不甚惜。你现在和管昭并排坐在他的房间，管昭触碰你你觉得很痛。像手掌伸入碎纸机或者榨汁机。像烫伤或切割。像肺部缺氧，嗅闻沸点溢出的蒸汽。你大脑空白吱吱串烧，像触电。

你双目充满涩与咸，像盐揉进眼，你嘴巴不能张开一张开就裂出一道血缝，你双脚许多天不着地，着地像踩在刀锋上，滑行。

所有的你，在管昭面前，像揭开一个尚且新鲜的血痂。棕不棕，黑不黑，颜色混沌。

“那晚你见到了什么？”

你怕管昭，你怕他这样问你。

你怕见到他。又时刻渴想他。

你快要病死在这盛夏。

那次之后管昭教你食姜。

榨汁，蒸馏，烹汤，制酒。

管昭叮嘱你：但凡痛楚，有姜即止。

寒热痰嗽，初起时烧姜一块含咽。

霍乱转筋，入腹欲死。生姜三两，捣烂，制酒一升煮取三两，沸后服。

满口烂疮。生姜浓汁频频漱吐。

牙齿疼痛。老姜瓦焙，加枯矾抹擦痛处。

刀斧伤。生姜嚼烂敷伤处。

两耳冻疮。姜汁熬膏涂搽。

创不结痂。新姜连皮切大片，涂白矾末，炙焦，研细，敷患处。

胎动不安。姜与鸡蛋同煮，日服一枚。

麻雀五只，菟丝子、覆盆子、枸杞子、生姜，煮粥。补精，固肾，回血气，治疗阳萎。

管昭传授你制酒之技。

姜块洗净，去疤，留皮，以榨汁机捣烂。陶罐之上置细筛，将榨汁机内纷黄屑沫缓缓倒于筛上，汁液自然流进罐内，糟粕留于筛上。生姜出汁率过低，一斤生姜，未汲半杯汁液。所以备好棉白纱布，将筛上残留姜肉裹好，以手用力挤压出残余的汁体，使得涓滴不失。

罐静置一昼夜，次日以细管虹吸其上清液于另一容器内，密封，静待自然发酵。经三昼夜，姜汁发出沙沙声，是为酵母最猖狂之时。妖魔淬造，仙泽降生，你可嗅到酒神踏踏而来，满室芳沁，涵容笼罩。

此时加糖。其后，在 22℃温度内，静置十二天。糖份耗尽后，酒气氤氲，再如蝴蝶虹吸花蜜，将罐中最上一层清冽液体抽出，装入你的水晶瓶。

如你有玫瑰，芍药，茯苓，蔷薇，茉莉，山蕨，益母草，木芙蓉，覆盆子，郁金香，将花瓣捣入其中，依法炮制，便可得到花之暗香，芙蓉酒，芍药液，茉莉粉替去蔷薇硝，玫瑰露引来茯苓霜。

你积攒越来越多的潮州瓷盆，置你的青春作伴妆，盛你的爱恨穿心酿。

你和管昭一边饮酒一边拥吻，苍天有厚生之德，赠你们美食醇酒，苍天又不仁，以情爱为刍狗。

你们拥吻，却不能再进一步，你们不过是一场艰难化学反应之后剩余的两具器皿，那内里珍藏的私酿，那可是爱情？然而它已经生生耗光，耗掉。

你们饮尽那一公升的挥霍，你们仅有那么多。

你们的脸，醉成鸳鸯色。

你时常想起那女子，那女子的麝黄袍溶成漠漠沙地，于深夜沙随风卷，娓娓游走。浸入她渴慕的男人宅邸，想结束了她自己。刀在血管上重一点便崩溅，轻一点又粘连，要一个很恰当的力度才不必很痛，又流畅，优美，干净。但是什么原因使她停下来，她停下来忽然地释放了自己，或者，她是从唯一一个释放的可能里逃生，她活了下来，于是开始她持续的死。

死者长已矣，生者常戚戚。

其实那身影有点像你，那么薄，像你。前些年你也留过那样的及腰长发，你想起多年前的你自己，曾经你那样热爱过男人，你愿意为他们生或死，你觉得生死都是小意思。快乐的那些年，你眼中任何事都是小意思。

而现在的你已经理智清明，知道怎样去避开伤害。管昭是心窍明白的男子，你是水晶肝肠的女子，你知道管昭对你已够悲戚，于是你对他也仁慈。

你们这样近距离一左一右，两具滚烫人体，心怀渴慕但不越雷池一步，除了接吻，你们什么也不做，但是你们已达到人生欢愉的潮巅，软一阵，瘫一阵，溶掉。

你后来便同庞玢一起。仿佛没有别的选择。庞玢的床单是麦白色。

但你从不留宿，你和他在一起时你的身体那么凉，那么冰冻，那么无情，庞玢的喘息就像一台遥远城市的电话，你路过你听到，但你不接，任它索然下去。十一月早秋窗帘外涌起茫茫大雾，房间里静得几乎听到雾里云块撕开的声音，以及在昨夜已阑珊的雪，今朝怎样一盎司一盎司地化掉。

没关系，没关系。庞玢会给你光和热，会教你谋生种种手段，会改造你以一具俗物的积极面貌。你在那公司设计的每一件衣，庞玢都想办法给你推荐出去，你真幸运，你遇到天底下最远的男子，来当你最近的亲人。

二零零四年初，你同庞玢结为夫妻。你请他去饮茶。

茶亦有瘾，如同沉默有瘾。静久了，忘记声音是如何发出的，瓷壶里的龙井熟透半生的约定，庞玢往你面前放下一块金子，他问你打成什么款式的首饰。

要鸳鸯、蝙蝠；蕉果，童子。你说。你许下淡淡的海口，要给他恩爱长寿，平安多子。

你和庞玢在一起以茶。你和管昭在一起是酒。你独自时，用水。你看到那陌生女子，因血。

你是滚滚江河，滔天液沫，你变成云，雨，雾，雪，雹，霜，你翻转七十二变，却变不出情的如来掌。

你渐渐像那春天，春天，春水春池满，春鸟弄春声，一啼一咽，起落断续，良辰美景奈何天。你搬离了那公寓，此后，一间三十五楼的房子空出来。你邻居管昭亦似已找到时间裂缝于无声无息搬走。新搬来的是一对热情的小夫妻，你偶尔回到空洞的寓所，在深夜喝一杯热水，你再看不到天花板上的水渍，你只听到床的吱吱咯咯，你觉得所谓人生不过如此，一种事物抵消一种事物，一种声音压倒一种声音，一种空洞填补一种空洞。

太刻骨的爱慕，奉献上彼此只能毁了彼此。像两盆炭火猛烈地烧，碰到一起，以为会延长时日，其实只能烧得更旺，更快结束，自断前程。

爱到极度的男子只能远观，不可亵玩。

你坐在房间里深夜大开着窗，庞玢打你的电话你没有接，这样一个夜晚，醉乡路稳宜频倒，此外不堪行。你穿一身玲珑白袷衣，醉在自家地板上，那是你二十年来独居的地板，你在上面喝醉过一次又一次。

你开始承认，你是多么的多么的想念管昭。

你真的再没有见到管昭，你却见到了那个女子。“你看到了什么?”她劈头问你，在你公司楼下，她找到你。她原来比你矮一个头，像你造出来的泥人，活了，那么矮小。她穿泥色便装，再一尾泥金裙子。与你白衣裳比伏，仍是云泥自现，一主一仆。

你笑笑走开。她跟牢你。

你们在人群里一前一后，你忽然失笑抓起她手腕。你什么都没说却像是说了一句口气松淡的话。手腕有疤。女子笑了，“你看到这个么？可我现在好了，你不好，而管昭很好。”

你静立在那光阴下，落日余辉飞散，白云清森辽远，她小嘴唇像电火花闪闪烁烁。你心比眼睛淡，眼睛比天空淡，你遂哼起歌，大步走开去。

真的你再也没有见过管昭了。

管昭终究不是对手，或者管昭太是个好对手，未免充满了匠气。

你在盛夏种植姜花，花盆摆满你的阳台纵横队列就是一座小型的花田，你的花盆，装着你一张一张戏子的画皮，和一坛一坛温柔的酒汁。

现在也有花了。

凄怆的你，悲伤的你。折堕的你。

我仍歌咏你。

我怎能不歌咏你。

你是万歌之中的雅歌，你是万花之中的百合。

庞玢夜归。

老实交代一个男人对一个女人的忠贞其实很难，尤其当叙述的主角是一位男性的时候。这一年庞玢只是偶然和人去应酬，在某个很凑巧的情节里，庞玢没有对你忠贞，他回来后跟你忏悔，眉轮骨荡下松软的线条。

其实你并不会责备。你只是很想再搬回你的三十五楼。其后，你和庞玢每周见一次面。有节制地，你们过着端好的生活。庞玢由着你去，庞玢爱你，你便在你的三十五楼，动心忍性，增益你所不能。

于是，我曾见到你，在盛大的开幕式抱着花束站在台上给记者拍照，夜雨里你开着你白色车子在桥上飞驰，你用紫铜火锅煮海鲜，应酬三六九等人物，你站着裁你十年后所穿的衣，你跪坐酿酒，你越来越艳丽，越来越美，那些美充满盛名，越来越重，压下来，你险些美成畸型。

你已经是小有名气的设计师，逢人懂得说一套流利时髦滴水不漏的外星语。

时间把你推向了名利场。

你也不是不爱。也不是太爱。你对情感这种事，终于能够清浅受纳，清浅施予，反正你总是孤独。

有一个夜晚庞玢送你回家，你抱着你的猫，已经养了这么多年的猫骨头都咯咯作响的猫，在你怀里一动不动。你忽然对庞玢说带我去桥上如何。“到底要看什么呢？”庞玢的车还是向家的方向拐了弯，这是你们的周末，庞玢盼了很久。

那个晚上，猫留在车里，再后来不见了。你没有去寻找。

到底要看什么呢？

你到底看到了什么呢？

什么呢？

什么呢？

……

人人都问得出这句话，而你三缄其口。

你看到了什么？你不过是看到了一冬的大雪，大雪里的自己，自己里的创楚。

对了，还有创楚里的，甜蜜。

于是，你很容易就醉了。

妆刀

我的刀是她们最好的妆器，
我是她们最好的妆者。

你不算美，但是你有一张，极静的脸。

我打量你，带着科学的审慎态度，你放心，这一刻我对你一点儿旁的意思也没有，你在我面前就等于一具雕像，一个模型，一堆皮肤血肉毛发腺体。甚至连这些都不是，你就是一种物质，一个名词，一项存在而已。

眉与眼的轮廓清楚。

单眼皮。眼睛大。

眼白洁净，眼黑浓重，虹膜的深色里夹杂有紫和极微弱的钴蓝。

鼻骨挺秀，鼻翼无肉。

唇缘松散，上唇不够丰满，下唇略微偏左。

颧骨坦平，构成了驯良的脸型。下颌骨窄小，下巴尖削，来自女性的荷尔蒙饱满，第二性征明显。

面颊的皮肤光洁，无雀斑或粉刺，薄，肤色苍白，大概比较容易过敏。太阳穴旁边的静脉隐隐若现。脸上有一些痣，褐色、青灰色。很年轻，没有什么皱纹。

发际线生得高，额头饱满，提高了整个脸的明晰程度。

你看，你的五官没有哪样称得上出色，平心而论，你不算美。

但你看上去非常的静，这静让我心惊。

你静得好像全世界的人一下子都失了聪，我也成了聋子的一名，我僵在这静所造成的大荒凉里，一个哆嗦之后，竟然不敢再正视你。

你的静是可以杀人的静。

这是在和你相遇了二十分钟后我得出的结论。也就是说，只要用二十分钟，你就瓦解了我本来顽固的内心。我被你这强大的静吸引，对你开始有了情感。我该怎么给它命名呢？它应该是比“好奇”多点，比“可怜”少点，没有“悲悯”那么严重，接近于“疼惜”、“爱护”、“保全”这种意思——但我发誓我绝没对你一见钟情，绝没有。

你坐在我对面，不言不笑，只等我答应你的请求。我承认我不是你的对手，你看我的时候，让我无端地觉得自己有罪，让我觉得自己的双手沾满血腥。我恨不能放下屠刀立地成佛，因为我知道，我对你下不了手。

对，下不了手！我对你生发的第一种情感，可以准确地表述为这四个通俗的汉字：下不了手。

我不愿用那些生冷的铁器碰你，我不愿往你的脸上画紫色的标志线、涂碘酒、注射麻药，我舍不得切割你、捣碎你、磨蚀你、组装你。你就是你，你完好如一池静静的秋水，我不想往里投石子。

你称不上美，但你看你长得多好看！

你从来没为自己的长相感到惊奇吗？

你真没必要来见我。

你说：“医生，我要整容！”

似乎猜到被拒绝已成定局，你还是试图再用祈使句感化我：“请给我做手术！”

你指着自己的眼睛，说：“这里。”指着自己的下巴：“这里。”再在面颊前画一个虚空的圈：“全都要做。”

你说完就盯着我看，希望从我的表情里找到些通融。你带着一点儿卑微和讨好，身体前倾十几度，放弃了矜持，摆明了求我。

既然你明知我不会答应你，又何必做这种徒劳无功的努力呢？你一再地强人所难只能显出明知故犯的愚蠢。你多大了？二十岁？二十一岁？二十二岁？你不小了呀你！刘胡兰十四岁就生得伟大死得光荣了，你二十多岁，什么不懂啊你？

但你那天执意要说服我的劲头，真是又凶残又凄怆，你一再地说：“可以吗？可不可以？你说可以行不行？你说行，好不好？”

你侧面四分之一的角度最好看，因为在秋天的午后，总有发甜的阳光从医院骑楼顶端铺的那层琉璃瓦上反射过来，那嫩金色不容低估，像是酒精，把你整个人泼了一道，只要你眼光一转，就有了火种，滋啦啦你就燃着了，你在烧，面颊的茸毛是火焰的尖端，你是人形的大火，却烧出一屋子宁静的凉。

你真的不美，但你极静极静。这种静罕见到让我屏息敛容却又无言以对。你那天对着我讲了很多话，为了说服我你大概把这辈子学到的威、逼、利、诱都做了一遍，可是我觉得你什么也没说，因而我能给你的也只有一再的否定。

你别以为我对你的另眼相看是少见多怪，我见过的美女可并不少。

二十岁，还在医学院实习那会儿，我就早早地开了眼界。美女分成活的医学模特和漂亮的女尸。学校把模特请来，供我们观察美人面部的优美之处。与书本不同，活的美人更直观更精确，更让人确信了造物的神奇。

我们每个人都去触摸美人的脸，了解手感、弹性、表情的分布。美人不恼，赠我以微笑。在医学面前，我们那颅面整型形科 92 级一班的众生终于有了第一次的平等。

而那些艳丽的女尸，来自解剖室的冷冻大抽屉，我们俯下身用柳叶刀切开她们的脸，探索皮肤的结构，肌肉的走向，淋巴、骨骼、血管、神经的构造，同时学习各种开刀技法，制作标本，浸泡于福尔马林溶液。

除此之外，还有一些美女。她们是我亲手改造过的，出自我手，稔熟于我胸，我对她们的美的了解，会比别人多很多，也私密很多。她们起初都有面部的瑕疵、不尽人意的五官，有些甚至就是缺陷，但是当她们从我的手术台上坐起，她们就变成了面容上无可挑剔的女性。自信、骄傲、满足。

没错，我是十一年前从医大毕业的梁俊照，四年前我又在那所医大拿到硕士文凭，研究了几个课题后，前年我考上了博士。然后我就一直在这家整形医院工作，从医生到主治医生到主任医师，医术增强的同时带来很多无用的头衔，这却给很多人以信任感。我知道你来找我也是因为这个，对吗？但其实我想告诉你的是，评价一个医生的好坏还有很重要的一点，就是医德。

我坚决地说："你不需要整容。"

"为什么？"你瞪大了眼睛，带着压抑过久、闷变了形的委屈。

"因为你的脸已经很完美。"我没赞扬你，我只是实话实说。但实话却把你惹恼了，你忽然气急败坏地拍桌子："整容是我的自由！我的脸完不完美，不关你的事！你能做的就是替我开刀！"

瞧瞧，你脾气多坏。常常听到女人叫嚣："不要在乎我的外表，请先了解我的内心。"如果真按这说法来，人对人最初的吸引不是靠着外表而是凭借内在性格，说实话，我挺烦你。我对你唯一的容忍就是你这张静静的小脸，我承认见到它以后的半个小时里，我体内产生了一大堆化学反应，无法一一例举和描述，但我对你由陌生到接受到舍不得到下不了手，这过程却快得出乎了我的意料。

要是你没长成这样，嘿，我恐怕早赶你走了。你以为你是谁！

我拒绝同你说话，诊室里一时间安宁得如同一座银矿。

我们像两台无声的挖掘机，分头探索着接下来行动的可能性。

我们忽然同时说道：

“我要做手术！”

“你不用做手术！”

就这样，你哭了。真该死，你怎么哭了？你的眼泪先是汪在眼睛里形成一个透明的壳，它把你淡蓝色的灵魂浸了一浸，使你显出不可忍受的楚楚动人。泪珠大颗大颗地聚集，滚落，像是固体，有形有状。你这种哭法真他妈让人揪心，因为你连个声音也没有，看你哭等于受一场不小的刑，我特别希望你停下来，让我解脱。我尝试跟你讲道理：“是手术就会存在风险，比如感染、留疤，这些要看你的体质，医生没法控制，还有就是，你的脸确实已经很不错了，整容后如果没变漂亮反而比现在丑，你能承受吗？”

“能。”你几乎是捶胸顿足地保证：“我能我能我能！”

你太偏执了，这样的你，说老实话，离神智错乱仅仅一步之遥。我猜你肯定生活得挺孤单，家人不在身边也没什么朋友，不然你早该被拦在来医院的路上。我求你别再折磨我，回家吧，我快要受不了了。可你却边哭边说：“我在你们医院问了很多医生了，他们都不肯给我做，这说明你们的医生都不负责！”

不负责？你这真是睁眼说瞎话。我的同事个个侠骨仁心，他们哪点不负责？告诉你我倒挺赞赏他们的态度的，对待你这样一个捣乱分子，我们就得拿出一致对外的决心，不能手软。

“我们是为你好。”

“为我好？为我好你就给我做手术，不然的话……我换一家医院！他们收费比你们低!”

你突然抛出这么个杀手锏来,还真把我气得没了词儿。你不等我有反应就急急地摔门而去,高跟鞋击打在水磨石地面上,沿路发出脆响。我知道,换一家医院,你的手术保不准当天就可以做。但城里其余两家整形医院的医术我了解。第一家医院的名医始终认为宽而深的双眼皮最美,于是把每一个前来割双眼皮的女孩都弄得很像那头眼皮沉重的加菲猫。另一家医院则致力于建设高大的鼻子,所以在他们医院隆鼻的人怎么看怎么像刘德华。你把自己交给这两家医院的任何一所,结果应该都差不多——你被破坏,比在我手里的破坏更重更狠,你将无法复原。

我不愿意你得到那样的下场。

于是我冲着走廊喊了一嗓子:“考虑一个星期再来吧!”

你听到了吗?

你应该听到了。但你没有回答我,你或许把我这句话理解成我在故作矜持想赚你价格不菲的诊费,也可以,这样省了很多解释的麻烦。

等到你消失在楼下的人群里,我站在窗边才发现我竟一直紧握着拳头,手心里那些冰凉多汁的汗是为你流的,你得给我记住。

来预约手术的人越来越多,我管这一年叫做美人年。

平地冒出这么多没病没灾却甘愿挨刀子的人,医院不发财简直天理难容。

从前,我们这所医院门可罗雀,接待的多是纯粹需要整形的病患。比如烧伤、烫伤、刀疤、腐蚀,或者先天的面部残疾。

现在来诊者大部分是健康年轻的女孩。

她们活蹦乱跳,有些长得还挺不错,可是她们却都不同程度地对自己的脸不满意,幻想医生有一柄神刀,一刀下去,把她们切割成她们设想的款式。她们来此的目的很明确:我要变漂亮——变漂亮的话,我就可以得到更好的机会，遇见更帅的男人，少用更多的气力，捞到更大的运气，我可以不再做原来的烂工作，我可以脱离那不得志的生活，我将平步青云，鸡犬升天，我甚至可以当明星，一夜成名！

漂亮是很多欲望的出口和实现的条件，作为一名整容医生，尽我所能让患者变漂亮，是我的职责。然而作为一个男人，我对这些女孩都持有较深的成见。若不是因为虚荣、贪心、不够自信、急功近利，为什么会想到通过外表改变自己？

算了，说多无益，你又会觉得我牢骚多。

不妨说点正经的，我想跟你讲的是，整容手术并不比一般的手术乐观，这种手术的痛苦和危险往往大过一般的手术。就拿颧骨改造术来说吧，一张颧骨高耸的脸是被人们认为不好看的，那么，改造成纤巧平滑的鹅蛋脸要经过怎样的过程？

先麻醉。将患者口腔打开到最大，固定。在口腔内侧找到颧骨的方位，切口。从口腔里将面部肌肉与骨膜剥离。

电锯小心伸入口腔，切割颧骨，使其断裂。锯下小段骨头，并将剩余的颧突向内折入，用骨钉固定。与此同时，在耳朵前方鬓角处开口，皮肤翻开，用电锉将外侧颧弓磨薄。

颧骨改小后，咀嚼肌必然会显得肥大突出，那么切除部分肌肉。如果还认为脸形不够尖削，只能在术后拔掉后排两颗大臼齿。

你看看，代价重不重？

整个过程，患者躺在手术台上，麻醉药消弥了痛觉，但触觉和听觉仍在。术后很多人说，听到手术室里锯子、锤子、刨子、锉，都在铮鸣作响，像是木工车间。没错，木工所用的工具我这里都有，只是小一号，成为消了毒的精钢。

手术后，纱布紧紧缠绕整张脸，防止血肿，也帮助面部塑型。不能进食，以输液维持生命必须的营养，伤口插引流管导出脓血。

刀的深浅、锯的快慢、锤子的重与轻，都直接影响到血管的愈合以及神经的生死。哪一处出了问题，哪怕只是细枝末节，都有可能引起严重的后果——左右脸不对称，或者失去某种表情，比如一侧的眉头不能动了，或者完全不能再微笑。

我要你仔细想想，一个星期不算长。

我还想给你讲个活例子。

你知道，来医院整容的年轻女人总是多过老女子，老女子又多过男人，男人多过真正需要整型的病人。有一天，一个男人来做双眼皮手术，他要把眼睛变大。一次手术后，我们都认为他的眼睛已经变大了不少，可是他并不满意，他觉得还应该更大，于是要求我再帮他做外眼角切开术。

手术当然可以做，但我问他为什么非要把眼睛弄大，难道小眼睛碍着了生官发财、仕途经济？他叹气，说了一句酸文假醋的话：一双眼睛的大小，简直就是命运容量的大小。

他在一家公司里做着一份类似辅政大臣的工作。这种职位，少一份功力，做不到那高度，欠一点运气，最先人头落地。四年连升三级，我想他绝对是个精刮的人无疑，最有力的证据还有：他说他四年前只是公司后勤部一名保安组长。

一切明了，他也坦诚。言谈话语间，他毫不掩饰他最重要的工作其实是讨好虎狼之年的女总裁。他没有能力扬名立万，才干、知识、智慧、眼界都不如人，有的只是一张英俊的脸。他想在她面前鹤立鸡群，只能靠外表。以前是，现在还是。

英俊的脸，也如逆水行舟，不进则退。时间是永远向前流去的，人的年龄是一刻不停变老的，此一时若不精进，没颜落色后，总有一座冷宫等着你。

当他行年渐长，四十岁高龄而又没有创业的实力，想要跳槽不仅跳不成，还会惹怒上司，要他吃不了兜着走。

女总裁看厌了他，有天忽然嫌他眼睛小。说是相书云，蛇眼的人阻绊她，鹿眼的人顺畅她。

“如果外眼角切开还不够大，那就再切内眼角。”他说。

“你不怕眼珠子掉出来吗?”

他瞪着我，我忽然想到《史记》上的一个词——“目眦尽裂”。他比古代的武士还壮烈，回答我：“不怕。”就昂首挺胸向手术室走去。他的背影，透着某种说不出来的悲凉，让人难受。

后来他果然又做了内眼角切开术，他的眼睛，怎么说，如今已经大到不可能再大，远远看去，特别像你知道的某个电影人物——ET。

像他一样，来我这里求诊的人大多都很有胆量，你也是。只是和你比起来，别人的目的明显得多，他们要改眼、鼻、或者唇、下巴，哪儿不美，哪儿就送来挨刀。挨一刀结束自己数十年来的遗憾，比慢慢磨练内心而后相由心生要快速得多，也准确得多——大家都承认，这是一个急功近利的年代，人人自危，人人危险，人人一张假面。

然而外表没有假面者，内心未必纯真。你并不知道在结识你之前的梁俊照，以及梁俊照在他那白制服消毒水味道的工作之外扮相如何。告诉你吧，在认识你以前的每一天，每一个黄昏，吃过晚饭我都和我妻子在医院外的花园里散步。我妻子牵着我的手，穿一条燠紫的碎花裙，这给我的婚姻留下了一款值得纪念的有色表情。后来，我们坐在椅子上闲闲地谈起我在医院的见闻，我跟她说起了你。我说你本来有一张小巧的瓜子脸，细致的五官，可你却硬要整容。

我妻子问我：“那是为什么呢?”

我答不出来，于是我们开始猜测你来整容的原因。

——“长得漂亮而被骚扰，想躲开骚扰者。”

——“和另外一个女人长得太像而那人恰好是她的上司。”

——“爱上了某人而他不喜欢她的脸。”

——“犯了罪，想易容。”

——“或许单纯只是强迫症，或是发了疯。”

我们这样猜测你的时候，你的耳朵发烧了吗？我外婆曾经告诉我，如果莫名其妙你的耳朵发烧，一定是有人在背地里谈论你。我记得五岁那年我跟外婆去听戏，在苏三起解的时候我懵懵懂懂爬上了台，我很想去摸摸苏三桃红色的耳朵。苏三是否正被人谈论？我非常好奇。她戴假珍珠耳环，桃红的耳朵像两朵花苞。我踮脚张望，在舞台上围着她绕圈子。我被苏三冷落，终于大哭起来。苏三赶快抱起我，三脚两步到了后台。在那一路上，她凶我吓我，而我闻到她耳朵上呛人的劣质脂粉味，以及在台下看来相当整洁而实际上已经脏污了的水袖，还有她的皱纹。

皱纹让我感觉到被欺骗，苏三那么美，我以为苏三永不老，可是苏三骗了我，苏三很衰老，是一个老太太。从那以后我再也不和外婆去听戏。我长大了，从生活的表相渐渐走向内里，看到了更多的苏三。每一个苏三都不如前一个苏三，我渐感失望。在每一个苏三出现前，我总是特别想大哭一场，可是我却已经过了真心号啕的年龄。

我妻子在回去的路上又说起你，她说：“或许，这个女孩来整容的目的只是厌倦了自己。”

如果真是这样的话，你这个人就不需要更多的解释了，然而却又因此，变得更加扑朔迷离。

厌倦是生活那架瓷瓶上布满的冰纹，忍住叫它别碎，你就保住了你的沉着和高贵。可我要告诉你的是，我只是个意志力薄弱的男人，一介贪欢好色的小生。厌倦这个东西，在我婚后的三年完全摆布了我，我像一只柔软可塑的面包胚，任由它揉搓，它让我怎样我便怎样。

我后来喜欢塌鼻子、脸有棱角、胸部不大、腰上没刀痕的女人。以一个整容医生看来，这样的躯体未经加工，尚属于天然原料——鼻子塌而鼻下没有疤的，意味着没有隆过鼻；脸的棱角突出说明没有磨过颧骨；胸不大，腰上无刀痕，是没有做过丰胸与抽脂手术的标志——货真价实的女身，令我觉得做男人才算有尊严——我已经看够了假，并且替人做够了假，我渴望生命里一时一刻的真，这对我来说弥足珍贵。

难道不是吗？在如今这个浓妆的时代里，一具真实的身体，已是一种莫大的美德。对于我这样一个可怜的整形医生，她们的真身意味着慈恩，让我受之涕零，我才不管她们是不是婊子。我喜欢她们那粗糙的雌性，因为不再干净而更适宜被糟蹋，我如兽类在猎物的身体上横撕竖扯，就像厌倦的情绪在我体内为所欲为一样。

有段时间我下了班就直接去光顾她们，完了回家还照例和我妻子吃饭散步。我妻子晚间偶尔要回公司加班，你猜猜看我这时候干吗？没错，我再去找她们。找到了并不一定会上床，有时只是聊一聊。女子仰起的脸，耿耿有所求，于是分外柔艳。我便在其脸上用纸币划着，一下两下，如果纸币是手术刀，她会在刀下变得更漂亮。她得到了钱，低下头不说话的样子极静，让我想起你。

你第二次来医院的时候，果然是一个星期以后，这说明一个星期前你已经把我的话放在了心里，我觉得很欣慰。你心平气和地坐在我对面，询问我："先从眼睛做起行吗？"

我点头，给你做了初步的检查。你下楼去交费的时候高跟鞋还是那么清脆，只是有阳光的夏天好像已过去，雨季到来，我在诊室的那一会儿独处，感到了寒冷。

我有些难过，不知道是为了你还是为我自己。当你明目张胆地破坏自己的容颜时，我正在暗渡陈仓地突围着生命里的厌倦。我们都挺累，不是吗？

在认识你的这一年，我每周光顾一次麒麟夜总会，而后带着女人去宾馆开房。服务员知道我，503房间的钥匙总给我留着。那是一个普通的双人间，跟别的宾馆双人间没什么区别。可是我觉得那儿真自在，一走进去，我就再也不用装逼扮严肃了，我成了一个没有烦恼的人，我年轻强壮，无往不利，肉体带来欢乐，世界变得崭新。我渐渐把那儿住熟了，有时候，我并不带女人来，而只是单纯地一个人开房睡觉，那儿成了我小型的天堂。

503房间渐渐存留了一些我的东西，成为我另一个安身之所，换洗的衣服、书籍、保险套、食品、垃圾。

你从交费处回来就进了手术室。消毒师与麻醉师没用几分钟就把一个散发药水和酒精味的你摆在我面前。我在你眼皮上画丑陋的紫色轮廓线，脸这种事，即使医师的手法已经炉火纯青也要慎而又慎。我用很小的镊子钳起你右眼的眼皮，预备在边缘一个最不明显的角度切小孔，抽掉里面的脂肪。

但是——我忽然停了下来。

像被挖走了电池的闹钟，不动了。我手里的器械变得沉重，我感到极度不适。

你在手术台上说："医生，怎么还不开始？"

而这时我慢慢脱掉手套，帽子，口罩，以及淡绿色的手术衣。"这手术暂时不能做，我不舒服。"我走出手术室。

大家傻在当地，也包括你。

过了一会儿，你来到我的诊室，小心翼翼问我："你怎么了？如果不能做我请别的医生做可以吗？"

我真的很想对你咆哮："别给世界添乱了！我不是不能做，我是不想把你毁掉！"

但我忍住了，因为我不想吓跑你。与此同时，我的卑鄙忽然淡淡地诞生了，在一个吃力的微笑后，我告诉你："今天不早了，我很累很饿。你知道一个医生在这种情况下是不可以做手术的，所以麻烦你明天再来。"

而后我就收拾东西下班，同时给我妻子发了短信："晚上要开会，我不回家吃饭。"我又看了看你，你神色凄惶地站着，完全被我的变卦弄糊涂了，你叫道："你去哪儿？"

好，我要的就是这句。你太渴望手术的到来，已经乱了阵角，生怕事情生变。我确信你会跟着我走，我们会一路来到饭店，我们会一起吃晚饭，我们会喝酒，你会喝醉，然后我会带你再去喝酒。你急不择路，我很容易得逞。其实我知道你不傻，你大概也看出这医生在故意给你一个当来上，但你心甘情愿地领受了，喔不，是悲天悯人地领受了。

我们在十字路口开始有了对话，我故意问："你跟着我干吗？"

你在夕阳下拧紧了小眉毛，故作开朗地对我笑笑。这时候我才发现你容貌中那些静是怎样一个成份比例——那是一半的忧郁和一半的消极组成的，对一切都漫不经心但并非因为单纯，只是看透和心淡，所以你刻意要使自己热闹起来，还真费事。

绿灯亮了，我抬步走，你就紧紧地跟随我。

我在一家云南菜馆停下，看了你一眼，说："那么就一起吃晚饭吧。"

你想了想，也就跟着我进来了。落座后我叫了一桌菜，我们开始各怀心事地胡吃海塞起来。你真是个难得的好姑娘，一点也不吵，也不啰嗦。我给你杯中倒满酒，你就老老实实地喝，显得十分助兴。你有点兴奋了。你说："医生，明天你一定给我做手术行吗？不要骗我！"

我点头："我不骗你。"

"那这顿我请了。"

"当然不行，这个小东我还做得起。"

我悄悄观察你。你吃饭的样子很文雅，说明你有好的教养。你手指甲剪得很短，穿棉布素色衣服，说明你不爱出风头你低调做人。你没化妆，说明你知道自己不丑，不需要遮掩。可是谎言从你嘴里吐出来就像小兽吐出食草动物的尸骨，让我恶心。你说："我整容只是为了去选美呀！我要选美！"

你这个撒谎的小东西。

好吧，暂且把你整容的原因搁置至此，现在我想告诉你的是，如果你执意抛弃这张天底下不少女人求之不得的脸，你真的就是一个笨蛋。喏，你看，你的眼睛很大，有神采，黑白分明，如果割成双眼皮，绝对是一场画蛇添足的蠢行。你鼻子无肉鼻梁挺直，你要我给它开刀，是要我往里填点什么？还是要我抽走什么？你还真会给人找麻烦。你要我给你磨骨，可是你薄薄的颧骨再磨下去就会漏。你要缩短下巴？好吧，如果你非得把自己的脸弄得像只番茄，你就努力求我吧！

“医生，医生大哥，明天一定可以给我做吗？”原来你也会好声好气地讲话，你这个糖衣炮弹，你势力的哀求让我起了一身鸡皮疙瘩，但我他妈的居然挺得劲。

你看着我，定定的，眼光无辜而洁白，手却一边搭在了我手上。柔若无骨的小手像团棉花，我顺势就把它捏住，狠狠地捏扁，下手挺重。我回避你的眼神，却留意你的腰身，我怎么忽然有点恨你？这真让人费解。

我开始拿酒灌你，你很好说话地一杯又一杯，然后你就不需要我给你倒酒了，在酒吧里，你自斟自饮，把酒当水喝，像头鲸鱼。

我们离开时，你攀着我的肩膀，失心人一样任我带你到任何地方。我的手也就顺理成章滑到你腰间。我随时等着你吐我一脸酒味的唾沫，但是你却对我笑了，你这笑像个很好的帮凶，把我的自责全赶走了。现在，我们一点儿问题也没有——我没有趁人之危，你没被引诱，我这事儿干得不缺德，你看你都笑了。

你真的不美，但是整张脸呈现出来的静却波澜起伏，有着它本身的纹理和质地，这真让我着迷。

在503房的灯影底下，我看着你，毫不掩饰自己的贪婪。我把无耻表达得老老实实，因为我知道没有隐讳的必要。你主动来解我衬衫的第一粒扣子，我绝不阻止你我特别喜欢这种进犯。你怎么就这样全裸地呈现在我面前了？还带着这醉人的、梦一样的笑？四周静得冰冷辛辣，是你把噪音都收了，你的静，像种邪门的武功，你法术无边。

你是件流落民间的贡品，被我这穷人捡着了。我怕碰坏了你，同时又知道自己根本不可能把你交还出去。

我进入你的身体。道德对我的造就就这么毁于一旦，我承认我对于你就是个野人、畜牲、大坏蛋，我知道我在犯罪，一项不会判刑但永远无法被原恕的罪，这罪名就是对你的亵渎。

你并没有抵抗我，你甚至带着充分的欢悦，身体写满接纳。

像一计新鲜的伤口，我愈合在你里面。在你的身体之上，我得到今生可能是唯一的安稳。这安稳并不是人人都能给我的，你是第一个，也差不多是最后一个。你看你多可怕，如果我以后的人生是因为沉迷于对你的思念而变得度日如年，那么你也是在犯罪，你的罪名就是你的美好。

我们紧紧抱在一起，以一种自相残杀式的亲密。月映时分，你忽然问我："你寂寞吗？"

要我怎么回答你呢？这问题太大了。记得在我小时候，城市里的动物园第一次有了熊猫，我看到活的熊猫，分外渴望拥有一件熊猫那样的衣服。可是，我的父母没有钱给我买，于是我每天幻想自己穿着熊猫衣服的样子，我觉得了寂寞。在我大学的时候，因为喜欢的姑娘不肯嫁给我，我转头去攻读我并不热爱但却相当善长的专业课，在每一次拿到奖学金时，我觉得了寂寞。我和那女人相亲，在一间茶餐厅见面，当介绍人一走，那些沉重而昏蒙的寂寞就闹嚷嚷灰呛呛地压过来，说到爱情，我和她都不约而同在寂寞的尘灰里做了个鬼脸，但说到结婚，我们又都严阵以待起来。我太需要娶，而她太需要嫁，然后我们就结婚了。在婚礼的时候，我觉得了寂寞。婚后的第三年，为了逃开原来的寂寞，我沦为一个不智的寻欢者，两百块一次，三百块一次，我买到欢娱的同时觉得了更深的寂寞。

你把头埋在我胸前，你说："如果一个快乐加一个快乐会变成两个快乐，那么一个寂寞加另一个寂寞，是变成两个寂寞还是没有寂寞？”

你真可爱。

我一骨碌从床上爬起，“来，我给你看真正的寂寞。”在窗帘后，你看我搬出一架高倍望远镜。

我们一起伏在望远镜前面，镜头直对宾馆对面的大厦。

深夜，那大厦的五楼还有人，在最左边一间办公室，我们看到一个男人和一个女人的剪影，再近点再近点，呀，他们跟我们一样，缠绵得专注而销魂。

我想他们如果不是因为非常的相爱，便一定是因为非常的寂寞。

你别怪我这只皮箱太难看，一开始我把它搬到宾馆只是为了装些杂物。

你也别怪我有事没事带着乙醚，我用它捂住你鼻子可不是想把你整死。

你也别怪我走路跌跌撞撞，毕竟你八十多斤的体重我单只手臂提起来颇为费力。

你更不要怪我不让你好好透气，皮箱四边我只能扎八个小孔，孔太多路人就会觉得我们可疑。

我保证一会儿就好，你忍一忍就好。

好了，小东西，你好好睡在皮箱里，现在我们已经来到了宾馆的四楼。电梯开门了，一群老年人戴着黄色的帽子一股脑儿地拥进来，像一群嗡嗡叫的老蜜蜂。他们是老年旅行团的队员，他们的黄帽子包围了我的灰皮箱，有一个老屁股看了看我，对我说道：“年轻人，出差很辛苦吧！”

我唯唯称诺，后背淌汗，生怕那个时候你动弹起来，我会被正义的老人们抓住扭送公安机关。那我可真是什么也讲不清了。

还好，你很乖，一动不动。我们来到一楼，老人们拥进餐厅去吃宾馆免费供应的早餐去了。我带着你招到一辆出租车，再在医院的停车场停下，把你放进我的车里。后排座全属于你，好好躺着，我们出发啦！

远离人群时，我觉得十分快乐。你呢？

就让我们去体会与人群分散的快乐吧。我并不知道该去哪儿，目的地有很多，却又一个也说不准。但可以明确的一点是，只要没有整容医院的城市，就都可以停留。

既然我没法以言辞说服你，我总可以用暴力带走你。

车过高速路之前，我把皮箱打开了。

如同剖开一朵花的子房，我看到你。你睡在箱子里，蜷着的身子那么小那么小，好像一颗籽粒。你在皮箱里熟透了，发出果实的酵味甜香。我看了你很久很久，你让我觉得，人生真的不过就是这样一次长久的入睡。后来我有点害怕起来。你还不醒，是不是已经死了？我把手探到你的鼻子下，有呼吸像涓涓细流。我松了口气。

回到前座发动引擎，让我像远古的骑士带着你远行。你在梦里你是否经历了千山万水，还是仍旧停留在昨晚入睡前的那只望远镜里？

望远镜里的男女在办公室的桌上欢爱，桌上的电脑屏幕照着他们的脸，冰冷的桌面留下汗水，表格和文件被他们弄皱。我想告诉你的是，一年来，我一直通过这架望远镜观察他们。这两个人如同我所钟爱的AV演员，不需要练习，不需要彩排，节目总是如期推出，表演相当卖力，而我是唯一座上的观众。

他们和我们有差别吗？一边开车我一边想着这个问题。那女人，跟你一样，年轻、漂亮、完整无瑕，也同你一样，寂寞。只是，她不像你这么乖张，她抵抗寂寞的方式是穿一条澳紫的碎花裙，在办公室加班。

“她是我妻子。”我对你说。你已经醒了对吗？得得，别嘲笑我，我自己投降，我承认，我是个无能的男人好了。

现在你知道了我的事，而我对你却始终一无所知。这不公平。我想了解你，了解你这个连酩酊大醉时都要对我守口如瓶的女孩。是什么让你非要改变自己的脸？是什么让你一而再再而三地坚持去医院？是什么让你明知对方没安好心却还是跟他喝了酒？就为了得到开刀的允诺？你需要些时间再讲？那好，我们尽量走远点。相处时间长一些，或许你会愿意对我开口。

中午十二点，我们路过一座浅绿色的小镇，你醒了。你坐在车后座长久地发呆。

如果世间有所谓的罪与救赎，我不知道我是施罪者，还是救赎者，你是受害者，还是被搭救者。

银子样的光，晃着前方的路，我从后视镜里看到你正用松软的眼睛看着我。你并不惊慌，也不疑虑，你也不气愤我为什么绑架你，不问我要带你去哪里。你特别宽怀大度，甚至带着超然的无所谓，你把我当一个朋友般体谅："你开车很久了，不如换我来开。"

小妞，别怪我老奸巨滑，我猜这是你的诡计。你是想把车开回城里对吗？我怎么会让你得逞！但你接着说："你放心，我不会往回开，既然你把我带走了，我就跟你走，反正你不会把我怎样。"

是的，我不会把你怎样，我只是想阻断你通往错误方向的路，因而把你带向另一条路，顺便我就可以和你多呆一会儿，和寂寞远着点。"就当作是一场旅行吧，旅行过后，你可能不想整容了，你的人生会有变化的。"

"为什么非要管我呢？天底下有那么多女孩在整容，为什么非要拦着我一个人？"

"因为。"我回头对你挤了个巧言令色的笑脸，"因为我喜欢你啊。"

你大概是被取悦了，"切"了我一声之后，把头瞥向窗外，表情变得挺嫣然。你说："喂，那个喜欢我的人，告诉你，我饿啦！带我去吃东西吧！"

我们的车在路旁一排乡村餐馆那儿停下，我们下车走进其中一家。要了那餐馆自养的唯一一只母鸡，据说它从小吃蚱蜢长大，眼界不高，味道很好，还会生蛋。我们吃了它以及它下的四只鸡蛋，像一队狰狞侵略军。你真是饿了，吃掉大半只鸡，鸡蛋也全归你。餐后你还管我要了五十块钱，你说要去附近的小卖店买点零食和饮料，看，我们越来越亲近了，很好很好。

餐馆大妈认为你是我女人，叫我好好照顾你。我点头称是，慢慢走回车上。看着你在远处买东西的身影，你真是好看得让我极有面子，虽然一切只是临时。

你提着袋子向我走来，那一刻，你知道吗？我觉得幸福。

你相信吗？这幸福的突如其来连我自己都不太敢信。

但是这么一个女孩儿，被我给拐了，却一点儿都不恨我，也不反抗，这么顺从我，还乖巧地去买了路上所需的吃的喝的，要和我走更远的路。何德何能，上天让我遇见你。

这次我做乘客，你当司机，重新上路。

“来讲讲吧，为什么执意要整容？”我再次尝试走进你的世界，这次，你千万别再关门了，我接着说：“女为悦己者容，没有悦己者的，才会整容。”

你开车的技术不好，稍一分神就走之字路。你哈哈大笑的时候，车简直开得上气不接下气。你夸我刚才那话说得真是盖了冒儿了。你整个人映着这晴天的白云树影，侧面的轮廓明亮极了，你开始哼起歌来。

It's my primary instinct to protect the child
Girl singing in the wreckage
My dress is torn, my hair is wild
Girl singing in the wreckage

My 18th birthday, I'll die of boredom
Girl singing in the wreckage
My private world is smashed right open

Girl singing in the wreckage

My 1st trip, my expectation

I had a dream that it would end like this

No destiny, No destination

You hit the ground and then it stops

你加快油门,车飞快地往前冲。你的歌停了,你忽然对我说:"我整容,是为了报仇。"

十五岁。是个夏天,你去了那男孩的家。

他家是座豪宅,游泳池就比你家大十多倍,而他的卧室对于你来说就像一间游乐场。你并不喜欢他满屋子昂贵精致的玩意儿,一个十八岁的男孩,你觉得他比你还像孩子,你爱的是四壁那些藕荷图案的壁纸,你一直记得那些壁纸,因为它们美得极其忧伤。

很快你的书包就被丢到地板上,裙子也被撩了起来。你的后背贴着墙,脊椎骨像一串珠子被拎得笔直。男孩轻轻地触碰你,亲吻你。他有八分之一的英国血统,淡灰色的眼睛被淡金色的睫毛包围,像藏在毛皮毯子里的琥珀。他父母倒都是中国长相,官宦多年,面容刁恶,你真纳闷那两个中年人是怎么能生出他这么个优美的杂种的。

你抱着他,你喜欢他,你预备着他要什么都给他。你一点也不介意他在你身上予取予求,因为他对你太好了。他一个堂堂的高干子弟,肯低下高傲的颈子去低等学校对你表示爱慕已经让你觉得了受宠若惊。他还为你和别人打架,头破血流手臂上结了个虬曲的大疤,你简直就觉得十分抱歉了。他帮你争取进入芭蕾舞团的资格,你不去他还和你急,你还能怎么样呢,像你这样一个穷丫头,无以为报,能做的只有以身相许。

可是这时,男孩家的保姆出现了。这个女人用恶毒的话训斥你,那些话像是一口一口的血，溅到你脸上、身上、心上。

你从没有见识过这样的成年人。四十岁左右，爱管闲事，不够开通，老气横秋，满口婆婆妈妈。你从没机会去练习和她们打交道，你是被两个龙钟老人养大的。她们不是你的家人，是一对孤苦的老姐妹。她们在一个春天的晚上捡到了当时尚在襁褓中的你，一个对另一个说："扔了，扔了，自己都养不活自己呀。"

另一个犹豫再三，颤微微地放下了你。然后她们一步三回头地看你，而你一动不动地睡觉，怡然自得，静由天生，两个老太太又同时说："还是捡了吧，捡了吧。"

被捡来的你，有一个很明确的身份标志——私生女。

那天你哭着跑回家，你觉得四十岁的女人太可怕了。她倒不骂你私生女，她骂得更难听，她说：小娼妇！

后来，你在你家附近又看到了这个保姆。那时候她已被解雇。原因很简单，她骂了你，得罪了男孩，男孩在家里告了她一状，她失去了工作。

她在黄昏的菜市场尽头卖枇杷，看到你，她站起身走向你，她带着一脸忏悔的笑意往你手里塞枇杷，她多嘴多舌地告诉你：不要再和那男孩走近，不要再伤风败俗丢人现眼。

你把枇杷一颗颗摔向她，摔得稀烂。她在碎烂的枇杷面前还不肯住嘴，咬牙切齿地警告起你来：不要等到怀了孕再后悔！

不知道这句话是不是一个诅咒，你的月经停了，而在清早，你在课室呕吐。你脸黄黄的，人瘦瘦的，下意识总是用手撑在腰后，可不就是一个孕妇的形状？你告诉男孩你怀孕了，你们晚上就去药店买了一枚试纸，那试纸试出的结果是"恭喜你"。

你们一起在月亮地里发呆。接受恭喜的同时接受更大的悲哀。

有好几天你没见他，你需要一点儿独处的时间。你心里反复想着这事，自己也烦了累了，于是最后一个念头就成了你的决定，你找到他，告诉他你想生下孩子，你问他好不好。你并没有奢望他给你支持和鼓励，你只是试图得到他一点点的焦虑或者愤怒，这代表他在乎你，在乎你们俩。可是他却是一脸的承受不起。他用哀求的语气说："不要闹了吧。"

那时候，市面上做流产的小医院很少，大医院壁垒森严，医生都铁青着脸，你们不敢去。那些天你总从高处往下跳，或者剧烈地疯跑。你骑自行车故意摔一跤，除了膝盖跌破，你的一切还是那么坚固、完好。

两个月后，你觉得肚子里好像有东西在动了，而这个时候，男孩却向你宣布，他要去国外留学了。你不知道这是他家人安排的还是他自己要求的，你约他在一座旧楼的天顶见面。你已经不知道该和他吵一架还是安心为他送行才好，你第一次觉得了慌乱无措，无依无靠。

你被抛弃了。

你含着眼泪说："你走吧，我不拦着你，但是我要从这里跳下去，你也不要拦着我。"

你向楼顶的边缘走去，那儿没有护栏，放着一些空花盆儿。花盆里的花草早就枯死，你一个一个踢掉花盆，它们在一秒钟后落到地面，嗒的一声，已然粉身碎骨。男孩吓得过来拉你的手，他说："不要，不要！"

他拉住你，你也就心满意足了。十五岁的女孩，觉得一生里最重要的，不过就是"在乎"两个字。他出国也无所谓，你怀孕也无所谓。他出国总会回来，你怀孕早晚会去做流产。你十五岁那年的心事其实都相当乐观，再重的烦恼，在你心里一称，也就变得缺斤短两。男孩的手紧紧拉着你的，你的手伸得很直很平，放心地把身体的全部重量全交给他，你故意把重心向楼下使劲儿地倾斜，单脚站在危楼的楼顶边上。你们的手臂绷成一条紧紧的线，你多半个身子已经悬在半空中，只有左脚是支点。

你觉得这游戏很刺激，你站在蓝色的高空哈哈大笑。

破花盆不停地向下摔落，灰尘扬上来，形成淡红色的烟雾。他在大喊："别玩了！这里危险——"

你同时说："难道你会松手吗？"

就在这句话说完的一秒钟里，男孩的手真的松了。

你在两耳呼呼作响的大风里向楼下飘，像一块白丝绸。

那一瞬间，你仰头似乎看到他的脸，那脸如此俊美，但转瞬就泛出血腥的狰狞。你没料到他会这么做，你一直以为，他就算欠缺担当，他起码还不算邪恶。可是他的手就这样松了，很主动地，不是滑脱，不是失手，他放弃了你。你跌落的时候见到了他青色的面容里露出了一丝放松。哎呀，你才懂，他拉住你，要用很多的力气，他要承担责任，他还要掩饰他的不情愿；而他放开你，却只要轻轻的一个撒手的动作，一切烦恼随着你的死而归于乌有。

我看着你，如今你已不再是十五岁时的你，二十一岁的你坐在我的车上，已是一脸凉薄相，不笑，也不悲伤。你的叙述简单冷静，好像在讲着别人的事儿，只是这事儿你异常熟悉，所以讲起来一点也不费力气。然而，你再熟知这故事，却也未被它打动过。

是楼下某户人家的雨阳篷救了你，你被弹了一下，然后挂在了下一层阳台支出的竹杆上。你居然毫发无伤地回了家，连医院都没去。那天晚上你睡在两个老人的隔壁，听着她们年老的鼾声，你终于知道了孤独的滋味。那一刻你才打心眼里想有一个父亲，一个母亲。如果你有他们，他们可能会在这种时候责骂你、毒打你，但他们也会给你出主意，让你少干傻事，少受委屈。

隔壁的两个老人，她们实在太老太老了。老得活下来已是多余，她们为这多余害臊，因此活得特别苟且。而苟且的人，是不爱去管闲事的。你承认，你始终是她们的一桩闲事。

第二天你去书店查了一些中医书，找到堕胎的方法，然后在中药铺买了麝香、雄黄、桃仁、大黄。出来的时候你看到男孩家的车停在路边，有人正攀在车窗旁和里面的主人交谈，那人从背影看，劳苦谦卑的衰老一览无遗，是那保姆，她在恳求重新去工作。

你一直看着她做这些没尊严的事，当她回过头来，你便投以轻蔑的一笑，她果然被你笑得失了常，她追上你，发了疯一样骂你和你妈一样，不要脸！你回头说：我没妈，你随便骂好了。她没词了，像个灌满水的热水瓶被狠狠塞了瓶塞，快炸了。你觉得你这招挺狠，就边走边乐了起来。

你不知道她为什么像一个影子一样跟着你，不肯放过你，她后来给了你一个耳刮子，你就和她撕打起来。晚上你回家，洗了被她踢脏的衣服，然后在屋外升了个炉子，熬中药。你趁热喝了，而后腹痛如铅。你知道一定是与此同时，男孩到了英国，你想起他那只暗夜里松开的手，你的眼泪一大滴一大滴地落啊，整个人昏迷了过去。

醒来时你是在白色的医院里，床旁放着枇杷，你知道那女人来过了。其实，以你的聪明和直觉，你早就猜出她是谁了，只是你不愿面对她，更不愿面对自己。她和你容颜神似，她对你又厌恶又呵斥又关心，她狠毒地骂你，却又带你问医，她把谋生的枇杷给你吃，整天跟着你，却在遇见你时管闲事训斥你。十五年前她在无名的小镇生下你，抱着你逃到这陌生的大城，她把你放在一户人家门口，跌跌撞撞含着两汪热泪走了。她原以为她会混得很好，会回来找你，让你过上荣华富贵的日子。可是十五年过去了，她非但没有地位没有钱，而且过得愈发潦倒，她无颜见你又分外想你，于是她偷偷潜回这座城市，隐藏在可能的距离之内，和你相见不相识地生活在一起。她见到你跟男孩过从甚密，她觉得你可能会倒男人的霉，就像她从前倒霉一样。她出手要保护你，却没控制好力度，一下子变成了伤害你。

你从没问过任何人，她是不是你的母亲，因为你憎恨她，比憎恨那男孩还要恨。你恨自己这张与她相同的脸，你恨你和她相似的命运，你不要这样下去，不要，不要，不要！

六年后，你坐在我的车里，第一次跟人讲起你的仇恨，这么多年你从未试图向谁倾吐过，你一直把它养在沉默的大瓮里，以至于今天打开时，它已经被养成了一个庞然大物。

你说，后来，出院时医生告诉你，你从来没有怀孕过，你的一切怀孕状况都是因为心情太紧张，自己吓自己，吓成了一个以假乱真的孕妇。

十五岁夏天的那个下午，你对世界缄口不言，说不出是庆幸还是遗憾，你发疯般在操场上跑，跑得喉头腥甜，眼底发青，而天上忽然闪出经络般的闪电，四周黄尘滚滚，大雨落下，你就这样风驰电掣地长大了。

男孩从英国写信给你，说他想念你，每当想起你好看的脸，他就觉得他的孤单是罪有应得。他说他一定会回来，哪怕回来一事无成，只要和你在一起就好。

他说这是他对你最微弱的偿还，他恳求你接受。

这信写在他二十岁生日那晚，你知道他跟他的良心缠斗了两年，已经败了。他如今向你忏悔来了，而你呢？你的恶作剧就从那时候开始酝酿起来。你认真地回了信，信写得又婉转又温柔，你甚至一笔抹煞了那天晚上发生的一切，你说那一跤是你自己不小心滑跌，你拒不承认他妄图谋杀你的事实。

男孩再回信，如释重负，因为多了对你的感激，他的爱情变得很像一场诚恳的赎罪。

四年后，他即将回国。而那个老女子又来劝你，她告诉你不要和他在一起。她说她是吃过男人亏的，她本身就是一个活生生的例子。你看着她，她的脸白皙、端凝，这些优点都可以一一映射到你的脸上，如果不是因为纠结的皱纹，她应该也会很静很静，你忽然发疯似地推开她，你憎恨你身体里所有她给的基因，你要摆脱以她为母本的一切遗传。

天黑了，你的话也讲完了。我们路过了三座小镇。现在，前面有灯光，我们把车开过去，就可以找到旅馆。

可是你说："我们不要停吧，就这样一直开下去吧。"

车飞速地在公路上行驶，我想问问你六年来没有再爱过吗？没有哪怕一次小小的心动让你不再这么冷静，分分神，对生活多点恋慕与热爱？但最后我还是沉默了。晚上一点三十四分，飙车是你非做不可并感到痛快的事。那好吧，就让你再任性一回吧。

你的侧脸，静出了一种畸型的美感，如果你让我为你整容，我想那将是对我最大的毒刑，我会每想到此就余生难安。我没法重塑你，在我的眼里，你已经完美得无以伦比。然而我确实有一柄刀，它是一柄为女人而生的刀。一刀下去，比任何化妆都来得出色，比任何脂粉都更加天然。这一柄刀，可以给女人一个梦想，一个永恒。可是，在你面前，我的刀一下子就锈了，持刀的手也变得畏缩，不再自信，不再坚定。

因为，你不需要梦想，你也不相信永恒。

你只想复仇。

你复仇的方式，就是毁掉你自己。你知道，爱你的老女子一直在爱你，向你忏悔的男孩也一直在忏悔。他们终日营营役役于对你的关心，他们希望你的生命完好如满月，他们要你好好的，这样才让他们的忏悔不至失效。

而你的黑色幽默就在于，你要冷不防吓他们一跳。你要毁灭完好的自己，用一个丑陋陌生的你，封锁住他们一切情感的出口，你要活活憋死他们。

我不知不觉睡着了，这仲秋的夜真冷。

不知过了多久，我醒了过来，车已停下。我转过头，你还在我身旁。你还在我身旁就好，我们这亡命天涯的两个人，能小小地作着伴就好。

我打算把掂量了一夜的话说给你听："仇恨只能令你不快乐，而放下它，你会发现你原来可以更好地生活。"

然而——

在微明的天色里，就着车里昏黄的灯光，我忽然看到了你的脸。是什么时候，你脸上出现了大大小小十几条刀伤。面颊的皮肤向外翻出，白色的骨头暴露出来。下巴完全被切开，血肉悬于一线。额头横横竖竖布满切口，连口腔里都刺伤了，正往外淌血。而你手里何时有的这柄小刀？在巨大的痛楚面前，你反常地一声不吭，仅只是持刀的手在轻轻发抖。

你的脸像火红的郁金香开在湿热的原野，没有什么能代替一柄乡村公路旁小卖店里出售的水果刀，你就用这种粗糙的器械结束了我对你精心的挽留，你真对得起我！

我探过身抱你，你这样轻，像一颗空了心的稻谷。你微微醒转。你的脸动了一动，我想你是在对我笑吧。忽然，我胸口收到一个冰凉锐利的触觉，然后，是极细极微，带一种麝香凉意的痛——那柄小刀，像滑进牛油一样被你送进我左边的胸口。

"我的复仇计划里也包括你，医生，你不肯为我做手术，你是一个不称职的医生，你最好去死。"

人们发现我的时候，我居然还活着。那绿柄小刀一直插在我胸口，它没碰到心脏，也没让我流多少血。他们叫我，拍我，我苏醒了。然后看到天色大亮，阳光如热烈的喷泉一股股往我的眼睛里浇。

我发现我的车已经泊在大海边。蓝色的大海，茫无崖际，海岸边有渔夫在默默地捕鱼，有妇人和孩子在织网，警察在记录，救护车在鸣响，我四周围有不多的几个看热闹的人，我被人抬到担架上。

这是人间，不是地狱。我以为睁开眼睛看到的会是另一世界的风景，却没想到我还在这世上，在这繁华而孤独的人世存活下来。

你不见了。

如今，我时常抚摸左胸这枚钥匙状的伤疤，回忆起你。在和妻子分开后，我一度在世界各地游荡。我遇见了不同的人，看到了不同的面孔。漂亮的、丑陋的、苍白的、丰润的、急惶的、淡漠的、辛酸的、甜蜜的。可就是再也没有见过一张，极静极静，静到使我注视时心脏会停跳的脸。

我记忆里的你，一直都不算美，但是你比美更耐人寻味，更不可多得。你的脸静如一块白瓷，我看到它的完整，也目睹了它的破碎。你是一个狠心的人，你找不到人摧毁你，你便自己摧毁了自己，你真是穷凶极恶。而我有时候会梦见你，在梦里，我一次次艰难地捡拾你，重新拼凑你，塑你回到原形，可是，梦醒来，我知道，你从没给过我机会。

据说瓷是一种悲伤的东西，它们经历揉、塑、雕、琢、高温之苦、煅烧之伤、火的炙烫、光的曝晒、颜彩的毒，最后以光滑的形状诞生到世人面前，世人以为瓷没有情感，其实，瓷的诞生过程，已是一场具象的痛楚。

瓷的一生，会盛载水、茶叶、糖汁、酒、甚至血与泪水，瓷会因它们而显得快乐或平静，忧伤或愤懑，但最后，每一只瓷的命运却无外都是一样。

破碎。

我不会修补瓷，但是我有一柄刀，可以修补面孔。在无影灯下，我用刀为一个个女人带来美貌，我让她们如世间一切美好的东西：花朵、湖水、丝绸、画卷、果实、珠宝、云彩、蜜糖、萤火、露珠、羽毛、月亮。她们感谢我，夸赞我，敬爱我，我的刀是她们最好的妆器，我是她们最好的妆者。

而我想起你。

你是我唯一无法下刀的女人，我研习多年的技艺在你面前失灵，我修练多年的武功在你面前尽废，我一切的所学、才华、优势、经验，在你面前都一无是处。因为你在我的心里，是唯一完整的瓷，永远不会破碎。

太深的想念让我很快衰老，而太重的回忆让我越发沉沦于想念。

我承认，在这场叙述的最开始，我撒了个谎。其实，在见到你第一面，从那第一秒起，我就一发不可收拾地爱上了你，爱上了我生命里这场静静的浩劫。

怕死

必须承认，

我们已经来到历史上最厌弃失业者的时代。

年轻的女医生，很美丽。我遇见她润黑的瞳孔，大粒、干净。看住我的眼，将一只氧气罩温柔扣下。氧气无色无味，通过管子细细送入我的鼻腔与肺。

几乎二十年没有来过医院，才发现医生都不再穿白色的衣服。在抢救室度过的那个上午，是淡绿色的，我睡了长长一觉。中午醒来，绿袍里的主治者告诉我：如果想要保命，最好不要再工作了。

就从这天起，我离开了我的工作，成为传说中的人渣一名。我并不甘心，却只能认命，因为心绞痛比刑具更强大，以我浅浅的意志力，根本不是它的对手。

那个漆黑的深夜，月光静凉，没有星星，痛以压榨的方式越来越近，越来越密集。极大的欢乐往往会以痛苦的面貌呈现，看看那些吸食大麻的人的脸就会知道。同样，极大的痛苦也看上去貌似欢乐，我的右手按着左侧胸口，指甲掐破了皮肉，在血渗出来的同时，我看到魂魄钻出心器的口子，往一处金暗靡蓝的所在寻去。

我嗅到凄苦的樟脑香，刺入髓根，头皮发胀。那是一种老病之味，来自我已经死去的祖母。

我不想如此年轻就与祖母会合，第二天乖乖去了医院。受到医生的警谕，下午到公司辞了职。

我这样散兵游勇地走在路上，才发现，不需要上班的下午原来如此恐怖：城市的街头几乎没有我的同类，大街上行走的，除了家庭妇女、商贩，就是外地来的民工。有几个年轻人从我身边匆匆路过，他们与我有几分神似，因为他们的脸上也写着焦虑。但等等，请注意他们的手，那些手里不是拿着简历就是提着公文包，这代表他们有事可做，有地方要去，有人可以见。所以，他们的焦虑与我的又不同。

他们普遍比我年轻三五岁，正是大学孵化器里刚破壳、却还没有长出职场成羽的尴尬小鸟。普遍没钱，因而普遍自卑，普遍穿得比较便宜，因而普遍有点丑。对不起，请原谅我这么一个衰人还如此的势利眼，但必须承认，我们已经来到历史上最重视外貌的时代。

他们晒得冒油的脸孔缺水又起皮，双眉紧皱，T 字区全是油，但逢人却会迅速释放一个状似气体的微笑，带一点青春廉价的谦和与淡臭，不然，则是一副期待机会降临的忧心忡忡。功利心在眼睛里，好胜心在脸上，内分泌失调，导致脸上长痘痘。

而我的脸上没有如上种种，或者说，我已经失去了那些宝贵的可能。死里逃生后的哀恸、绝望、虚软，使我后背冒出木瓜籽一样麻人而熟密的冷汗，滑落整个背脊，流向大腿，我不去擦，只管默默地走路，我想我真的非常非常像一具从冷冻柜里拉出来的冒着水汽的冰尸。

我还忘了说一句话：这个时代，也是历史上最厌弃失业者的时代。

当人类还是野兽的时候，他们弄不到足够的猎物，就用另一种简单的办法混饱肚子：两个人赛跑，跑得快的那个杀死慢的，砍掉他的头，把他吃了。砍头的声音，闷钝的咔，咔，咔。血以射线喷溅到处都是，肉食动物满身满眼的红。

头颅被举起示众，众人跳舞欢呼。因为劣势与弱势，这颗头被吃光肉以后还要成为胜利者的装饰物。头骨穿绳挂在胸前，成为表明实力的项链。

我看到我已倒在那条他们必经的路上，荏弱，我跑不动了。这时候，不必是最强者，也许只是走在最后最矮小最怯懦的一个，他回头瞥见我——运气来了，他也红了眼睛，瞳孔缩紧变绿，现出潜藏已久几乎从没机会动用过的杀气。咔，咔，咔，我在他青涩的刀刃下被斩首、分割，遗骸狼籍散落各处，一场大雨之后，化为腐土。

我没有带走我在办公室用过的物品：文具、盆栽、咖啡、书籍、发票。同事把有用的瓜分，不要的丢弃。从此，我作为一名白领的痕迹开始消无，我的东西，慢慢成为遗骸，散落各处，腐朽为泥。

社会的进步，不过是从真正的杀人吃肉到婉转的弱肉强食，一个意思。

我走进一家商场。下午三点的商场，很冷清。一群老人坐在免费的椅子里蹭冷气。从前，我从来没有注意过他们，此刻我才恍然明白：他们一定是从清早就已来到这里了，各自占据习惯的位置，然后，就这样坐一整天，坐到太阳下山。我仿佛看到了一片沙漠，寸草不生，荒芜得只剩下大片的时间白花花铺展，他们腕上廉价的手表都比他们的时间值钱。换 种比喻吧，一颗两颗三颗头颅，垒着，垒成梅超风练九阴白骨爪的整整齐齐，不过，要说明一下的是，这些头颅的身躯因为肉太老，没人稀罕吃。

我起了 身的鸡皮疙瘩。

我必须他妈的想办法活下去。

裴振的电话打过来，我一惊，手机掉到地上。再捡起，那边已经把话说完了一半："喂……还有案子要接，下星期再去你那里好吗？"

夕阳把一切镀上暧昧的金色，又迅速暗下去。这是外国人说的狼狗时分，衔接白昼与黑夜中间的暮色，只有短短几分钟。在这样的光线里，狗与狼是分不清的，人与兽的界也不再明显。世间万物，在这一刻显得难得糊涂。我停顿了三秒，那边已经不耐烦了。“在不在听啊？”裴振的坏脾气开始暴露了：“搞什么鬼？”嗒，他挂了电话。

我相信男人是可以爱一个女人一辈子的，比如勃拉姆斯爱克拉拉，金岳霖爱林徽因，但要有一个前提：他从没得到过她。一旦得到，他绝不可能还对她那么恭敬，还追随她爱慕她憧憬她？办不到！男人是世界上最功利的动物，得到一个女人以后，对她当然失去兴趣，比如嗒，挂她的电话。

而女人善怨。怨，其实是一件很过瘾的事。当她们觉得自己可怜的时候，无论有没有人安慰，她们依旧会觉得自己可怜。这种时候，只有一种东西能让女人痛快，那就是怨。敞开了怨，放胆了怨，没命地怨。别劝。请相信女人其实是在怨的过程里体会痛快甚至幸福。阻拦非常不智。

当然，你也阻拦不了。怨念就像霉，从地下室蔓延到天花板，永远清除不掉，春风吹又生。

我也是女人，不可避免的，我因为这个不够体贴的电话而想到自己未来的惨淡境遇，一时之间，站在街角的枇杷树下，晚凉的风吹透衣衫，打过点滴的左臂开始发凉，香肠一般灌满，我掉下几滴晶莹的鳄鱼眼泪。

但理智必须战胜情感。黄碧云说：情爱不过是小恩小惠。

生存下去，才是此时最该去考虑的大事。现实情况摆在这里：生病导致失业，失业导致没钱，没钱买不起药，只有死。北野武的《大逃杀》，中年失业的父亲在卫生间上吊，厕纸拖得老长，上面的字迹劝勉他的儿子：秋也加油，秋也加油……

男人只有死。

女人却不一定。

从某方面来说，女性长期被认定为是第二等也许是一桩幸事，正因如此，女人反而没什么可顾忌的，生存大计面前，尊严啊面子啊骨气啊，这些统统靠边站吧。

男人却不行，少有男人能吃顺女人的软饭。

在商场地下一层的餐厅，就着一客黑椒牛柳饭，我把我此后的人生慢慢理清、归档、铺排。没错，最好的方式就是嫁人了，多少年前，张爱玲已经告诉过白流苏：只有不愁吃不愁穿的人才有资格说“我这辈子早完了”，不然，要完也完不了，就是剃了头发当姑子去，化个缘罢，也是尘缘。

我是明白的，像我这样的废物，要活下去，就只有一条路：有人肯养。可是在这个人人皆精刮无利不起早的世界上，谁肯凭白无故养你一个废人？那只有当一个男人是你丈夫的时候吧，那是法律规定的必须养，他逃不掉。退一步，就算有一天他不肯了，起码分一半的财产。

但那个倒霉蛋，他在哪里呢？往远了想，这是个茫茫人海中的大秘密；往近了想，这是个昭然若揭的小 CASE。我冷冷地笑了。

所以，男人千万不要得罪女人，尤其是不要先摔她们的电话。

此刻人在新加坡的裴振先生，是否会觉得有一片不祥的云翳遮住他头顶上方的晴空？

他当然最后会发现我是个累赘，所以，必须在被发现以前，隐瞒住病情。

这很卑鄙我知道，但卑鄙是卑鄙者的通行证，高尚是高尚者的墓志铭。

裴振要到下周才会回来，我独自空白地生活。

没有早七点的闹钟铃声，没有七点半淋浴完毕在衣柜里挑捡上班所穿的衣服，没有挤地铁，没有地铁出口处便利店的芝士面包，没有工作午餐和梨，没有会议计划没有出差安排，没有下午的咖啡没有茶，没有下班后的约会或加班的通知，没有深夜归家时计程车里的电台音乐。

只有我自己，从清早睡到下午。天气干燥，鼻血沾染枕头。

没有想念裴振。

必须承认，我已很努力了，我非常希望自己能够爱上裴振。找到爱上他的理由，就等于把自己洗白，让一切变成顺其自然而不是阴谋。但是，我徒然在莲蓬头下站立，热水冲淋下来，久久，我被烫红成一只虾。天地良心，没爱过就是没爱过，爱不是一支红酒就能解释的事。齐秦和王祖贤也是因为一支红酒，喝醉了接吻了于是好上了，可此后他们经常醉醺醺地大打出手。所以，红酒生产商应该在酒瓶上标注：无爱者慎饮。

那个晚上倒是有极好的月色，潮汐涨落，不管是狼人还是女人都会被催化，露出他们放肆的侧面。荷尔蒙让我成了精，身边一个爱说笑的王老五怎能放过？我咯咯笑，用手勾着他的脖子。自己回想起当天那轻薄的样子也觉得很贱。但现代人喜欢说：你已经是成年人，成年人支配自己的身体是再正常不过的事，如果你觉得快乐和愿意的话。当晚觉得这话靠谱。

阳光之下无新事，第二天太阳照在彼此脸上，都有点尴尬。从酒吧沙发到私宅床塌的距离，有人走了一辈子，有人只用一个晚上。光亮里，裴振的脸看上去没有昨夜有趣了，陌生的胡须陌生的皱纹是属于新的一天的，歌里唱，今朝的容颜老于昨晚啊。

毕竟不是见惯风月的人，我们用交换电话号码的方式填补初犯后那淡淡的罪恶感。而后有的时候，他会来我家里过夜。我们并没当对方是恋人，也不是纯粹的朋友，但介于朋友与恋人之间的，这一种奇离的关系，使我们非常没必要却又非常努力地一次再一次见面，仿佛如果这一次见了下一次不见就不好意思。这是一种缺乏道德和诚意却又十分礼尚往来的关系，它唯一的好处是使我不寂寞。时间久了我们除了做爱也做饭。在超市共着一辆手推购物车一起选购生活的必需品，在新鲜的肉类与蔬菜档讨论晚餐该做的菜式，有很多人包括我们自己也常常误会这是夫妻该做的事，可是不对，吃完饭他接到他老婆电话就走，回到家里即使不饿也还是要装模做样吃一餐，所以他胖得很快。

我把药瓶里的药全部倒出来，装进一只糖盒，再把糖和写有药名的空瓶子扔掉。药伪装成糖，而糖被丢弃——自找苦吃的人生如果需要具象的写真，那么就是这只被替换了的糖盒。我是废了，从身体到心，均已堕坏。黑夜像凝胶缓缓注入整个目所能及的空间，结成琥珀，我就是当中那只挣扎的爬虫。我没开灯，在暗影里捕捉着方向，绊倒在自己书房的门口，心口一麻，痛又来了。

我相信，一定有一只无形的秃鹫正用它的尖喙翻刨着我的胸腔，血管被一根一根抽出来，意大利面那样带着弹性，被吸溜吸溜地吞食着。最后，心被掏出来了，它却不吃，踩了好久，啄破了，走了。我半跪着，手摁住左边的胸部，肋骨之下，我的心跳着奇异的鼓点。

在这个时候，我发现我在默念朱沉的名字。

恐怖片里，孩子只要一直默念某个咒语，魔鬼便不敢靠近。

在无可抵抗的痛楚之下，朱沉的名字被想起。也许那不是我去想起的，那是疼痛按照它的良知良能自己找到的。带一点点血污，朱沉的名字是我的咒语。

现年已经三十七岁的老男人，如果棋逢对手，他可以一直玩到五十岁。但他一着不慎，被一个没怎么下过棋的生手将了军，卒子不保。裴振的脸又青又白，“你说什么？”他坐下来看着我，手在浑身上下地找烟，眼睛却是僵直地，我看出他强忍的颤抖和竭力控制在嘴里的脏话。

“我辞职了。我不能再工作了，我怀孕了。”

我说的都是最简单的句式，主语加谓语，十分明确。我绝不多啰嗦，我知道多说对方就会爆炸，此刻他能消化的只有这样赤裸裸的简单。他几乎不呼吸地看着我，忽然目光一散，问道：“那你说怎么办？”

好极了，他把主动权交给了我。既然如此，裴振你就不要怪我不客气了。“如果你不愿意和我结婚的话，”我咳嗽一声，标出语言的重点，“我会独自，”我笑一笑，“把孩子养大。”

果然，他被激怒了，开始跳脚咆哮："怀孕也是你自己的主意！养大也是你自己的主意！你总是有主意！"

我把他的咆哮看作另一种意义上的软弱，他已经认栽了，我得给他些安慰，顺便也确认一下，他的底线在哪里。"对不起，但我确实想要这个孩子。"我说。

他冲出去，把门狠狠地掼上。

月亮是宇宙排出的卵，新鲜，完美，强壮的黄色球体。四周的星星是精子，它们箭镞一般的光芒绮丽缭乱，谁知道哪一束会被月亮吸收。

吃过一天最后一次药，闲极无聊，自毁的基因又开始作用。

我坐在电脑前，要给自己找点不痛快。打开我那个带有密码锁的文件夹。曾经，我也有过天真纯情的少女时期，比此刻还要无聊，我把朱沉写给我的情书扫描存档。那时，我相信纸张会腐脆，字迹会消失，只有把它们扫描成JPG格式代码，才可以保存到永久。而当第一次硬盘崩溃，我求电脑部的同事帮我恢复文件，我那时大学刚毕业还是试用期，是公司里最没地位的族群，电脑部的前辈不肯帮我却训我，"最好把重要的文件打印出来，电脑是最不安全的东西你连这个也不懂吗？"

此刻，那个文件又成了乱码，而经过七年的光阴变化，曾经为此声泪俱下的那个我，开始哼起陈奕迅的《爱是怀疑》，关掉了界面。

有一些字句却已深印脑际——

"天色忽然阴下来的时候，我看见你握着一把湿漉漉的伞，头发衣服都透着寒气，我不由自主把目光聚集到你的左臂上那蓝绿色的胎记，认定那是前世铭刻的记号，今世让我辨认，与你相认。"

这是我所拥有的最美丽的情书段落，是朱沉的手笔。

但当年，一边读着这些句子，一边心里微微地看他不起。那时他还在研究所里，单纯的人际关系，使他在社交这方面成长缓慢，和人讲的话都傻里傻气，他以为一封情书就能打动现在的女生，我笑他太天真。

他误认为我是大四的学妹，鼓励我像他一样读研然后转博。他不知道我才大三，但从大二起我就已经以实习生的身份在各种公司里混，学校的宿舍床位只用来存放用不着的杂物，我靠着打工赚来的钱自己租房子住。

那时的我，急功近利又庸俗肤浅，独立自立，却又刚愎自用。相信自己永远不会被情书之类的玩意打动。但那情书却一直留在我的包里，时不时碰到那纸张，它被磨出了毛边，折痕裂破。

良心像亮着的手电筒掷向船舱外，或者一囊萤火虫抛进黑夜的大海。

医生在唾沫横飞地向我兜售，兜售人工受孕的常识，鼓励我勇敢尝试，丝毫不考虑我有心脏病会有因生产而死亡的可能。私人医院的大楼内墙四处都是广告，所有的工作人员脸上都透着算计人的微笑。我感兴趣地听着——我的居心不良，和那个医生的不谋而合。

我根本没有怀孕。

但是对于现代医学来说，想怀孕还不是易如反掌的事？所以我想来尝试人工新技术。

是的，我在欺骗，欺骗裴振残存的一点点道德，如果他认为他的血肉在我身体里生长是危险的，这说明他起码是重视的。他的重视，将带领他生出娶我的动机。

医生在跟我算钱。“精子的捐献者是一位著名运动员所以价格要高一些，博士的更贵，我看你比较适合……”

我忽然想起那一年我介绍朱沉与我们公司的高层见面的事。求贤若渴的董事长，见到朱沉好感动。还破例开了那瓶一九八九年的 WARGAUX。“就是《失乐园》里的殉情酒。”宾主尽欢。一周后，半被怂恿，半被哀求，朱沉来到公司成为我的上司。

这一切本来可以圆满地进行下去，不是很好吗？职场亲兄弟，上阵情侣兵。人前我们低调地互叫李小姐、朱先生，人后他是我的男朋友，可以帮我升职，给我破例，留情，网开一面。我会得到比别人更多的机会。

但是一个月后，朱沉对我说："我不想工作了。"

"为什么？"

"我时常觉得很绝望，无法胜任。"

"你怎么可以这样！你是个大男人，有什么好绝望的？你不工作靠什么活？"

"我可以重回研究所。"

"你以为研究所还有你的位置吗？那里早有别的人了。朱沉，不要变成懦夫，我们要活下去就得忍受生命里种种的绝望。"

朱沉不响，三天后，他失踪了。

如今我坐在家里，想起我曾经的办公室。一楼玻璃大门里是前台小何姑娘，每天早晨在她那里管打卡，她性格很好，总是一脸喜兴的浅笑。夸赞我的衣服，鞋子，气色，问我包包是哪里买的，真好看。她虽然是前台，但她的薪水不比我们少。有时候，有些人无聊，调戏小何姑娘，碰她那雪白的肩膀，还要捏一捏。

"啧，老王，你吃小何的豆腐啊！"

"这哪是豆腐，这是豆腐脑儿！"

"啧啧，豆腐脑儿脸红啦！"

小何娇俏地作势打人，她从不真心恼谁。"何妹妹，你这么有钱，你请我喝酒啦。"小何又笑，"行啊，没问题。"

小何是靠这样的好脾气才生存在这个无所谓有也无所谓无的职位上的，她是公司里我最崇拜的人。她那积极的人生观多么值得尊敬：生存在上，我们不要和食物链计较太多。

我坐电梯到十四楼市场调研部，已有清洁工人打扫过。我喜欢我那个狭小的蓝色空间，一台笔记本电脑虽然是配置很老的IBM，但是经摔耐用，曾经半杯咖啡全数泼洒在上面，晒一晒，继续用。我常爱赖在办公室，就算冷气太足一个夏天要用掉五十瓶薇姿喷雾，这里却依旧是我的乐土。我打着加班的名义无限时上网。深夜无人的办公室，窗外一只大白月亮好近好醒脑，我总是比同事显得充实繁忙，哪怕我只是晚上在这里打游戏，但请相信，升职的机会永远是留给最会做表面功夫的人。

我升职他们有人不服。社会背景相似，专业区块相同的人在有限的地盘上，披着竞争的外衣互相仇视、轻贱、踩踏，谁也别想指导谁，这就是所谓的公司文明。有人丢出话来："李小姐啊，最爱捞过界。"我冷哼一声，不予理会。这个人又继续打我的小报告被我知道，我只好去结识了总经理——不，他的妻子。女人都贪小便宜，我送她很多小礼物，她很快成为我的手帕党，报仇的日子不远了。选一个下午，跟她在咖啡馆闲坐，说着说着我就哭起来，我不是爱演，那时候的委屈也是真的，她气极了，发誓与我同仇敌忾，把小人赶尽杀绝。"不，不要为了我这样做，这不好。"我欲迎还拒。"为了你？笑话，我只是想弄走老公手下的小人！你别拦我，这事我一定要管。"对她哭，比对她老公哭管用一千倍。最后那个人被从公司铲除，我还放话出去，要同行业的人当心不要引狼入室。

动物园里有一头大象，好端端在笼中吃草却被外面的无聊游客丢石头砸。一两块石头打在身上有点疼大象不在乎，人却越丢越起劲，直到有一块石头击中大象的眼睛。大象忍无可忍，开始用长鼻子卷起地上的石头回敬游客——我应该学这头大象，不要软弱，如果有人向我丢石头，就走过去撕破脸和他们闹一场，然后整理衣冠，拍拍手上的灰尘，漂亮地走掉。我喜欢这头快意恩仇的大象，看着网页上的新闻，久久不愿关掉。

但如今想来，不管是大象还是那恶意的厮杀都已没有了意义，却也正因为没有了意义，而让人分外怀念。那些个晦暗的早晨，年轻气盛的我，一想到要投入一天的战斗，就会双眼喷火，精神一振，嘴边露出暴虐的微笑……

我是天生杀人狂，可是偏偏得了心脏病。

门铃响，裴振出现在我面前。

他没有和我讲话，径直坐到沙发上吸烟。我走过去，他拍拍旁边的位置让我靠过来，然后揽着我，就那样默默地坐着。窗外一棵奇高的血桐，经风吹动，碧森森的叶子摩挲肿胀的月亮，直至它的边缘起了毛球。

那年，朱沉失踪了十七天以后，与我在街上偶遇。

也许不是偶遇，他当时跟着我，始终维持四五步的距离。

我带他进韩国餐厅，知道我一定会点两份石锅拌饭，他就什么也不说，眼睛温驯哀伤地垂着。

他头发八爪鱼那样腻成几绺，很久没有修剪，刺着眼睛红红的流泪。鼻头有汗，腌渍着数不清的黑头、粉刺。胡须刺出，蔓延满整个下巴与两腮。十个指甲藏着脏黑的污垢，自惭形秽之下，把手握成了拳头。满手臂蚊子咬过的肿包。穿人字拖鞋的脚，脚跟的角质层一片灰白，好久没有好好洗澡。

这一切都像我把他遗弃了。没有人要的猫狗，会成为野猫野狗；没人要的人，成为野人。

坐在我对面的野人拿着匙子大力拌着他那碗饭，半熟的蛋黄破开，粘涎挂成一碗发亮的膜，米粒像无数死蛆。我恶心，把脸转过去。

这次我不再提他的工作了，显然，他已不适应这样的话题。吃完饭只是送他回家。他的家，在两个月没见后，已经成为一片垃圾场。进门口的一小片地方，房租水电费银行账单以及各种广告尸横遍野，他踢两脚，劈了条路出来。进到里间，我被一股腐坏气味击中，想吐，原来一缸金鱼已经全部死掉。我端着鱼缸去卫生间马桶倒，回头看到厨房地面汪着一片脓一样的绿色液体，那是不知几天以前掉到地上的一只猕猴桃，已经发酵化为浆汤，长了霉膜，成为蟑螂和蚂蚁的盛宴。这些虫子不知是吃得过饱还是食物中毒，有几只居然仰头倒毙。

我彻夜打扫。凌晨三点，朱沉走过来拉住我的手，哭。我这才想起他还没有洗澡，连忙把他浸到浴缸里。我洒好多的浴盐搓他，又给他洗头、剪指甲，蒸汽里的他，像需索母乳的巨大婴儿，令我又悲伤又恐惧。

浴室外，有某家夜总会的红灯，夜雾里结成相思的血块。

清早天亮，太阳升起。他拉着我的手终于躺下，沉沉的酣声像海涛。我的手，一直扮演航标的角色，使他不会迷失方向。但这次我成功控制住了自己那份妇人之仁，因为我发现他睫毛颤抖，眼珠在转动，他分明没有睡！

是勇气，也是火气，我把手猛然抽回。

他睁开眼，看着我，一字一顿地说："为什么是我，为什么我会患上忧郁症？"

如果此刻我告诉朱沉，我也差一点因为心脏病被这个世界遗弃，如你曾被我遗弃一样，不知道他是否能不再恨我。

可是我们毕竟是不同的。我向上挣扎要活下去，他向下坠落放弃。我不能容许自己像他那么窝囊，心底里，我是瞧不起他的。当然，他也一定瞧不起我，他不能明白我这么无尊严地活下去到底比高贵地绝种要好多少，又有多少意义。但事实毕竟是一直在寻找归宿的我终于找到了归宿，我表扬一下自己，好样的。可我也同时很清楚，这并不是一个好的归宿，这只是次选里较好的。它的最大的缺憾是没有爱，没有爱而嫁人，相当于一种抛售……我在地板上蜷起来，膝盖碰着下巴，如在羊水中浸没，我太困了。

裴振把我抱回卧室，寝具以白色维护床的神圣，疲惫像涡轮那样割着我，割成薄薄的一片一片。

"你还没有吃药。"裴振拿着一杯清水和几片药，送到我面前。朦胧中我接过药片吞下，当我抬头看到他，嗒，水杯掉在地上，碎了。

他用强暴一般的眼睛看着我，把我看透，看破。

我坐直了身体。但这个场面在想象里毕竟是预热过的，我尽量保持平静的语调："你知道了？"

裴振不语，点点头。

一阵电流经过天灵盖直穿下来，这是痛的前奏，然后，我开始痉挛、抽搐。裴振似乎俯下身来抱我，想要使我安静下来，但没用了，这一次的痛比任何一次都剧烈，我在痛中失明、失聪。

我没想到我会再醒来，但我确实在医院硬硬的病床上醒来了，从没有如此强烈地渴望洗刷和表白，张口第一句话是："是的，我一直在骗你。"

"骗我什么？"

"我没有怀孕，并且我有心脏病，我不是辞职，事实是我根本无法再工作了。"我发现我哭了，"我承认，我是一个累赘。"我终于大哭出声，声音居然非常宏亮，巨大的委屈像海啸。

裴振笑了笑："可我的戒指已经买好了。"

他从衣兜里找出一只指环，"我已经对我妻子做了坏人，现在不想再做坏人了，顺势讨你的好，这算做好事吗？"他把指环戴在我的手上，"不过，要说明一下的是，这个戒指是一年前就在新加坡买的。你或许从来没有爱过我，所以，基于这一点，我也从来不愿意拿它出来。现在我们都省事了，感谢你这病，来吧，我们结婚。"

一生里，我第一次掉下有意义的泪水。但我真的不知道裴振爱我什么。也许他在说谎，也许他只是安慰我，也许……我已经死了，这只是一个未完成的祈愿。但在他的目光照耀之下，那个奸巧的，龌龊的，阴险的，恶质的我，开始慢慢还原为洁白。是幻觉吗？我在问自己，我看到医生把呼吸器从我的脸上拿走，护士把白单蒙上我的头，也许这真的是幻觉，但我希望幻觉晚一点结束，因为我真的很怕死。

贪凉

我们是一群傻瓜，傻瓜都只会爱上傻瓜。

你是早就料到了今天吧？

还是一时下不了台，不得不硬着头皮这样做了？

你是我所不能了解的那一种男人——

你这天没有穿盔甲，也没骑马，通身缟素还是第一次上身，浆洗晒干后的硬挺，走路不时发出声音，像纸。头发仅用一根簪子挽着，有几绺没有拢好，垂在你的额前和鬓边，像纸上的墨迹。在不需要动用武功和韬略的时候，你温柔怠惰的样子，很钝，很好看。你胡子没刮，下巴上的青色阴影形成一种粗糙的清凉，悲哀的色调，衬出一点点灰心的神情。你的两条笔直的长腿叉得很开，无知无觉似地拄在溪水中，鞋子已经湿透，你的脚终于感觉到冷了，所以动了一动。

这是我观察到的有关你那天的全部细节，而你自己想必是没有心思去理会这些了。现在，你只有一件大事要做，必须做，马上做，那就是——死。

剑已经被你自己架在脖子上了。剑磨得很好，削薄，柔韧，闪亮。你使用的剑，应该是件名器没错，名器多会妨主，这难道真是一语成谶吗？

剑抵住你颈上最大的动脉，血液受阻，形成高压的小丘。不需要多大的力气，轻轻抹下去就可以。公元前二二八年，可没有救护车、羊肠线、袋装血浆、外科医生。这样的寻死，呵呵，就是必死无疑。

你的眼皮微微抬起，双目直视着前方。你历来惯有的表情：七分耿直，两分傻，一分不开窍，今天依然如故。但今天，终究还是有点什么被添加进来，使你在这些呆呆的表情之外变得不一样了。是了，那是绝决，专属于男性的绝决，让你一下子变得特别迷人。

你身后有几片枯叶子在这时殒落，随水流走。天空的云移过来一点，又移开，在你额头上打下阴影，再让出高光。

远处的马车呼号着往这边赶，车上的人直立，大喊“住手”。

但是晚了。

人头滚落，血水染红了溪边的石头。

夜像一枚巨大的黑色果子，我在它的内部，闻到它因腐烂而作用出的醚味。失眠已经到了第十天，与死亡仅隔着呼与吸的距离。我成为一具真正的行尸走肉。在这间新公寓里，灵魂褪色，变浅，膜一样浮起，风干成为粉末，与室内新家具散发的甲醛相互作用，结晶成某种难以溶解的沉淀，沾连灰尘，不能降解。

街对面新建的仿古酒店，翠蓝琉璃瓦的新顶淹没在春雨里，像一艘沉船。其上石兽静静，是沉船上附着的贝类遗骸。这间酒店从开张起就在赔钱。铜铝合金的巨大风铃无风自鸣，悲音盈耳，败家的征兆。丁字路口，大冲之地，上千万挥金如土的建筑，最后大抵仅供无脑的主管方验证此间一切在最初即已堕坏。

药物，音乐，热水澡，数绵羊，如上对抗失眠的办法都不再奏效。当自骗自举步维艰，我看到你又在我面前横行，果然是提头来见。

躺着看见你，坐起来看见你，趿着拖鞋或赤脚看见你，走到阳台看见你在树梢与月之上晃动。打开购物频道在模特儿手中的数码相机里看到你在镜头的镜头里，翻开书看见你，合起书看见你，在猫的瞳孔里看见你。急刹车的声音，猫叫停止了，有几户人家开了灯又熄灭，海底斑纹有毒怪鱼嘴巴的开合，明黄色的腔髓里，我看见你。

我闭上眼睛，疲倦，如一只通红的烙铁，熨遍周身每一处毛孔吱吱烫出腐臭。苦刑之下，我刺痛而软弱。

若睡眠是最后的抗衡与退守，我承认，我已经惨败。第五天的深夜，我与疯子无异，神经错乱，披头散发，缩在房间的角落，开始自言自语。

我渴望淹没、终结。

浴缸里的热水已满，汩汩冒着蒸汽，苍灰瓷砖地面、拖鞋、刀片在洗脸池旁待命。幽冷的初春子夜，镜中无人，唯有护肤品瓶子一具具伫立，影子如人偶，我的陪葬品。

楼下的猫不再叫了。

雨停止，天亮了。

汤在替我整理房间。

一股脑把深色的窗帘都换掉，尘吊如飞虫千军万马漫卷。“看不出，这房子灰这么重!”又转入卫生间，把洗衣机开动，噪音让房间变得很拥挤，像一下子跑进来无数只发情的河马和大象。下午阳光烘黄，如同一块金色罗莎蛋糕，泛出过期的甜味。钟点工在阳台上打扫，“小姐，房子临街，不常做卫生可不得了，下次可以再叫我来噢!”中年妇人无可挽救的皱纹，笑出谦卑的机灵与讨好，汤指挥她去对付肮脏的地板，刷洗马桶和灰暗的窗玻璃。他自己则转转坐回妆台前，逐一清点我的护肤品，“这个已经过期了！这个……油性肤质用的，你买错啦！这个，干吗用这个我不是说过含有氢氧化钠吗俗称烧碱会把你脸弄残哎有钱也不要乱花吧……”抬起头，仔细看我，毫不留情揭穿我：“你脸色很难看耶，比人家欧巴桑都不如！规律生活，规律生活很重要啊!”

汤拍拍手上的灰，站起身，走到厨房里去。鼓捣了半天，端着一碗什么面糊出来，顺便给钟点工结账让她走。然后他坐下来，拍拍我的肩膀：“死呢，绝对是没有活着好的。来，躺下。”

他用化妆棉蘸矿着泉水，给我洗脸。如果昨夜我不是忽然发现我原来恐血，如果这间公寓的主人没有在浴室里安装一台电话分机……那么今天他所做的这一切，就成为替我入敛前的梳洗。洗面乳轻轻打着圈儿，从下巴向额头的方向上行，洗去，涂一层化妆水。面膜匙挖出一大砣秘制配方，避开眼睛、嘴巴，小心地刷涂，“生土豆、面粉、蜂蜜和黄瓜打成糊，土豆呢可以美白，蜂蜜除皱，黄瓜缩小毛孔，面粉带去毛孔里的脏东西。”汤念他的美容经，面膜一再地加覆，堆到不能再堆，“这种面膜可以每天做，但别忘了贵的那种也要做！”

他今天只管负责保养这个侥幸存活下来的我，毫不过问昨夜那个狼狈绝望的我。

卫生间的刀片想必已经被扔掉，浴缸里放满的水也冷却。

面膜开始在脸上凝结，脸，因为面膜的贴合变得柔软，细嫩，多汁。

我喜欢这个令我如初生的，小小的壳。虽然十分钟后它就要拆掉，它只是临时的。

但我居然睡着了。

人一年长，难免就会有点迷信。每当在一间公寓里失眠过久，我就会怀疑它的风水有问题。风水好的房子，我想起你的次数会少一些。令我不停想起你的那些房子，一定风水不正，滋养阴气，我只好搬走。

三搬当一烧，是说搬三次家等于失一次火。我陆续因搬运不便而丢弃床垫，衣柜，被子椅子鞋子，我还遗落了数件小东西，当中包括祖母给我的耳环。

这一次搬入新居，旧年的东西几乎都丢弃了。重新购置的一套生活用品，让我以为会是一个全新的开始。我以为，我会成功躲避你，从此过上安宁日子。但是，不需要多久，我就发现房间有一些角落变得似曾相识，它们带上你的气息因而我不敢靠近。我装作视而不见，那里便开始积落灰尘，不打扫的话，阴霾更加透着不祥，久而久之，成为新的禁忌。

无法用科学去解释的事，多半是信则有，不信则无。

你夜夜前来，用目光照亮我的脸，使我醒过来。

我要驱走你，我再也受不起折磨了。

房间四角烧香，卧室小桌放喇嘛念过经的哈达，门上贴一对门神，怒目圆睁的秦琼和尉迟恭。这些瞎七搭八凑到一起的护身符，不知是否有效，我又把灯全部用红色绢纱笼罩。红色，大吉大利的颜色，有声音的颜色。用喧哗的红，趋走哀恸惨淡的想念，我也是在兵来将挡，水来土掩呐。

我趋鬼。

香灰符水若不可用，那么，一个活人，是否有效？

汤来陪我。

他翘着兰花指，戳我的额头。

“喂喂，醒过来嘛，你平时不睡就是为了在我面前一次睡这么多吗，没有礼貌，哼，睡太多晚上要失眠啦！”

我忽然可以睡，而且一下子睡十四个小时，汤都看完六张影碟泡了澡又修了指甲脚甲，百无聊赖终于忍不住要喊我起来。

汤，是我的闺蜜。但他是个男人。

作为一个很有名的化妆师，在一些综艺节目里你会看到他作为嘉宾出场，机灵健谈，吃人不吐骨的一张嘴，常常把那些没脑子的小主持臊皮得想钻地缝。有个把不知其取向的师奶还把他奉为偶像，“师奶杀手。”他说。因已出柜，所以也不怕狗仔队跟踪，爱过几个帅哥最后都失败了，如今最大梦想是可以获准领养一个小孩，“我需要爱。”他说。多年来挥霍无度，快三十岁才想到攒钱，存款却仅够开一间小餐馆，一张桌子两个座位，“情侣餐厅。”他说。没有事做的时候会跑去监督厨师的手艺，喜欢看菜谱，技痒难耐就把厨师让到一边。“蒙面掌勺。”他说。

他尽朋友的责，陪我住了两星期，从每天早起就监督我的作息，恪尽朋友之职。

“走，我们去买早点！”对生活充满热情的汤，告诉我这个世界上有一种事物叫做早点，它存在于本城街角转弯的一个手推车上，八点钟以前即会收摊过时不候所以要起大早去买才行。落雨，我们撑开伞，勾肩搭背下楼。球鞋小心绕开昨夜车祸死去还无人前来清理的猫尸，血水已经被一夜的雨冲刷干净，流入城市的下水道。

“别看啦，待会吃不下饭了。”

“本来我早上就不吃饭。”

“所以你的生活习惯不好嘛，跟我学，一日三餐都要吃，要运动，正常代谢，正常睡眠，才变漂亮，才快乐，才不会总想死。”娘娘腔地，横了我一眼，眼神却碧荧荧，像只大狼狗一般凶狠又真诚，清楚明白地把心疼朋友的意思表露无遗。我把他胳膊搂紧一点，没有性别的友情，在 Burberry 格子大伞底下靠得很近，很平安。雨在伞外滑落，汤撑伞的另一只手因为紧握而指节发白，一双太美丽的手，一点废料都无，瘦削恰到好处，秀丽恰到好处，白净恰到好处，一点点神经质但是非常的文艺腔也是恰到好处……那是一双女性的手，最后却错生在男人的身体上。

“陪你这么久，我工作都不去做，你却连早饭都不请我吃。”汤抱怨我，一边就从我外套口袋里摸出零钞，跟那模样倒也清俊的年轻人发骚：“我们要吃新的哦，等你做哦。”大清早连一个卖豆皮的小贩也不放过，汤你胃口也太大了。

汤跟我讲他在北京工作的那些年思念家乡的豆皮夜不能寐的事。“甚至因为想到豆皮就哭了，空气又他妈那么干燥，老子的毛孔就是从那时起变粗的。”伴随解说，小贩打一只鸡蛋进平底大锅，用铲子旋几转，摊成一张薄薄的蛋皮，然后，把事先备好的糯米饭，笋丁，香菇丁，香干，青豆，辣椒倾倒其上，烘得极热时，铲子小心将蛋皮连同其上内容完整铲下，倒扣过来，利落地叠成一个包裹，分切六块。

"就算为了这块豆皮,你都不应该死。"汤先生善用借物诲人的方法,挽救轻生者崩溃的意志力。两份早点装入泡沫盒子,塑胶袋提着。踩着来时路线回家,步伐偶尔会默契地趋同,像小时候一起去剧团后院那片荒废的草坡寻找野草莓,风吹起腥香的草味,流浪的大狗咻咻靠近,两个孩子又害怕又高兴。

我和汤认识也有二十年了吧,二十年,光从织女星照射到地球一次。

我们还可以被光照亮几次呢?

我记得七岁那一年,聪明漂亮的汤志诚,被话剧团的导演选中,成为在本团职工家属里挑选出来的唯一一个小演员。首演那次,在舞台上非常没出息地说:"妈我想尿尿。"后来每次上台他妈妈都要先带他去撒尿。剧场后台卫生间,男与女各一个位,他妈妈带他进了女卫生间,我和几个女孩在后台玩耍。她们也要上厕所等不及自然就去了无人使用的男卫生间,但我执意等着汤和他妈妈出来。

汤的妈妈看到我,忽然笑了。那个笑容的意味深长以及其中自以为我看不懂所以也没想隐藏的刻薄,让我这辈子忘不了。她说:"萧菽这么懂事,真了不起!"

一个小孩变老,是从她的第一次觉得困惑开始。我的困惑是,我是否做错了事?不然,我为何要被大人挖苦?敏感的小孩,因为想不通而无法入睡,可怜地坐在阳台的竹椅里晃着,听着蟋蟀的叫声心里很悲苦,眼睛深黑深黑望向苍穹里最明显的北斗星,寄望星星给她答案。

"这么晚了还不睡,在搞什么!"妈妈不耐烦等我,已很困倦,只是在催,也没有出来抱我进屋。"外面凉快,我要在外面睡。"我躺在竹椅里,头枕着自己的手臂。我居然已经学会用借口掩饰心事,竹椅硌着我的身体,两者的存在都是那么真切,我忽然知道了生命的界与限。"不要贪凉,快回来。"妈妈的声音像梦话了,夏夜草木猖獗,邻人养的巴西木在放肆地呼吸,黑色的乌云腌渍着蓝色的月亮，很入味，很咸。

而我，到底做错了什么呢？就因为我坚持不肯去男厕所方便？因为我不需教化的提示就自然知道了尊重自己的性别？长久的思虑把我变成了一个心事重重的小孩，直到成年后，我才终于明白，我并没有错。

七岁的汤从剧团化妆室偷出胭脂，要送给我。与此同时，我看到他现宝似的戴起一只粉蓝假发，穿着粉红色女孩的裙，“你要胭脂吗？你要胭脂，就不要告诉我妈喔。”说完这话，他走到镜子旁边，打开那盒胭脂，开始往自己的脸上擦。他的脸，像被咬了一口的桃子，既滑稽又恐怖。当他转过身对我笑时，我想，他之所以没有朋友，那一定是因为，那些小孩全在这个笑容发生的时候吓跑了。

“我们来跳舞。”我勇敢地走过去，拉起汤冰凉的小手。谁说小孩不懂感动，七岁的汤泫然欲泣的样子我至今还记得。又由于惊喜，他笑，鼓起一个大大的鼻涕泡。我们在无人的化妆间里跳老师教过的那支小舞，地板咚咚咚，自己口里哼出“夕阳西下，唱着歌儿回家，歌声使你忘记烦恼忧伤，歌声使你道路越走越明，困难也会减轻，烦恼也会消除，唱着歌儿回家……”美国儿歌简单的旋律跟音符，二十年无法冲淡忘却，时间，再多再多，多到埋葬我们，我们仍可以在坟墓里唱这歌。

汤快乐得在地板上滚来滚去。

而人一生的快乐加在一起能有几小时？

晚饭时分，汤为下午的快乐付出代价。他爸爸不知为何知道了他扮女孩玩的事，开始打他，他鬼哭狼嚎的声音传遍话剧团两幢单薄的家属楼。他爸爸有一条自制的牛皮腰带，在此后的很长一段时间里，它是专门用来毒打汤和他们家大狼狗的工具。

我跟汤说：“我没有出卖你。”

“出卖是什么意思？”汤肿着脸，一只眼睛是乌青的，来自他爸的左勾拳。

“就是告秘，就是揭发……”我声音变大，“可我没有。”

"喔，当然，我相信你，萧菽，你是我的好朋友，你不会那么做。"他握住我的手，他的手凉而真挚，我把它们帖在我脸上一会儿。

做朋友所需要的，简单而重要的一个基础，就是信任。

每一个小女孩，都会梦想拥有一盒女演员的胭脂。二十年后，我在安娜苏柜台买了一盒胭脂，它有一个名字叫"魔幻映彩"，BA替我试妆。她们那面镜子，是一只化妆品公司专用的化妆镜；她们那个灯光，是化妆品公司特意调节好的明亮灯光。在BA往我的面颊扫胭脂的时候，我被迫用一面陌生镜子，目睹自己在和你分离以后的面孔，是如何疾速地衰老下去。

我相信，即使同一个人，面对不同的镜，映出的影像也绝不会相同。

镜如同指纹一样。

而十六岁下午的那面镜子——

你远远地从话剧团大门走进家属楼，打开一楼那间久无人住的房间大门。霉味呛鼻，灰尘中带着淡青色细菌孢子纤维，扬散在阳光下。盘丝洞大开，幽深的里间，屋子的前主堆积的无数破烂醒过来，你一样样都给搬出、扔掉。唯有一面泥金框一人高的大镜子，斜劈闪电裂纹，虽已破了，可还能照人。你把那镜子搬出来，阳光炽烈的中午，你接一只软胶水管，放水，哗啦啦冲刷那面大镜。日光珠子般跳跃，镜子映着天光云影，院内香樟，蜻蜓与蜜蜂，你的影子，而后，又多了一个影子。而后，是两个人影。你回过头，看到提着一瓶冰镇啤酒的女生，校衫羞怯地垂着，盖住裙腰，她整个看上去是一个削薄的平面，没有立体感，但敏感的眼睛黑洞洞，藏住深渊。

你先避开了她的目光。

你关掉水笼头，示意我通过。我的脚踝被水溅湿，有一些泥点沾在上面，很久，我都没有擦去，我体会它们干燥以后吸吮着我皮肤的感觉，那感觉太奇妙。而你已把镜子搬到房间里去了。

我想你也许也想喝一瓶冰镇啤酒，炎夏无处躲避，人人都贪凉。那天下午所有高三的学生放假自由复习，一辆蓝色垃圾车，载满高三教室里打扫出来的旧书、作业本、试卷、破球鞋、明星海报，还有一些粗心的家伙遗落的钱与情书，一路开，一路掉落。汤和邻校几名玩篮球的男生打得火热，高考之前不忘去献媚。落力地陪人打球，竟也练出了伟岸的上臂肌肉，人好像也长高几公分，十六岁的汤眼睛只看到漂亮的男生，他才不要理我。我在阳台的竹椅里独自坐着，竹椅朽旧不堪，晃一晃，就发出吱呀的响声，“荆轲曰：‘今有一言可以解燕国之患，报将军之仇者，何如？’於期乃前曰：‘为之奈何？’荆轲曰：‘愿得将军之首以献秦王，秦王必喜而见臣……’樊於期偏袒搤捥而进曰：‘此臣之日夜切齿腐心也，乃今得闻教！’遂自刭。太子闻之，驰往，伏尸而哭，极哀。”我放声乱念，啤酒加重兴奋，我希望明天的语文只考《史记》。

我很肯定地预感，我会喜欢你。就像喜欢樊於期那个傻子一样。

后来，很长一段时间里，我无法分辨公元两千年的你和公元前二二八年的他有什么区别。

考不考上大学都无所谓，初次喜欢上一个人的兴奋，让我觉得生命美好得太离谱。

你在楼下晒被子，蓝白格子的被子。傻傻的蓝，傻傻的白。有点像你给我的第一个感觉，一个傻傻的大男人。

第二天，我路过你的被子去考试。整个上午，都好似闻到你被子的气味。多年以后，我看到爱丁堡大学某教授的结论：如果一个女子对男伴一往情深，未必是由于爱情，而是她脑中激素的作用，一些气味、动作、甚至想象，都可能产生这种激素。

我坚信他在放屁，激素管用的话，猴子跟白鼠们也会有梁祝的传说了。但是，我一再地想起你，没有原因，只好，不得不承认了激素的故事。

高考结束，我爸妈做了很多菜，让我给你送去一些。你说“谢谢”我说“不客气”，但你不知道“不客气”三个字我练了很久。怎样才能让你听到我最动听的声音，我幻想后背生出双翼，变作一只云雀。

但后来我看到方未生进到你的房间。

夜里，家属楼乘凉的人们都不睡觉，就等着好戏来消遣。果然，你们开始争吵。用你们的家乡话争执着。方未生，这位话剧团里的名伶，公认全城最美丽优雅的女性，原来也会在她那标准时髦的台词腔以外，用她出生的那个小村庄的原生态腔调土里土气地向你求饶："放过我行吗，我求你了。"

你不肯答应她，你们边吵边走出房间。你随手抄起地上一块什么砖头，往方未生背后的墙壁砸去。你倒不是有意想砸她，只是气狠了而她又是这样软语相求，你完全没了对手，情绪的洪峰破堤倾泄，砖头在墙壁上粉碎，擦出几颗愚蠢的火星，有一块碎片溅到方未生脸上，血流下来。

四周忽然静了，楼顶本来好大一片星，忽然散尽。

"可以停止了吗？"方未生恢复了她的台词腔，她在两套语言里自由转换。台词腔是骄傲冷漠的公主，家乡的方言是仓俗求饶的丫环。她以下巴对住你的目光，不再低婉，去意已决。你在这时又不知从哪里抽出一柄小刀，就在她面前，扬起手臂，沿着静脉那条显著的血管，慢慢地狠狠地切下去，汤妈妈过去死拉硬拽，汤看着，咬牙切齿地说："他妈的，他这样真帅！"

但是方未生也许觉得你只是一个失去了理智的流氓。

家属楼的八婆们经过许多天的刺探和研究，证实了你和方未生的关系。你们小时候在一个小镇长大，一起玩耍，一起读书，如果不是她考到了省城的艺校去，你们这段故事就是梁祝的幸福前半段，并且将一直持续下去。可是，她渐渐有了大志向，走出了你的人生，而你在发现落后她好几段路程以后，猝然明白应该急起直追才不至于失去她，于是你费很大的力，进入这家话剧团。但是，"人家方未生多会演啊，又会作态，又会撒娇，不红都没办法，人一红，当然选择的余地就大多喽，这个傻子还跑来干什么，非让自己难堪!”

方未生嫁给剧团团长的儿子。除此之外,我所知道的方未生是:有一天她忽然叫住我,对我说,你怎么穿这种花裙子?记住,越是年轻,越要穿素淡的颜色,才不会傻。

她没有把同样的话告诉别人,也许是她对我高看一等。

很多人坚信,若不是怀着极大的阴谋,你绝不会留下来。方未生挺着大肚子,在房里睡午觉,无人话语的白昼,你路过她身边。你的浓眉毛,大胡子,阴云密布的眼神跟弓起运力的虎口,都很难让人相信,你真的只是不经意路过那间屋子。像一只困兽,你来自外界的旷野,野性尚未驯化,四周的人因为警惕你而形成了一间无形的笼子,精神的压力互相给予,互相施加。

方未生流产了,她把罪名加诸于你。你没法解释那天下午你并没有碰过她一根毫毛,你并没有像她说的那样,向她肚子上踢、踩。你说,我真的只是路过。

薄情的人,往往都比长情的人聪明。因为薄情耐不得久,最终先要抛弃长情的人。如何抛弃,这就要依靠薄情的人的智慧了。长情的人,他们拿薄情的人没有丝毫办法。这也正是付出多的与付出少的,永远不用放在一个天平上衡量,后者一定是赢家的道理。

你苦笑,“但是只要她后悔……”你没有说完这句话,剩下的酒已经被我泼在你脸上。啤酒的泡沫沾在头发上、胡子上,你愣愣地看着我,还是无法清醒过来。你只是一味沉溺地说,“我还是会等她。”

“你真的很愚蠢。”

“你不懂,小孩子。”

那一年,你在这间话剧团做什么?扫地,跑龙套,最好不过是演各种没机会上场的B角。你失去了尊严,甚至连智商也被认为低幼。汤的妈妈让你帮她抬煤气罐,你拖着那只沉重的煤气罐,从草坪的一端到另一端,拖出一条湿漉漉的对角线。我走过去,对汤妈说:“喂,你们家的活干吗总让别人干?"汤妈妈冷笑两声,"萧菽是我们这儿的大管家喔,他愿意,你管着吗?"

我因此也和汤怄气,怪他不去阻止他妈妈白占便宜。

人们也许都以为,这样的日子会一直持续下去。像日升月沉一样规律地进行,直到你适应了,大家也适应了,就好了。可有一天,我们这个坚不可催的话剧团居然垮了。《阴谋与爱情》在演,观众一个个走掉,最后仅剩下十二个。主角在第二天也都走了,他们纷纷改行去演更有前途的电视剧,包括方未生,她也离开了这座城市。

剧团的大门正式落锁关闭,贴上了封条的时候,我赚到了人生里第一笔薪水。除了请汤吃饭,我还用这笔钱买了一些礼物,然后,用我一个大学刚毕业的女孩的胆子和幼稚的勇气,四处向人推荐你,希望他们可以通融介绍你去演电视剧。那一年的夏天,空气灰浊,满湖凤眼莲密生在去见人的路的两岸。甲让我去陪乙吃饭,顺便把请求委婉地说出来,但是乙说:我们不缺男演员,女演员倒可以多几个。他拉住我的手,拇指摩挲我手背,我觉得不洁。闷热的空气,他的酒馊气味的呼吸,我逃出那间酒楼,回头,夜幕里那建筑果冻般虚软,像聊斋里的书生从鬼的老宅出来时所见的一样,一切瞬息化为纸灰。可我并不敢把它当成噩梦,因为我必须依靠这个梦回到现实,如果梦不醒,一切便不会落空,你的未来就有指望,我情愿这样汗粘粘地痛苦下去。

我做这些也不是想让你多赚什么钱,或者平步什么青云,我只是想让你振作起来,你不应该为不值得的人沉沦。人在少女时代,往往就是这么傻,这么一厢情愿地天真,这么八婆,所以你瞪着我,不明白我为什么要管这些闲事的时候,我还故作轻松怂恿你说:"那个导演说这角色就是需要演过话剧的人来演,"我眨眨眼,一再撒谎,"他们看过你的话剧,觉得很好。"再当真一点:"算我求你,给我点面子嘛。"如果还不答应:"我都把大话说出去了，你不去，让我怎么收场？”

我干的本是一件卑躬屈膝替你求人的勾当，但在谎话被重新演绎后，却变成了让你趾高气昂、扬眉吐气的好事。你终于答应我会去试试，我很高兴。直到后来事情发生，我才知道，你大概是从答应我的那一刻起就开始计划接下来的行动了。晚上我邀请你到我家一起吃饭，汤也会来。我们三人吃火锅，你心不在焉，忽然对我说：“我老了。”

汤想换个话题，却被你阻止：“当你们觉得自己老了的时候，就是老了，即使所有人都不承认，你自己认了就行。老了的人，只能爱着旧的人和东西。”

那一天，在我的小公寓，在精心打扫的客厅，新买的地毯，干干净净的窗子，用消毒水擦拭过的卫生间，我的小床，瓶子里有百合花的这个房间，你说出让我如此灰心丧气的话，你让我那么沮丧，最后只好站起身去打开电视机，汤不知何时就走了。

你坐在地上，和我一起看电视。我们闲闲地说起那个角色，樊於期的父母宗族都被秦国杀掉，自己逃到燕国。秦国悬赏千金要他的人头，他恨之入骨。有一天，荆轲来到他面前，要他把人头割给他，好拿着去见秦王以取得信任，进行接下来的刺杀行动。

“樊於期，是我最喜欢的一位历史人物。”我说。

“喜欢他什么呢？”你问。

“喜欢他傻。”我回答。

你笑了笑，说：“你也很傻。”我点点头，你就走过来，抱着我，紧紧地抱着我。但是这个拥抱，是没有任何男女意思的拥抱，它这么浩荡这么汹涌澎湃，却又是如此虚空如此不真实。

我们是一群傻瓜，傻瓜都只会爱上傻瓜。

那一年全国各个电视台都在制作流行的武侠剧。有你参演的这一部，因为你的死亡最后没有公映，但是我还是想办法拿到了片子的小样。后来把它刻成一张光盘，保存起来。

我经常会重看，看樊於期，看你。

这是我得失眠症的主要原因。

如果我最后因失眠不治而亡，是你在招我的魂魄么？

我确认我爱你，大概是在我得知你死亡消息的那一天，我的爱情，这时才正式地被我自己接受了。

我记得，那天，从片场到市区的那段路前所未有的大塞车。我坐在出租车里，下意识地、焦虑恼怒地翻动着空调的出风百叶，啪的一声，将它掰碎。

碎片刺破手背，满手的血，司机在一边啰啰嗦嗦要我赔偿。我把整个钱包丢给他，打开车门，下车，开始向你的方向疯跑。手上的血每隔几米滴落地面，它是我最后寻你的标记。

与此同时，血正从你的颈动脉涌出，那把本是道具的剑，在你手里握得死牢，掰也掰不开，它是在前一晚被你自己偷偷换成了真正的铁器。

在阻塞的汽车间，我疯了一样地穿行，衣服被风和泪灌入，像一只饱胀的河豚。

女镜

至此我皈依大荒，在情感世界里，失了踪。

老六死在十月冰凉有光的房间。

死在冰箱旁边。

冰箱门打开着，冷冻室汪出了水，浸着老六的手。霜冻的十月底，老六还开空调，调到最低的温度。还开吊扇，徐徐曳动，影子映在天花板如同开了一朵黑色的寿菊。冰箱早已清空了，是不想食物腐败产生难闻的气味。还不放心，买了一打固体芳香剂，柠檬香型的那一种，排排好，放在进门玄关处。

老六刻意保护了自己的尸身，精心安排了这个二十五岁女人的亡故。死后迅速冷却，妄想无色无味，无声无息，无恐怖，无腌臜。老六一直就有洁癖。

死对于洁癖者来说，是最末一场事关清洁的考验。

洁癖的老六在死前做足功夫，什么也难不倒她。

确认无误后，关起门与窗，开了煤气。

老六以一个古怪的姿势死去。

脸贴着地面，两只手掌也平平地撑住地面，膝头着力，足筋绷着，足跟翘起。像是在爬，又像五体投地地祷告，又像极费力想站起而不能，又像卑微地求和，又像随时准备逃脱，又像翻肠倒胃地呕吐。医生说，死亡的瞬间并不痛苦，只是窒息令人难以忍受。老六生命的最末几秒，肺内被一氧化碳充满，如死局，无法吸入最后一柱氧——死得很慢很慢，又对死存有热烈的期待，才能死成这种畸型的尸相。

我们扳过老六的身子，她鼻尖额头呈现左一块右一块紫蓝色的尸斑。但她用了什么法子？肉身干缩但不腐朽，亦没有尸臭。我们抬起她，扳平了她，像摆弄一只巨大发硬的芭比。

没人哭泣。没人觉得突然。只是这一天终于来时，我却也并没能像她生前答应她的那样欢送她。我沉默，打开老六留下的遗书，最后的一句是：“如你来得太晚，我头发已经脏了，用我新买的那瓶洗发水帮我洗头。”

法医检验的结果很快做好，无人有异议。我们去公署领了老六回来，我便在浴缸里放了水，叫赵枢和几个男人一起把老六浸到里面去。赵枢拒绝我。他说死人怎么能洗澡呢，真是神经病。他很生气，在咆哮。而我坚持要洗老六。赵枢中气十足地陷入愤怒的冷眼旁观中，是匡俊老老实实走过来，和我一起抬了老六。

人死后又冻这么久，衣服好难扒掉。我只好用剪刀剪，用手撕。不小心剪刀刺破了我的手背，血一股一股流进浴缸，红绸子一般漾着，染一池浅绛色。我清洗着老六，以温水，以芬芳的洗发液，以一张长方白毛巾，以我的血。

我洗她的脸，她的眉，她的颈子，她小小的乳。她的小腹，她的脐，她的膝盖，她的大腿。她的背，她肩膀，她足踝，她脚。她十只趾，十只指。她打七颗耳洞的耳朵，她有一枚痣的锁骨。血水越洗越多，小小红色的池塘里，浸着巨大的蝌蚪老六。我忍着生之哀矜，像老六忍着小小的瓷浴缸。

浴室蒸汽雾掉了所有的镜，亦没有光，而我没有戴眼镜。我得靠得很近，才看得清老六——我们相对，脸贴脸，肌肤挨着肌肤。是这样的近，近到我几乎可以走进她身体里。(若我走进她身体,她会否成为我?还是我变作她?)——从不曾如此接近百合从不曾开放从不曾凋零,夜从不曾来临清早从没有雨和雾,神说来这里我给你安息,来,赤裸奔向我。来,来水里,我重新孕育你。

我掬起雪白泡沫揉着老六的头发,她头发都板结了,像破烂抹布。我一急,下手狠了,把她头发弄落了大半。可怜老六无知无觉,随我摆弄,是这般柔顺驯服。浴室地面积了一团一团黑色的落发,像魔蚕吐丝,或是绞结在一起的,哀伤的五线谱。

我用毛巾擦净她的身体,给她结两条紧实的辫子。我自已亦以同样的发式梳好。没有光没有镜但我们互为光互为镜,有片刻,我感到非常痛快,一滴汗水甜醉而下,我抱着老六,生与死,构成两具废物的安宁。我便在安宁里看着老六,看她身躯受热渐有微弱的胀起,会像汽球一样爆炸吗……我忽然觉得了恐怖。

赵枢推门进来,连声骂我。他把我从断发、血水、泡沫、死人的浴室中捞起,用他的外套裹住我,摔在沙发上,顺手一耳光。赵枢将我嘴唇打破了,伤在里面,就势抿紧,吮吸,一滴不外流,如吞活蛇。在场五六个衣冠楚楚的抽烟的男人,一语不发看着我,这一刻,我体会到了一个疯子的悲凉。

赵枢嘱咐匡俊:"下楼去买套衣服,赶紧。"后者三脚两步踉跄而去。过一会,就在楼下一家专卖店买到了牛仔裤跟格子衬衫,还好衣服号码都偏大,老六不至于穿不下。

新衣服给死人。是赵枢给老六穿的,以他那双手——前一天不知做过什么事的脏手。他一个手印便污染了她,我的心裂裂地,有闪电经过,疼得痉挛。洗手净指甲,做成了老六完美的遗体,却在脏里躺,脏里睡。我难过地踢翻了房间里的沙发。赵枢的匪气上来了,眼睛红得像在发酵,吼道:"你还闹什么?要么你也去跟老六一起!"

从前最闹的是老六，现在她乖乖躺地上，跟他们一起等医学院的车来。轮到我闹。我穿着老六的旧衣裳，我就是老六了！我学她的口气大声念诵遗书的倒数第二段：尸体不必安葬，替我捐给医学院。

打喷嚏。

十月霜寒，入了脊梁。

格子衬衫，牛仔裤，麻花辫子，一只破了的鼻子。我们就这样草草打扮了老六。医学院的车呜呜嗷嗷地来，上楼的两个工人都是外地人，听不懂他们的方言他们也不想听懂我们的普通话，彼此也就没有攀谈。只见他们一个扯脚，一个拎脑袋，麻利地把老六弄到了担架上，咚咚咚，抬走了。

老六那只被我蹭破的鼻头像裂开的石榴一样露着里面的肉质，而且已经不新鲜了。结束了，就算她曾有一只娇翘的鼻子，然而结束了。这只鼻子对于医学院的外地工人来说是无意义的，对于帆布担架来说也是无意义的，对于十月下午街边看热闹的人更是毫无意义。她只对解剖刀有意义。它会切开她，切碎她，碎成小块，甚至薄片。最薄的，肉眼不能分辨，要放在载玻片上、显微镜下，供学生查看组织细胞。会有人把她衣衫脱去，头发剪掉，骨头锯断，内脏挖出，一件件放进福尔马林溶液。会有医学院的老师带一只瓶子进教室，对学生抑扬顿挫地讲解："这里面是一只年轻女性的卵巢。"或者："这是二十五岁成年人的心脏。"

老六死后我一度忘了她，身边没有她，我生活的难度减轻了不少。这时我才发现我的理想不外就是清静两个字，而这种清静老六是可以给我的。瞧，只要她一死，我该得的都得到，我不能不觉得幸福。

真的，我幸福得一度忘了她。我不再被迫管她的饭，被迫看她酗酒，被迫处理她酒后呕出的秽物，被迫阻止她暴食后去抠喉咙。我也不再被她勒令一起节食，不再看她摔东西，不再被她训诲。我如今真是，真是自在圆满、夫复何求！我终于胖了一点，傍晚和赵枢约会，去吃香酥鸡啊香辣蟹啊水煮鱼啊，大鱼大肉种种老六不吃的东西其实都很好吃，我吃得很高兴。吃完了回家，想起来再吃点什么，薯片啊可乐啊芝士蛋糕啊。没有人会在此时跳出来凶我，也没有人笑嘻嘻呲着虎牙、戴满手金戒指、头发披离神经病人一般操着一只洗净的蜂蜜大瓶子倒满了白酒，劝我喝，喝，喝一口试试！来！我的小甜甜！

没有了老六，我一切行动都自如了好多。赵枢想留在我家里我就让他留，我要去赵枢家我便去。周末我跟赵枢可以一整天不出门，床上度过白花花的时间，没有人旁敲侧击打探我，没有人恶声恶气警告我。“你要克制，要隐忍，要厚积薄发，要少索取，不可纵欲过度。”没有人要我必须学会使用保险套，没有人担心我怀孕。赵枢说我们结婚呗？我说行！没有人劝我轻言承诺是有害，没有人鄙视我结婚，没有人绝望地破口大骂：“婚姻，就是‘社会’这种破机器溺出的破产物，臭不可闻！是屎！”

没有人会在极深极冷的夜里，醉醺醺而又恶狠狠地抓着我的手，碧莹莹的眼睛逼视我，流下冰凉沉重眼泪，念着：“你这个傻瓜，结婚的人都是傻瓜，你怎么也一样。”

老六时常说一些自相矛盾的话，因为她是一个自相矛盾的人。

比如既然她致力于节食，就不应该酗酒，白酒的卡路里高达每百克三百五十二大卡，相当于吃双份的腊肉，双份的冰淇淋，双份的豆瓣酱，双份的方便面。酒可使人发胖，是确定无疑的真理。可是老六喝着酒，却在嚷着节食。她又爱怂恿我饮酒，同时又要我和她一道少吃。

肉、冰淇淋、豆瓣酱、方便面，是老六绝口不碰的东西。除此之外，她一生没有喝过加糖的咖啡，没享受过几块巧克力，不吃香蕉、豆沙、果酱，不摄取任何油脂过量的食物。看到煎炸食品，或者奶油点心，她急急跳走如遇洪水猛兽，有时我怀疑她并不是装的，她没必要在我面前刻意什么。或许就是真的害怕。

惧怕食物，因而对食物更加好奇。老六在不知不觉里暗恋上了食物，醉得神志不清时，便会失控多吃——不小心和食物风流快活了一场，事后恨自己，也恨食物。

清醒时，老六只吃：苹果，土豆，胡萝卜。

以少量的进食，辅以大量的饮酒，她常常如一只酩酊的昆虫醉伏在我身旁。她生活得不科学也不聪明，但她却拥有自己的平衡，使这平衡固若金汤的办法是：如果她认为吃喝过多，罪恶感无法排遣的话，便蹲在马桶前抠自己喉咙，吐出来。

我在她后背捶她，往往深夜，我很困，打着哈欠，我好想睡，但我不能睡，因为我手底下是老六，她在吐。我觉得自己变成了一个僧，敲着一只巨大的木鱼，木鱼空空洞洞，每捶一下，房间另一端便回声四起。

我亲爱的酒鬼老六。

据说戴安娜王妃一生节食，却又时常忍受不住美食的诱惑，暴食后也会抠喉催吐——查尔斯王子不爱她，情有可恕。一个女人对别人再好，再贤德淑谨，再金尊良惠，可她跪在马桶前抠着自己喉咙，逼自己吐，使身体无罪而受刑，她就是最残忍的暴君，她的可爱也就极有限。

戴安娜和老六都不胖。若说外国女人稍不留神就会肥得没了形状，前者的节食至少还可以理解，后者的行为则完全无稽。老六浑身上下没肉，骨头也小，身上半斤八两的脂肪，全是用白酒一盎司一盎司酿出来的。

只是她蓬着头，双眼猖獗地盯我，却又如此童心未泯，站在房间正中央的灯底下，影子缩小为一粒橙那么大，穿仿制川久保玲手笔的纳粹集中营条纹囚衣式宽松大袍，奶声奶气叫着再喝一杯的样子，大概就可以叫作为谁风露立中宵。

她有时候不去工作专门请了假喝酒。我来探她，见她的醉态着实恼火，二话不说转身就走，铁门当啷一声砸上，回头从门栏杆望老六，她呆呆半张着嘴失神地哀怜地看着我离去，真像个可怜的小狗。我于心不忍，但我知道我不能回去，不能太纵着她了，纵着她，我将失去我自己，那时候，我尚且还爱我自己，并且我还没有发现，其实这就是自私。

于是她就盯着我，几秒后，泼泼洒洒举了杯，高喊着："老六万岁，老六万万岁！"

人说：强极则辱，情深不寿。

鬼才信你会万岁不朽。

冬天来时我遇见了匡俊，赵枢的同党似乎都有这样一张姿整而略带狠劲的脸，不管他有多年轻。匡俊参与了老六的后事安排，帮过忙，我不能怠慢了他。匡俊站在一间黑薰薰的卤肉馆门口，买了一袋子不知什么囫囵玩意，见到我就和我打招呼，大概是临时变卦，说"想找赵枢吃饭"。

我记得小时候，我舅舅常常就是这样，提着一只袋，装着卤肉，来我家吃饭。是一种温柔的家庭场景，舅舅坐爸爸对面，尚且单身的年轻的舅舅醉了，和爸爸推杯换盏，妈和我听他们两人瞎掰，倾听使我快乐。现在舅舅得了高血压，才四十岁，戒了酒，早晨去练太极拳，据说很有心得还教我妈学。我爸说：世道变了。世道变了，现在朋友吃饭不外是去餐馆叫一桌菜，几人吃完，主人买单，各自叫出租车走人。那筹备晚餐等客人上门的情景已成古人的风俗，这么说来，匡俊要来吃饭的主意倒有几分温馨。我赞成道："那就一起去赵枢家吧！"

我跟匡俊走在路上，没有太多交谈。北风呼啸也是原因之一。呛得人如寒风中刺猬，空空咳着，毛发硬硬地竖起。而在北风和咳嗽里我忽然发现，令我不想言语的却是我每日所居的这座大城带来的陌生感，我从未离开过它但我却好像从没来过这里，这样的砖、墙，金属森林腥重尘埃。我手里握着赵枢家的钥匙却迷了路。短短五百米我们走了半个小时。我像是存心遛着匡俊，他好脾气地装傻，脸上有个心事重重的笑。天灰了，天暗了，暮色里天边有道玫瑰色的霓，把灰的色调挑开，撒了一层艳丽的盐，腌好了这个夜晚。

匡俊说："上次，你怎么了？"

我回过头，我知道他是指老六的后事。不直说，他是怕我难堪吗？而我并不。故而我讨厌了他的小心翼翼。我说："好玩。"匡俊有一张缺乏表情的脸，因而像惊讶这种神态，发生得就很隐蔽。他最后只是配合地笑了，像是领会了某种艰深的幽默。笑映在他的黑色长大衣上，星斗般历历可数，把他整个人的气色改善了不少。

我知道他很想问："老六是谁？"我能给出什么答案呢？在卤肉、童年、黑色长大衣、霓与满天的淡雪之间，我自言自语撒起了谎："她是我的妹妹。"

老六和我并没有血缘上的任何关系，但她被我叫作老六。那么，以此推断，在她之前，应该有人叫老五老四老三老二老大，但并没有。我是缘何称她为老六的而我又是老几，都无据可查。也许只是某个深夜她平摊四肢睡得放荡无比，像一个抽象的六字。

匡俊坐在客厅，我在厨房切菜，赵枢在三站路以外的公司下班出门，招出租车回家。

匡俊翻看杂志，杂志里落下老六的遗书，他拿起来看过一遍，折好又放回杂志内。

我在厨房切着卤菜，睇到自己手背的疤，伤口已经长合了，不错。

赵枢拦不到出租车，天晚，他走了几步，满头大汗，满口抱怨。对于赵枢而言，走路下班是人生里最丢脸的事。

六个菜，开了瓶酒，三个人坐在桌前了。我并不太会做菜，但这晚的水平值得嘉奖。赵枢揽着我，哈哈大笑。手抚着我后颈，无意识地越来越紧,像捉一只猫。我知道他恨我。这恨的来源很可能就是幸福。美食醇酒,女人朋友,赵枢的人生已经完成了没有什么废话的主干部分,就差一计鞭炮响、酒店蒙尘音箱放出混音极差的婚礼进行曲,这一个多余的收梢。

他没有敌人了。天下皆归顺,武器再隆重也是浪费,因为不需要再进攻和抵抗。

匡俊说:“遗书上还告诉你,忧愁时记得去喝酒。”

“不是已经在喝了?”我拿着杯子跟他们碰,杯子里的酒汁晃着,映出三张惨无人色的脸。

或许死去的是我们,活着的是老六。死与活,杯酒之隔。

我想起《杯酒人生》那部电影,男主角在麦当劳餐厅偷偷地大口大口灌酒,就着一块汉堡,老男人内心无法排遣的寂寥全在杯底,唯有快速干掉杯中物,那不见天日的寂寥才能借酒精蒸发,他才能透口气。而在焦虑的电影之外,我们三人聚在一张遗书面前,飞快地鲸饮,却似乎渐有了某种偷偷摸摸的姿势——我们喝的不是自己的酒,我们是抢了老六的酒在喝。

据说酒精可以让人变傻,却也可以改造苦闷,几杯酒,人就变得乐观、积极、豁达了。一切解决不了、不想面对、跟自己较劲的事,都可以不放在心上,不计前嫌,不想后果,不需要伪饰。对人宽厚,对己温存,好脾气,不再怕人笑话,不再忍耐压抑。哭有时,笑有时,欢喜有时,悲伤有时。喝了酒,一切都远远地、缓缓地,世界十分美妙。

老六要我学习饮酒,或许是怕我日后会遇到什么不快乐。但深谋远虑的老六并不了解我,事实上,我根本喝不醉,也许是基因使然,饮到极限,至多是失去知觉而晕倒。在酒的世界里,我因免疫而成为异己分子,着实悲凉。

坐在两个男人中间,把金银花露倒入五粮液,再加上可口可乐,调出奇异的药草味道。我摇摇晃晃，踢翻各色瓶子，踩碎了自己的眼镜。没有眼镜，我成了半盲，叮铃咚隆，咣当，我伸手去够放了老六遗书的杂志，绊了一跤，爬起来，抓起纸张，开合多次折痕已经破损，我眯着眼睛阅读，而十二月的清雪像海，墨柚桌面，醉饮的小楼里有我们仨，念老六的遗书下酒。

那天以后匡俊给了我一张优惠券，要我去找苏医生做准分子激光手术纠正视力，可以打七折。一种高科技的激光刀，把近视者的眼角膜切开一定的比例，角膜天然的再生能力会使切口愈合，恢复原来的光滑程度，眼压变小，视力回归正常。

我随苏医生来到暗室，做基本的眼底检查。她和我之间，隔着一只匣子的距离。那仪器的构造很像时光隧道，她在时间的对岸，我在历史的里边，她要我左眼睁开，对住盒子，看她。她以右眼在盒子那头看我，开一只小手电。不知道为什么我忽然发狂地想念了老六，光亮近在咫尺却又遥不可及，那光底下，是不是站着老六？狂喜悲挫，我还没来得及好好珍惜你……老六，你已与我隔了生与死的距离……我流下一囊晶钻般的鳄鱼眼泪。

苏医生关掉手电筒，以洞明一切的神态对我微笑。她不是善类。

她拍拍我，手势隐藏了某种原始的、同类的关照，对我无威胁，甚至有额外的仁厚。我看她，大眉毛，齐整短发，人瘦得像伞，精悍有力。她是我的眼科医生，本身亦有琥珀般灿亮的眸子，外表就充满了说服力。而我想说的是，这双眼睛透露出的信息，大概，在那个下午，世界上六十亿人里只有我懂。

人类进化到最后的最后，躯壳都无用了，会只剩一只眼珠吗？在黑暗的时空里相遇，一只眼珠对另一只眼珠，可以传达全部的感情吗？

捉妖镜凝冻妖的意志。

白蛇惊讶惶错，无处循形。

苏医生的小手电镇住了我。

我的脸，纸桃子一样苍白削薄。

老六以前曾经问过我：到底是戴隐型眼镜看到的世界是真？还是戴普通眼镜看到的世界是真？还是说，相机镜头拍出来的世界是真？那么，是佳能尼康奥林巴斯还是海鸥拍出的是真？我哑然于这偏执的问题，因为如果上述的状况里人们看到的世界都是非真，那么是否证明，世界本身就是假的？

老六轻轻跪下，抱住我的小腿。宠物一般，摩挲——如果我们不能证明某种情感的存在是假，那么是否只能认定，它即是真。

根据光学原理：刚出生的孩子看到的世界应该是大头朝下的，要过几个月，孩子们的大脑适应了倒转，才把反看成了正。

所以，我们从出生之日起，就一直在“反”的世界里看“正”的人生，在“假”的世界里找“真”的用意。

二十岁的中午我在图书城五楼咖啡厅看到的老六，亦是乾坤倒转后的视觉。然而那是我生命的开辟鸿蒙，再怎么着，它也景色壮阔，非同小可。她在吃土豆泥。吃得很慢很仔细。杏白土豆泥，挖一大勺入口，唇红齿白地攫取，吞咽，是最原始的诱。我撞在自找的诱惑上，想抽身，已晚了。辗转绕过许多人到了老六的面前，装作无情却要和她拼坐在一张桌子旁。在蝉鸣与樟树绿影里，她抬头看到了我，吃土豆泥的勺子啪地碎断。

她伸手来翻看我的书。八年后我还记得那手势的稚拙和勇敢，自来熟装得多么以假乱真。手背透明、青白，淡蓝血管叶脉般柔细，手印湿湿染在书籍过塑封皮上。坚持一本一本翻完，高贵地垂着眼，老练地不把我看在视觉内却用余光捕捉我。可爱的闷骚。而我拼命抑止去碰她手与她搭讪的愿望，憋得打了个巨大的冷战，匆匆喝了杯红茶，拿起书走人。

路上公车里，看着书上那些指印，心内麻痹如端午节祖母灌好的糯米粽，饱胀，快欲破损。我终是下了车，慢慢往回走，脚印压地上每一下都是个响吻——我猜她八成会等我。

没料到她竟然下楼在树下站好。怕我找错地方？怕我认错人？书包大王牛仔背囊，塞得乱七八糟，装作在整理，实则叽哩咕噜眼光在盯我的来处。笑，一嘴细细芝麻牙齿，像小毒蛇，咬东西会留下绵密的伤肿吗？老六那时才十八岁，方下巴俊美的少女，满眼是多情。外貌抗衡：她吸引我。内力引诱：我吸引她。综合下来算作打平。

我是以这样拙劣的借口开始我们今生第一场对话的："少了本书，你看到没有？"

她摇头："我可没拿。"把书包往我面前送，笑嘻嘻的，"你搜！"对上火了。有极短的瞬间我恶意怀疑她是否情场历惯？于是怀疑指数我高于她，放松指数她高于我。她自如地相邀："不如陪你再去买一本好了。"非常不设防，也是吃定我。

愉快指数达到五颗满星，加三个感叹号，填充大红色满满水笔痕。

仲春街边旧书店一楼外雪白墙壁癌般剥落粉屑，湿而清暖，一树花开粉的，紫的，白的瓣朵。一个居家女人从菜场经过，扁肥屁股隐在薄衫下，像藏住两头大河马。一个瘪三开摩托车挂一块肥猪肉嘟嘟嘟放出黑色烟屁。太快乐了，我们径直上五楼，风吹着我们同样款式的短发，同个牌子洗发水，同样洁白球鞋。是那年第一道南风，带着过多的花粉，病毒，细菌，尘埃，和复杂难解的密码，使我们相遇。我们跪坐在五楼大书架下挑书，彼此隔不久交替凝望对方。情绪上的失重、意念的粉碎性骨折、身体深处涌出水母般紫色暗流，心的尖端破土萌芽了一个极敏感的炎症。同一本书，买了三本。一本是撒谎说丢失了实则在我袋内，一本赠她，一本自己手里拿着，摆爱阅读的甫士。

我们一起度过漫漫的春与夏。秋天时候，老六把她情感世界作秀用的男朋友甩掉，新租了房子，开始跟我住校外。接下来我以为我们会厮守，但我们却把关系搁浅保持原地立正。足有一年，像是心无旁骛做好友，实际上是怕进化太快双双死于早衰。感情也要省着用啊，这年头！

直到一年后一个秋夜，我们手拉手去喝酒，她第一次跟我说到未来："我们就这样永远好不好。"她醉了，流沙一样倒向这里，歪向那里，在秋木的暗香里，她最出格的举动是忽然跪下来，抱住我的小腿，猫兽一样，蹭。

我的心羽毛般轻，铅船般重。

这个城市里有很多因为择食容易因而停留不走的鸟，夜晚在天空飞翔，白天吃人类丢掉的垃圾。它们已经失去飞禽的轻盈，粪便不再携带种子。

手术做好的当天我辞别苏医生，戴上一幅墨镜。她却叫我留步，直言邀请我去参加一个聚会。她的情人是一个美丽的护士，已经打扮好了在苏医生的标致里等她。见到我，摇下车窗向我礼貌致意。

苏医生说："既然老六已经死了，你应该有新的打算。"

她真的非常直接，大方，好意。"那个 party 里，一定会有适合你的人。"

她停了停说："我只是不想你过得寂寞。"

然而我没有接受。

苏医生的车绝尘而去，我在原地僵立。拒绝加入某一群体后，我并不感到孤独然而只是非常心慌。老六死后的冬天，我们的小世界坍毁了。游魂一样，我走在冬大的太阳底下，阳光斧子一样从后脑沿脊椎辟下，继而削刨，我的影子如此委琐.

委琐者只是自顾不暇，步子在踏往逃遁的路上。没人知道我此时正无耻地渐感放松与湿暖的沦陷，划着这艘大概番号叫做"背叛"的小艇，开始往一座黑暗的岛屿行去。那儿荒草萋萋，没有阳光、温柔、甚至连爱恨都欠奉，但我只要去往那里，便可交换安全和平静。

老六死后，我即将成为一个妻。

那岛屿叫做婚姻，有个野蛮男人在等我。

可笑吗？可恨吗？荒唐吗？荒谬吗？可我这么选择了。被阳光凿下的一记伤，从囟门开始风化，窸窸窣窣掉着粉屑。头疼得快断了，我将它扶扶好。

小艇搁浅，航程已尽。解了缆绳系住礁岩，野蛮男人热情地叫着："喂，你终于来啦！"像无数野蛮男人一样，这一位一样肮脏，冷漠，自私，愚蠢，粗鲁，虚伪。

然而，我需要他，用他交换后半个人生，他不亏本，我也很合算。

他与我不通言语，无法交流，是一只直立行走的人兽。但他给我食物，供我暖饱，最主要的是，和他在一起，不再有世人呕哑难听的猜测言语。

亦不再有，心间那种极细极微极软极脆，极难判断的疼痛。

至此我皈依了大荒，在情感世界里，失了踪。

无心人总是活更久。

花朵是植物最荒淫的部分，世人却爱花朵。植物生长一世，开花后即宣布衰老、萎谢。花开的一闪念人类暗暗喜悦，有了最初的猎奇快感。我常常不明白，采摘了花朵送给别人，是愿她快乐还是暗示她已玩完了？

赵枢送来西伯利亚百合，氤氲香气像蒙汗药，淡腥。雄蕊包围雌蕊，十数亿花粉不停进攻，围追堵截，不依不饶，双生的雌蕊互抱，委屈躲避，流下泪蜜。

赵枢说："新年快乐。"

我拿着花，去苏医生的诊室复诊眼睛。我坐在镜子正对面，怀里有花，头上是视力表，视力表上是一管荧光灯。镜子里有我，百合花，视力表，荧光灯。很多个方向不同的 E，蝇般四溅，流徙，在镜中又有了相反的方向。我在镜前迷惑，百合香气迷离。苏医生指给我一个 E，叫我认它是左右，还是上下。

我抬起手，哑口无言。

如果镜里的世界是反的，镜外的世界就一定是正吗？如果镜外的世界是假的，镜内的世界就一定是真吗？

茫茫尘寰，宇宙洪荒，哪里有唯一定论？

苏医生关了灯，走过来，在我身边轻轻说："我见到了老六。"

医学院第十五栋形态楼，存放解剖所用的尸体。这一期是苏医生所指导的眼科学生向老六动手。

匡俊穿白衫，带橡皮手套，在老六面颊切下准确的一刀，眼睛的零件拆散，有个小小玩意，状似凸透镜，那叫晶状体。

我厌倦描绘我与赵枢的相识，是公司里好心的同事安排的一场相亲。他们认为小会计配医疗器械经营商是再好不过的组合，一个射手座一个巨蟹座亦能互相弥补和包容，一个属羊一个属兔八字也不相冲。结婚后马上要个孩子，按揭新房子旧的收租，买小车，投资点股票。他们能想象的安乐生活不外如此。而一个女人没有男朋友，只跟定一个暧昧女友成天迎风洒泪对月长吁，滴不尽相思血泪抛红豆，开不完春花春柳满画楼，哎呀，他们能想象的悲惨生活不外如此。

世人不许我悲惨，世人要我快乐。

赵枢很满意我，连续约会多次，我没有拒绝，也就忘记了如何拒绝。我在潜意识里叛国投敌，包藏祸心，不为人知地暗自挪移。瞒住老六，每次出门前编造理由，而内心忧惧，被强烈的犯罪感鞭笞，心里千疮百孔可是我还是一次次去了。我老了，渐渐有了粗壮的神经，开始进行现实的思维，有些事情一眼望穿是不可能永久的，于是我要逃走，主意既定，也就不再觉得自己的卑鄙。

"我为什么遇见你这个王八蛋！"老六泼妇一样骂，摔东西。食指京剧小生一样点住我，点点点，一手护住胸口，要吐血啊。楼下邻居敲暖气管抗议，没用，又上来好言相劝："姐妹俩半夜三更有什么大不了的事要吵呢!”一时间冷场,我陪笑:是啊是啊,大家早回吧。转回头,老六收了眼泪。

从此就真像妹妹般对我了,有点唠叨,但还好。我知道她在极力地忍,每次我晚归她忍着不发作,心里一定都起了苔藓好痒好痒,好想抓,但她不,巍然不动她正常得让我吃惊,却在喝醉时原形毕露,但她不再发作咆哮,或恶毒讽刺。她用糖衣炮弹企图软化我,她还有违内心地送我一盒Durex,祝我健康愉快。

心如刀割,老六,对不起。

我站在十四楼的咖啡厅,鼓起勇气对赵枢说:“我不想和你再交往下去了。”

他哈,哈,哈地笑,问我为什么。十四楼可以尽视窗外一切景物,对面是工地,旧有的覆盖物被剥精光,地面削平,机器强暴式打地桩,挺入,击刺,震波撼得咖啡杯叮叮响。

联想使我脸红耳热,想吐。

他说:“难道,你讨厌男人?”

他碰我一下,我知道我身体顽石一般,硬。

而为了证明我不,我当晚没有回家。

直到那天我才知道——

如果此前的一切被认定是真,那是我根本还不知道什么是真。

故此,以前的是假。

男性并不丑恶,赵枢使我终于明白,花朵之所以美好,不全因它们是植物的精华,而是有了花朵,植物才可以孕育籽粒,传续它们的后代。

花朵代表使命,而一个生命有了使命才美好。

生命即是生存的使命。

我的心,沸热而宁静。

像一块明矾落入水底，像午夜寂寂惆怅音波，像脂肪溶成香皂、泡沫吱吱泛起，冷却，成固态，无法复原的哀恸绝望。

那个下午从赵枢家回来，天色鸦黑，房门内寂寂无声响，我喊一声老六。没人，老六，墨水蓝的天幕，白银月亮等得过久，边缘起了毛球。老六你在哪里？我弯身找拖鞋，起身赫然看到穿衣镜内悬吊的影子，白衣白裤白球鞋，吊死鬼，呀！老六！

我抱住头，蹲下来，泪一下子迸出。我跪爬到镜前，往上去攀那只脚——

这时灯光大亮，老六抱着她的蜂蜜空瓶子，笑得差点把自己噎死，而后走到我面前，白酒漾漾洒了一脚，“怎么样？像不像？”

我站起身去拆那吊在天花板的衣服，没好气一件件砸地上。

“这是我的衣冠冢！”老六过来抱着衣服，“不许你动！”

我一把搡开她，她软绵绵地又凑过来。拿鼻子狗一样从头到脚闻嗅我。“唔，被男人碰过了。”她慢慢放下了盛酒的瓶，想想又举起来，高过头顶，便照着我的后背砸下来。

而后她开始踢我，打我，咬我，将我的头狠狠撞在大理石窗台，用鞋子扇我耳光，扯住头发往门上摔。我满脸青肿，浑身抓痕，然而我不反抗，任由她发作。最后她跪在我面前，瘫软成泥，无声地大哭起来，摸着我的伤口，说对不起，是我不好。我有什么不好，你可以告诉我，你不要抛下我，又忽然咬牙切齿：“我恨你，我杀了你好吗？好吗？”

她等着我和她吵、对抗。或者忏悔、投降。

但没有，那一刻，我是忽然发觉，我和老六之间气数已尽，正惨淡收场。我只是说：“去洗澡睡觉吧，老六。”

她站起身，眼里的泪就在那时冻结了。从此，有什么东西便从她身体里抽离了，她轻盈地踉跄几步，啪地摔门而去，一夜未归。不知那一夜，她遇到谁，做了什么，有了什么样的后果。她再回来时，人胖了一圈，开始有洁癖，喜欢洗一切东西，包括书的封面。书被洗后晒干像岩块一样厚而脆，她翻着书，它们粉粉碎了，而她开始说到关于死的话题。逢着周末约我去逛街，喜欢在寿材店外流连，看店伙扎红的绿的纸花，说喜欢，却又说人不过是几百克碳水化合物，烧尽也就几两重，不要信迷信。她酗酒，同时不断地节食，常常对着镜子，一语不发，流下阴沉的眼泪。

喝醉了她就把我反锁在房间里，不让我走，不许我去上班。拿一柄刀，在房间里四处追杀我。把我的衣服都剪烂，撕坏，以为我没有衣服便逃不掉。打电话到赵枢的公司，造谣说他盗窃，贪污，说得接电话的人大笑，以为她是一个笑话演员。

她越来越不像老六了，头发蓬松着，像长毛怪兽。洗澡要洗四个小时，手脚泡得脱下皮块。批发成打的酒精擦拭房间，屋子洁净得像殡仪馆。使用过度的消毒液，半夜，浸在浴缸里泡热水澡，满缸高锰酸钾紫色溶液。

她还觉得不够，把 stilnox 研碎倒进茶水，自己一大杯，骗我喝一大杯。

我们被抢救两天，出院后，我正式搬走去赵枢那里住。一个月没有见到老六，门外响起急促敲门声，开门，是匡俊。

我们砸开老六的门时，是冰凉有光的十月。她死在冰箱边，门口有镜，地上有淡淡水迹，反射她的尸体，对影成三人。

在一个晴朗的上午我走在街上，发现世界一下子变得清晰如泉水洗过，原来我已不再近视。我想起苏医生，便给她打了个电话。我感谢她，顺便请求她想办法让我再见一次老六，用我的新眼睛。

我来到医学院十五栋的形态楼，这一次，是学妇科的学生在动手。他们面对那具苍灰女尸，用柳叶刀在她身体正面画 Y 字打开腹腔，执刀的学生忽然惊呼了，大家围拢过去，于是，我看到他们从尸体的子宫里，摘出一只小小的胚胎。

他们将胚胎用棉绳系住。

浸在福尔马林溶液。

标明品质：两个月大。

他们合上盖尸体的白布，有成就感地做着笔记。

良久，一个学生走过来，拍拍我："我们要去吃午饭了，小姐，您也该走了。"

隔了多年以后，匡俊给我打了一个电话。他说今天是老六去世四年的祭日，你能否代我给她烧纸？他那时已经从医学院毕业，回了家乡的城市当医生。他在电话里还告诉我，四年前一个下雪的深夜，他在已经毕业的师兄也就是赵枢家打牌，赢了钱，下楼正要回学校，却见到喝醉的老六拿着一柄银色的钢刀冲上来，说要杀死赵枢。他本能地劝阻她，她就和他挣扎起来，他慢慢发现她撕扭的动作变成了一个完整的拥抱，一点一点紧了。她相当主动，她带他去了宾馆。

他没有爱过她，他知道她一定也没有爱过他。但是总有点什么被遗留了下来，比如一些很难解释的情绪：抱歉，庆幸，内疚，怀念……等等，等等。

还有一只胚胎。

老六遗书的第一段写的是："只有死最纯洁，也最高贵。"

电话传来嘟嘟的盲音，我走在闹嚷的街市，心里静如空谷。在这个清晰的世界里，我又开始陷入长久的迷惑。是做过手术的角膜看到的世界是真，还是原来的双眼看到的是真？是玻璃幕墙里那些影了是真，还是，一面擦拭光洁的镜子所反照的事物是真？

若镜子的反照是真，活生生的存在便是假吗？若活生生的存在是假，那么，死的，不复存在的，便一定是真了。

是吗？

玩儿

我们只有玩儿。

丧心病狂地玩，同仇敌忾地玩，丢盔弃甲地玩，心无二用地玩，置生死于度外地玩，前不见古人后不见来者地玩。

跟对方玩，玩对方；玩自己，被玩。

我们是彼此的玩具，两只布娃娃。你能说善唱，我会走路。如果欢乐我们就翩翩起舞，如果忧郁，胸膛积落灰色的棉花糖，加湿，搅拌，融得坠坠的，黏黏的，在肺里咕嘟冒泡，呼出饧化后酵味的蒸汽。

我们是彼此的玩具，成年未满的伴侣，消磨时光的机器，生存下去的目的。将对方托在掌中，上发条，拧紧，哒哒哒……动了！我们彼此玩弄。

二零零六年六月二十五日傍晚，我在奋力打扫一间小小的公寓。前度房客留下许多碎纸，未完成的装订书，私印的单行本，过塑封面，订书线，胶水，以及一架手动裁纸机。

裁纸机在阳光下险险地翘起把手。我陷入重叠繁琐的想象森林。

裁纸机的原理与铡刀相类，铡刀这件事物则总是让我想起一个小小的女英雄。十四岁的她被后世画成各种横眉冷对的版本，她没有留下遗相。

你猜不出她的名字吗？那就算了。

我常常想象，她也许很漂亮。面颊是婴儿肥，下巴短，小波嘴，有年轻的小皱纹。也许睫毛很长，头发天然卷。也许鼻子翘翘的，有点朝右偏。我极愿盲信天妒红颜这回事，长得很美的人，往往不寿。十四岁那年她若是没死，也许后来会成为一个幸福的小母亲。可是战争来了——战争成就了十四岁的小女孩，战争毁灭了十四岁的小女孩。早夭者在某种意义上说或许是幸运的，她们不会变老。

就像幸福这件事一样，幸福得太漫长，就不太像幸福了。

幸福得短一些，幸福显得何其纯正美味。

我与裁纸机独处一个下午。我将手比在它的刀刃上。我试一试自己。半分钟内我就爱上了这个游戏：刀刃压迫皮肉到不可能更进一步了，才把刀刃松开。手腕上留下一道白印子，但没有破。几秒钟后，血液流经那里，白印子变成深红，血管紫蓝发亮。

你在傍晚走进房间，初夏如影随行也从门外挤进来。你跟夏天混在一起，皮肤的颜色蜜里调油，你长得真好看啊。你从来不为自己的长相感到惊奇吗？你不知道，你长得就像古诗里弹箜篌的官人吗？你在我身上搜到了烟，却没有打火机，于是捡起地上的碎纸，走到厨房拧开煤气灶，以纸引来火种。你吸一口烟，呼出烟的魂魄。我吸入你呼出的气体，我仰望你，你的呼就是我的吸。纸上的残焰伴着六点四十五分的阳光往斜里飘，最后落到地上。我们一起观察这个缓慢的化学过程——火像磁铁，把周围的几张纸吸过来。在火燃尽之前，火繁殖了自身。

更多的纸片被点燃了，更多的纸燃出了更多的火。火在小小的室内欢腾，汹涌，传宗接代，迅速完成繁荣与衰灭。火像金色的洪水，鬼的盛宴。熊熊大火，却没有一点烟。烧得那么干净，像某种很难经历到的情感，快要把人活活炼了。

你拉着我往墙角退，下意识地，用手挡住我眼睛。四月的内蒙古自治区有沙尘暴，传到北京以后，MSN上的朋友改了名字：满城尽带黄金甲。

死于公元八八四年的黄巢并没有想过自己会说出好几个千古名句。他也不知道，后世的每一个人其实心里都住着一个小黄巢。

我们耽美于灰烬。灰烬，那种松烟黑，炭灰，雾色，纯黑色，秋麒麟黄与藤黄，不请自来，留下华美的烫痕，满足痛欲。我们一起趴在冰凉的地砖上，用石榴红，葱昆蓝，苔藓绿，马鞍棕，水鸭色的油漆，顺势漆一种连续不断的卷草纹。

我的小小的公寓就这样落成了，在我们的玩耍之中，它降临人世，带满身承欢的艳迹。它有满地油漆花草，蔓延伸展直至天花板。有很多柜子，装满我的爱物、家当。有一间墨绿色的卫生间，花洒下面，放着一只漂亮的木桶。床上装着你，有时装着我，有时我们并排躺在上面，像两颗珠宝，滚动。咕噜咕噜，叮咚叮咚，偶尔撞击一下。

我喜欢和你玩儿。你是我的小小玩具，我也是你的小小玩具。玩具都爱自己的主人，玩具不说话。

玩儿就是我们唯一的劳作，我们劳作是为了喜乐。"喜乐是可耻的。"我妈妈说。我爸爸附和她："从小就贪图享受，好逸恶劳！"

喜乐是可耻的吗？我摇摇头，皱皱眉，请求爸爸妈妈不要说了，我只想喝酒。

我们只有玩儿。丧心病狂地玩，同仇敌忾地玩，丢盔弃甲地玩，心无二用地玩，置生死于度外地玩，前不见古人后不见来者地玩。跟对方玩，玩对方；玩自己，被玩。我们原本就是两只玩具，奢侈的废物，无用的器皿，冷血的宝贝，多余的材料。只有玩能让我们感知自身的存在。我们做不了别的事，一做就错，错了肯定输，输又输不起，我们的智商只适合做玩具。

我们像他们一样呼吸氧气，呼出二氧化碳，我们知道这世上非得有两株大树专门为我们进行光合作用才行。大树不怨怼不抱憾不愤懑，而我们淡淡的羞耻心让我们深深感激植物。总比前度房客要好吧，他浪费那么多纸要砍掉多少大树啊！苍天在上，他砍树，往上面写垃圾。

他会不会被大树报复？

他去了哪里？是不是已经死了？被扼死或者在电梯里幽闭恐惧而死，口鼻被糊上十八层宣纸死于谋杀或者吊死。想象力让我们的双眼像磷火，静默下来，灼灼发绿。吊死的话，四肢乱蹬，手指甲难免会抠到墙壁上，指甲里存积了抠下来的白灰，最后，骨灰混同白灰，一起入敛——我们静默了，为那人未卜的死亡默默出示一个鬼脸。

前度房客疯狂写作，所写的文章没有一篇能够发表。他离开这个房间的时候，给我们造成的最大困扰就是必须要清除他的字纸。我想，作为一只玩具，你还是不要轻易去写作。代替写作的游戏有许多种，如果实在逃不开"字"的宿命，那么你可以写信——

写信不算写作，我总这么以为。

写信。一直用第二人称跟一个也许还未出生的人说话，深情地对他说：

"你好吗？我现在在二零零六年六月二十五日晚上的八点四十五分给你写信，我在听王立平作曲曹雪芹原词的红楼梦组曲，现在是《分骨肉》，演唱者不是歌唱家郑绪兰而是当年长春一汽的女化验员陈力。她天籁般的悲音，令听者肝肠寸断。如果你出生在二一零零年，你也许可以用某种我猜不到的方式搜索到这首古老的歌曲但并不一定爱听，你却一定是见不到喜欢这首歌曲的我了，因为那时候我已经死去，像从没有发生过的那些事件一样，死了。"

不论怎么耐活，我也不可能活到二一零零年。如果最老的那个人类，法国妇女珍妮·路易斯·卡门，活了一百二十二岁，就算我也有幸活到相等的年纪，那就是二一零零年。我可能那样完好地存活到二一零零年吗，我没有太多的自信。

收信人出生，寄信人死。星球照常运行，从遥远的外太空看地球，它是水蓝色。

那时候中国每一座城市都会有机场了吧。大大小小的，星罗棋布的，不痛快了就随便搭飞机去坐坐，从一个城市到一个城市，或者从一个城市到一个国家。那时应该不必非要到大型空港转机了。稍微有钱的人就可以拥有自己的直升飞机，塞车的时候不耐烦就把螺旋桨一拔，嗡嗡嗡飞到办公室。但油价应该更高了，燃油附加费的缴纳，伴随小礼品的赠送，有时候是钥匙扣。

仅作为古董欣赏的钥匙扣，在二一零零年应该是一种奇怪的东西。二一零零年，全都用指纹在开门了吧。

届时，谁也不会记得一百多年前的郑伊健曾因伤了左手食指而进不了自家大门。但这件事在我们这个世代里看来，还是一条很华丽的新闻，会有自认为更时髦的人来反问：难道他没有右手食指的备用指纹吗？

我知道有一个 OL 和另一个 OL，她们的公司用指纹打卡上班。于是她们暗里商量，用对方的手指作了备用指纹，这样她们中有一个迟到的话，另一个可以用自己的手指代替打卡。这在当年是非常拉风的小聪明呢。那些用指纹打卡的 OL 们，她们注重保养手心，手心有她们的工作效率，薪酬标准，升职机会、外派名额。手心也有她们的生命线，感情线，事业线。她们握紧手心，把秘密藏在其中。她们宠幸着手心的同时忽略手背，而戒指的钻面戴在指背。

我没有钻戒可以送给你，就送你一把新钥匙。

你可以随时来，随时走，你是我的玩具。你柔软无公害，清洁抗污染。你不会伤我，我不会因你而难过。你有我这里的永久通行证，来了，不接；去时，不留。我们谁跟谁，太熟不过！

自古穷通皆有定。玩具有玩具的命。

也许我们后来会像两个粗俗的人，因为“明天是星期四还是星期五”

而争执，但我们永远不会真吵起来，不会大打出手，我们文明地彼此戏弄，是两个彬彬有礼的小流氓。长夏的萋萋芳草渗透醚味，月亮像一片阿斯匹林，草都毛茸茸地过敏了。我们争执的声音回荡在整栋公寓里，如果明天是星期四就去拔牙齿，如果明天是星期五，还是要去齿科医院的啊。

那么我们何苦争执呢。争执的目的原本是一致。

我们互相陪伴着去拔牙，我们的牙在十年前就该拔掉，但是我们却一直拖了整整十年。牙医脸容光净，不蓄胡须，有成年人适度的伪善与不耐烦。没有患者的时候，他默默地写着他的博客。我好想去给他留言，告诉他，你不需要写博客了，漂亮的人什么也不需要做，漂亮就是他们的使命，漂亮地无聊着，就是漂亮的人最完美的一面。

“他是我们的吉祥物。”

我们请医生来家里打牌。斗地主。医生恃宠而骄，赢了我们很多钱。年轻的小医生原来是跟我们住楼前楼后的。人类感情淡薄，住在同一个区域的人要很刻意才会有结识的可能。在一场赌局的交情之后，医生在家里为我们开诊，拔一颗牙收费五十块，比医院整整便宜二十倍。

你一共被拔掉两颗智齿，我则拔掉所有有蛀洞的臼齿。如果你拔掉的智齿安在我的臼齿的位置上，那么我们会成为两个十分完美的玩具，并且花费不多。可是不行，我种了牙，往牙槽的骨里打一根钢钉，作为基础，钢钉长愈在骨里，被血肉包裹，渐合一体，再在上面用珐琅一层一层造出牙冠，最后要来一次烤瓷，两颗牙一组，彼此死死绑定。

你嘴里的血窟窿则缝补两针羊肠线。

我们伤痕累累的嘴，不能接吻。

而有伤痕时总是最想吻。

小医生见到我们房间里的裁纸机，就在惊讶之后把它借走了。在他的家里有一位老太太，她整年都在腌渍火腿。她腌渍的火腿太多了，在夏天火腿会腐烂，她就把存款都拿去买雪柜。她是小医生女朋友的妈妈。一个五十岁的人。小医生的女朋友是一个跳高运动员，有一双修长的鹿腿。她每天下班回家，就从门口背跃式把自己摔到沙发上，有时候会摔得比较远，就正好摔在床上，有时候她会故意把自己摔到小医生的怀里。她撒娇的时候说：哎，哎，哎呀！

晚上七点，他们一家人准时坐在餐桌边吃晚饭。五十岁的人从雪柜里拿出用裁纸机裁成薄片的火腿。火腿可以烧来吃，也可以炒莴笋，也可以吊一锅奶白的汤。医生家不愧是医生家，晚餐富于营养，却不令人发胖。

他们吃饱喝足，就把窗帘重重掩上，这时我们也就收起望远镜，也要去吃东西了。楼下的小餐馆常年供应各种炒菜，啤酒，饮料，代卖盒饭，这些东西可以让我们的肠胃一辈子默默为它们工作，也没什么好说。下楼的时候我们会和五十岁的人遇见，她不认识我们，但我们却如此熟悉她。熟悉到就好像她也是我们的妈妈。她今天用裁纸机切割火腿的动作，表情，甚至她手上的寿斑，以及她常年在雪柜旁边工作，比常人略低的体温，我们都统统熟悉。我们为这种熟悉欣喜不已。

她有时候停留在卖西瓜的蓝色卡车旁边，却并不选择任何一只西瓜，只和卖西瓜的人闲聊。她也可能只是坐在黄昏的树下，不同任何人闲聊，只是暗自筹划着明天的晚餐。晚餐和晚餐总是那样相似，这令五十岁的人觉得安全的同时也起腻，可是生活还是要继续的，小医生说："我今天居然被病历纸割破了手指，我又不是在数钱，我是在写病历啊！所以——生活总是有点贱！"

五十岁的人用她老家的方言咕噜了一句什么，语调里没有透露任何情绪。她讲的是非常难懂的方言。小医生不是她自己生下来的孩子，她对他总是敬畏三分，疏远三分，客气三分。

我们在小餐馆里点好了菜，看着走来走去的人们，同时讨论着五十岁的人的那些方言。一个搬着镜子的男人每走几步就照照镜子，看到自己，满意地一抿嘴，就像抱着自己的情人。一个买了文具的小姑娘在和同学筹划如何逃掉明天的数学课。一只狗流浪到一个乞丐的身边，对视一眼，彼此没有瞧得起。一个女孩子从公共汽车上下来，委琐的老头子紧跟其后。

城市在黄昏里被煮得入味而烂熟，像我们桌上所点的菜，沔阳三蒸：五花肉、草鱼块、萝卜片。或者是：五花肉、青菜碎、萝卜片。我们伴着家常的廉价香味度过一天与另一天，二零零六年，是我们生命里最开心的一年，尤以那个夏季为胜。

五十岁的人在秋天搬走之前忽然对我们滔滔不绝，讲起了她的回忆，并且使用普通话，反倒使交流发生了一段一段的短路。她说他的丈夫犯了罪，逃跑前在她的食物里下了毒，万一不测，全家覆灭，这是亡命徒最后的决绝。可是她没有吃那些食物。几个月后，她丈夫在南方一个风和日丽的天气里被执行枪决。那一天去刑场看热闹的人很多，她也去了，怀里抱着孩子。

十名死囚一字排开，行刑官已验明正身，命令刑警举枪，瞄准，高声喊预备。

——“放！”

放字一出，枪声齐作，死囚们应声倒地。

行刑官起初大惑不解，继而气急败坏，而刑警个个尴尬不堪，他们扣动扳机后才明白过来，“放”字并不是行刑官的嗓音，而是这位怀抱婴孩的女子所为。他把囚犯们的死期提前了两秒，仅仅两秒，她宣布了她丈夫的生死，也操纵了自己的命运。

说不定应该算谋杀，但她说她是复仇。

大约在二零二零年你应该有了自己的儿子，我也有了一只类似于儿子的狗。远远地你的孩子和我的狗就闻到熟悉的气味，于是穷凶极恶地凑到一起，开始了游戏。而我们只是谈谈天气，聊聊家常，也说起小医生一家和他们的火腿。这是在我们分开后又巧遇的某一个下午。

小医生一家离开那幢楼的时候，没有主动还给我们裁纸机。他们走得很仓促，就好像逃命一样。我们一起去了他们的空房间，把裁纸机拖出来，拖回我们的住所。锈迹斑斑的裁纸机，因为铡过太多的火腿而变得不再锋利，而我们把它拿回来的目的是什么，我们也不太清楚了。

我们一起费力地擦掉那些锈，五十岁的人将它用得很旧很旧。其实在每一个晚餐结束，窗帘掩上的黄昏，五十岁的人下楼去想念一些事物，再上楼来，她继续用裁纸机操作，她把雪柜里的肉体切成不能再薄的薄片。

那些肉体诚然是动物们的肉。但，如果有一天我死去，你会否安葬我？还是把我当成坏掉的玩具，放在家里最隐蔽的角落，比如雪柜。

你是否会在某些时候，把我拿出来，抚摸我，或者切碎我？

我的狗最终失控咬了你的儿子，我们一起匆匆忙忙找可以打疫苗的医院。在你抱着孩子一路小跑的动作里，我知道作为一只玩具，你已死去却又在几年后还了阳。你是个真正的人了，有了后代，有了对他人关切的神态，有了骨肉亲情、菽水之养，你将会子子孙孙无穷匮也。

关于我们的未来似乎已成定局，可是我们的过去却总有不同的版本。古老的二零零六年的夏天到来以前，还很年轻的我每天路过那间有裁纸机的小公寓楼下，觉得在那样的阳台读一份当天的小报也许是一件美事，觉得那一面奶白色的窗子应该正属于我才对。于是我开始联络这幢公寓的主人，直到游说成功，迫使他的前度住客那个不得志的作家在二零零六年六月以前搬走。

为了住进这间公寓，我等了足足五年。从我二十三岁起，到我二十八岁。五年来我没有离开过这个城市，为了那间想象之公寓，我耗下去。我时不时会来到它的楼下，抽一根烟，往上瞧瞧，想象自己在几年后坐在那个小阳台神情安详的样子，姿势我都想好了，当天会穿的 T-shirt 和邋遢睡裤,人字拖鞋,我也已经准备好了。

在意念里我已经在那里居住了很久很久,仿佛从出生之日起,直至死亡。

所以,连你的出现我也想好了——某一天,你会如预料中一样,迈着苍茫的步子来到我面前,指着小公寓说,你愿意以高出一倍的价钱租住这间公寓,不行就两倍。玩具从不吝惜金钱,金钱对玩具来说毫无价值。你挥金如土地打算包租我的梦想,渴望盘踞其内中饱私囊。我当然没有同意,你丧气地走进电梯,却在下楼的电梯里,发现这个很瘦很高,头发长及腰部,眼睛小小的但手指很长的女人对你说:可以两个人一起住。

这是我唯一能想到的办法了,为了这间屋,为了五年来对它的思慕,我不会离去,但我又在一时之间,对你寄予很大的希望,我希望你能住在这里,陪我玩儿。我语无伦次地说了很多话,然后给了你钥匙。就这样我们住在只有一间房,一个卫生间,一个厨房的小公寓里。初次来打扫,我们见到一台裁纸机,在裁纸机面前,我们有了第一个貌似贴心的拥抱,然后我们趴在地上画了很多花草,后来我们一起去买家具。我们买了两张单人床,一张横亘窗边,一张占领门口。我们买了一个望远镜,在小医生来家里打过牌以后,我们决定把他变作我们共有的玩具。

他觉得我们像是兄妹,又像情侣,又像某种宗教的教友,又像陌生路人。玩具没有真正实质的亲盟关系,住在一个房间里干吗?玩儿呗!多少有些不便但彼此洁身自好,洗澡以后不再裸体而是矜严地穿着睡衣鞋子,吃过的牛奶盒子也记得及时清理掉,不要它发霉长绿毛,不养宠物,定期叫钟点工来吸地毯,听上等的好音乐,不看A片,不招妓,不去酒吧胡混,不惹不相干的男人和女人。但有时候会有性爱,没办法,我们又不是阉党。

两个玩具对对方有足够的尊重与真诚,就会令玩具觉得自身的高尚。

最危险的玩法是,我躺在那口裁纸机上,脖子放在刀刃下,由你按住刀的提手。这个危险的游戏我们一玩十年,没有出过什么差错。

若是被你铡了,不知道应该算被害死,还是请人帮自己自杀?

身为同类,我们太知道,对方的生弥足珍贵,对方一死,便难以物色到同类。

没有谁会比眼前的人更聪明,更可爱,更古灵精怪,更适合自己了,没有谁会比眼前的人更恰当地填在正当的缺口上,契合得如同不曾有过任何裂纹。

可是最后我们还是分开了。

我们把对方玩旧了,不能再残忍地玩死。你身体衰朽,面色红润,呈现回光返照之态。距离你成年那天,已经整整二十年了,可是你过得却是这样"凌乱的生活",你的父母呵责你,兄弟姐妹瞧不起你,于是我把你好好送回你的家里去。

我的父母则和我断绝了关系,他们真的写了一个字据,我签字画押,脱离了父女/母女关系。

而那间小公寓,我们用最好的年华来住它,在我们双双老去时,把它还给世人。

我对你说再见,你拉住我的手。

我的手腕,有许多密集的刀痕。它们并不是破损后的愈合,它们只是经年累月因试验而产生的欲裂未裂。从你走后我又开始一个人和裁纸机玩耍,你能想象在十年后,我,在没有你的房间里,玩着一台裁纸机的情景吗?

不知道一个人是不是可以铡了自己。也许可以。

我仿佛看到你和你儿子打完了疫苗离开医院,看到你苍老的背影和一个小小的孩子勾肩搭背,式样不错。

我想如果我有心,也许就是在那时破碎的,涌出的大量鲜血无处排挤,全都肿成一砣半凝的胶质血冻,颤颤在我胸前。

我承认,我也曾想象过,也许可以和你拥有这样一个孩子。但是,作为一只玩具，我知道这是对玩具本身的亵渎。

我们分手时没有眼泪，喜乐是玩具永恒的表情，很轻松，像那个囚徒的女人喊的一声："放"！

枪声大作。

麻烦

若是一座城市里住着一个你所爱的人，
你没法不去热爱这座城市。

映嘉，她听不懂这个城市的方言，常常很为难。

他们讲笑话笑得额上青筋暴突、眼睛充血、鼻子发亮、满地打滚，程映嘉小姐丝毫无法领会。

她只是荒草丛生地坐在餐桌前，低头把玩着手机。

在这只新换了号码的手机里，每隔一个月，会有莫名其妙的短信发来。映嘉并不相信什么星相、血型、周公解梦或者运气占卜，但是，在这个万念俱灰的新年夜，同事周智鹏开始即兴创作他的第四个或者第五个即使不能全部听懂也可确知是桥段比较低级的黄笑话时，映嘉觉得收到这短信真是谢天谢地。

她终于不必再装作好脾气地捧场了，她认真阅读短信，恨不得每个字都看两遍。

短信是这样写的："新年运势：你在新年里将会面临处理人生大事的麻烦，以往一直忍受的事情必须要有个了断，这有可能是你人生的转折点，是好是坏，端看自己的处理方式。"

编短信的人应该算是半个心理学大师。你看，完完全全的废话，不关痛痒，不负责任，但放在任何人身上又不能说不适用。"处理人生大事的麻烦……"映嘉沉吟着，什么叫人生大事呢？在这个晚上，怎样离开这只餐桌也许是她的人生大事。她眉头皱了起来。旁边的周智鹏连忙推她："喂？小程你想么子喽？"周智鹏也是异乡人，却常年说着一口比本地人还滑溜的土语，即使是跟映嘉这样新来的外地同事交谈，他也从不肯讲普通话。这令映嘉觉得他除了机灵以外，还很势利。

周智鹏用不堪入耳的脏话称赞着他最近买的那支股票，喝了酒，黝黑面色变成绀紫，吸烟时又要嚼着满嘴的槟榔，牙齿花样斑驳，没有一颗保留本色。虽是设计室的专门人才，却总透着一种码头工的粗野气味。他对着映嘉笑的时候，后者会感觉后背沿脊椎涌起一片冰冷的鸡皮疙瘩。周智鹏的口头禅是"傻子"，说谁傻就是和谁亲热，他始终这样觉得。

映嘉站起身，对同事们说："我敬前辈们一杯，不知道你们赏不赏我这个面子，"说着，就把杯中那酒饮尽了，杯底一照，脸浅浅地红着，腼腆的样子像个女学生。顾自接着说下去，"我其实不会喝酒，我想先走了，你们尽兴好么？"趁众人没有反应过来，抓起提包离开座位，绝不给他们时间去想怎么阻拦她。

周智鹏自恃聪明，窜过来挡路，"这么好的机会和领导，哈哈哈，上司，一起聚餐……你还要走？傻子！"轻佻的神情令映嘉真想啐他一脸唾沫。映嘉冷下脸："傻子是你叫的吗？"周智鹏似有醒悟，不是每一个女同事都开得起玩笑的，他默默坐回位置上，拿出一种奈何明白照沟渠的扫兴脸色，觉得他的好心好意都被映嘉的假正经污辱了。与此同时映嘉瞥见远远的桌子那边，有一个笑意荡漾了过来，隔着嘈杂的人声和一桌子鱼肉荤腥、世俗飨宴，那么一个恍惚的表情传递起来可真不容易，但它还是顺利到达了映嘉眼里。

当时的方疏峻，隐在油腻的社交场合里，他的清醒和洁净很容易让映嘉记住。还有他的驯良，得体，适度，以及那个笑容里并非为了什么、或许只是为笑而笑的没心机。

映嘉逃离了餐厅，借着三分酒意，并没有马上回住所。一个人走在路上，看着天上那枚幼稚怯懦的月亮，忽然乡愁勾动，心间软弱难宁。她所思念的城市在北京以北，十月底就会落雪。北方的雪总是下得很铺张，不顾一切，不计后果，没有前生后世，没有起承转合。雪下得那么悲愤，像要把这人间草草葬了。映嘉忘不了夜里的雪打在窗上的声音，那个声音，大概就是一个人独自扣问自己心灵的响声。这令映嘉十足哀矜，又分外清醒。生命就是夜雪敲打玻璃窗，又静又短暂。而清早推开门看到的城市，膏脂晶莹，凄空得像科幻片的最后主角都死光了配角都化成齑粉，没有生物存在了，天地之间只有白——空的、刺心的，令人目盲的白　　映嘉爱那苍凉的雪城，爱那绝望之白，爱那大茫然，然而她知道她已经回不去了。有时候，所谓的断裂，并不是关山路远，前途阻绝，对于现代人来讲，一座城市里如果没有工作，没有朋友，没有生存的来源，那就等于是绝境。

所以映嘉来到南方，在夜晚街边，买了一包糖炒栗子。说是糖炒，其实剥一颗就知道栗子分明是煮后才炒的。炒，只是作势而已，让你以为那很原始、很精心。映嘉对这城市最初的厌恶，就始于这些小小的事件里的小小的不上路。

这时候却有一辆黑色小车驶向身边，车门打开，里面的人说："快上来，快，这儿不能停车！"映嘉见是方疏峻，也就没太多疑虑，上了车。车子顺利躲过交警，驶出小路，驶上高架桥时，街灯就亮起来了。

有很多的话，想到了，但是不能说，映嘉深知言多必失的道理。她没问方疏峻为什么跑到这条小路上来，出于女性固有的矜持，她不能表现得太敏感太在乎。方疏峻倒是直言不讳："我担心你招不到出租车。"

方疏峻接着又说："你刚来难免不适应，不过我保证你一年后就会爱上这里。"

这种话映嘉听过好几次，好像这个城市里的每一个原住民都坚信所有外地来的人，只要给他们足够的时间，他们就会自动爱上这里。他们自豪的事物有很多，你若不一道称赞，他们会觉得你没品味；你若说你不喜欢，那你简直触犯众怒;你要是贬低了其中几样,他们就会和你吵上一架。比如说,这城市里的大街小巷都有按摩所,按摩分两种,一种是正规的中医按摩,一种是粉红灯光里的按摩。他们觉得,不论是哪一种按摩,都是非常重要和必须的娱乐,他们耽于这享受,习以为常,不疑有它。映嘉想,自己之所以不受欢迎,大概就是因为在这些事上,她都十分不起劲。

她害怕陌生人的手触碰自己的身体,哪怕那只是一双盲医的手。

映嘉看着窗外的夜色,这个城市的夜晚比白天美。

一个城市的夜晚比白天美,那是否说明,它有很多东西,都只能在暗中才敢呈现?

方疏峻和映嘉的住所一个在城东,一个在城西,隔着好远。但是下班时方疏峻总会主动来问映嘉,要不要他载她一程。他对她的关心慢慢超过了一个同事的尺度,引起众人侧目,但他是个坦荡的人,硬是把暗恋这种事做成了理所应当。他不在乎周智鹏用一脑子酸馊的想法曲解他:“你赖上人家小程!”方疏峻笑得正大光明、毫不含乎,“你说得完全正确!”周智鹏觉得和这种厚脸皮的人没有对话的基础,转脸来找映嘉求证:“你说他是不是蛮讨嫌的?”

周智鹏也有周智鹏的可爱之处,周智鹏的可爱之处就是他明明知道最讨嫌的是他自己,他却非要拉一个垫背的。末了抓了一把映嘉桌上的栗子,留下的烟味槟榔味经久不散。

周智鹏走了,方疏峻才有点讪讪,转移话题说道:“改天让我妈炒板栗带给你吃,她炒得很甜,和你买的这种不一样。”

“别那么客气,我又不是特别爱吃。”

“没事,我妈知道你。”

“什么?”

“哦,我是说,我妈知道,我们公司,有一位外地来的同事。”

句子补充了适当的宾语和定语，就不再是有歧意的句子。没法挑剔了。

城市因偏北风作用及冬季本有的干燥和落尘，一楼地面及其上五至六米，每日特别是傍晚以后，熬炼剧毒似地沸漾着一氧化碳、硫化物、悬浮粒、尼古丁、汽车尾气、摩托车驶过的蠢蠢烟屁、空调电辅热呼出的废烟。下午五点，毒物凝聚至高潮点，烘出深橙色带血丝的落日一枚，供奉至西边天陲。此时众神庄严，万魔皆静，一瞬的措不及防，夜幕遂凄怆掩下，这就是映嘉下楼重返红尘之时。

因为方疏峻的殷勤，映嘉难以拒绝那辆舒适的本田，故而他们也就越来越熟悉。以至于当他提出晚上一起吃饭的请求时，她也就当然觉得若是拒绝可就太没意思了。她以为吃饭就是吃饭，但是这顿饭吃了三个小时，饭后，他又带她来到著名的酒吧街。在那里，她见到了他的一群朋友。那个晚上，那群年轻人似乎在掩饰着某种隆重，故意装作漫不经心而实际上每个人都有点紧张。紧张是可以传染的，映嘉只好用喝多一点的方式来抵挡，于是手中的芝华士便不再兑绿茶了。这是她主动学习喝酒的一年，二零零七年，她才知道，她的血清与酒相处得多么融洽。人们把映嘉当成自己人了，有一个女孩喝醉了，反复来缠住映嘉，向她敬酒。“琳子!”他们叫那女孩，“别丢脸，有什么大不了的啊!”他们给女孩打气。

映嘉不是傻子，一整晚，方疏峻没有理会过琳子，是一种刻意的回避、冷淡、拒绝，让映嘉不知道是该为自己荣幸，还是该为那女孩悲伤。她杯中一空，方疏峻就来给她斟满，他宠着她，欣赏着她难得呈现的松弛模样，他为此陶醉。他们说:“映嘉，以后你就和我们一起，我们一伙的!”这话真令映嘉感动。难怪总有人说，这个地方出过不少土匪，也出过有名的将军，很多大事都是这个地方的人做出来的。不需要再领教了，映嘉敬重此城之人的勇敢、豪爽、抱团，可是，总还有一些别的，令她觉得不是那么舒服——琳子会在她不留心的时候，传递眼色给同伴，暗中给予她评价，却并不向她直言。

酒吧的消费贵得离谱，琳子又砸了人家的玻璃茶几。

“开心嘛!”喝醉的人们说，走出来，被冷风一吊，醉意更深了，“今朝有酒今朝醉!”他们一起仰面向天，哈哈大笑。

张爱玲有位著名的姑妈说：只顾一时，得过且过，这就是乱世。但那天映嘉在乱世里却有点开心，跟他们走在一起，世界变得很简单，清醒的人在一边，喝醉的人在另一边，不同党的人，于两岸对峙。

两岸之间 A、B 两点成一直线，与岸垂直，距离为四十米。相同一岸 B、C 两点的距离是三十米。那么，A 点与 C 点的距离是多少米？你乘船时速十米，那么，AB、AC 两段各需多少时间？

映嘉的少女时代，在白纸上演算勾股定理。

映嘉成年后，却无法算出 AB 和 AC 两条路的时间。

哪条是捷径？

她还没有船。

杂志上的心理测试：你有孤独症吗？给你五个选项：

一、你是否常常对周围的事物漠不关心。

二、你的口头表达能力很弱。

三、你始终觉得一个人的世界比较安全。

四、你轻易不向人求助，总是力行自己解决。

五、你有时候会对一些东西过分依恋。

五个问题里有三个回答“是”就可以判定为孤独症，映嘉得的是满分。

不论这个测试科学与否，映嘉对自己的孤独供认不讳。非常的虚软，她站在公司窗前，看着十二楼以下的地面，人群碌碌如蚁。承认孤独无非是增加了孤独的强度，在这件事上她和自己已没什么好再抗辩。孤独……也许就是连烟也不会吸的这种感觉，如果会吸烟——他们说，烟会安慰一个女人，跟烟缠绵一刻钟，胜过和男人相处。可惜，映嘉始终觉得烟是非常非常苦涩的东西，生活已经这样苦涩，她不愿意再人为地添加什么了。

同事们中间开始传递着关于她和方疏峻的流言，方疏峻学给她听："他们两个其实就是住一起的，都买了房子了……"映嘉在方疏峻的车里，玩着一只机器猫靠垫，看着车窗外那些在寒风里挣扎的人：卖橘子和龙眼的小贩、下面乡镇上来讨生活的力工，提大大购物袋拦不到出租车的主妇、穿得很单薄的小情侣……这城市总是灰蒙蒙，半明不昧，空气里有太多杂质所以几乎不可能在夜晚看到星星。黄昏的光线穿不透云层，故而每一道乌云都镶上了奇异的金边。方疏峻还在学同事说话："他们两个是一见钟情……"她忽然觉得乌云真好，车里的这会儿真好，同事们的流言真好，她身上的安娜苏许愿精灵香水，跟他头发的气息混在一起，真好。狭小空间熬出醚味，发咸，发甜，是安全感与荷尔蒙的气味。映嘉转过脸看着方疏峻。她不是不知道自己的美丽。后者在她的目光注视下主动避开了眼睛，他有正常的审美直觉，当然承认她的迷人，但他不能让他知道他迷恋她到了有点恐惧的地步，那太窝囊。

似乎有船驶来——他早上剃好的胡须在傍晚又重新萌芽了，侧面脸颊一片青色阴翳，流行小说里叫这个作"五点钟影子"。下午五点钟，AB、AC两条线路同时出发，哪条有惊无险哪条机关重重？哪条先到达彼岸？哪条半路折堕？映嘉慢慢想通了：如果她需要抵抗孤独，抵抗听不懂的方言、抵抗周智鹏的槟榔酒气，抵抗对这城市的挑剔还有她心底里时时涌起的乡愁，那么，最便捷的途径就是先去爱上一个人，再在这个人的帮助下，爱上这座城市。

若是一座城市里住着一个你所爱的人，你没法不去热爱这座城市。

是方疏峻吗？

车子沿着岸边行驶，乌云错开，天光一时大亮，映着满河的脏水，眼前一凉。

他们在KTV里唱费玉清和周杰伦那歌，不知道为什么离别之音总是那么容易流行起来，不管它的本质是多么的俗不可耐，他们伪造着一场依依惜别，无声黑白，淡出、流逝、消失。其实他们里的大多数人自出生起就一直厮守此城从未离开过，并且甚至常常觉得森林公园的风景都没有自家楼前的老樟树可爱，他们未必明白念去去千里烟波的烟波是什么滋味，他们也并一定知道连根拔起对于一个人的小半生来说，意味着的到底是什么。

据说每一株被移植进城市的大树，都有半数以上的根须断亡在原来的树林里，保持向上供水的姿势死去。所以马路上那些树，没有一株不是残废的，开出花来的，也结成一颗颗怨毒的果粒。

狂欢过后，方疏峻率领大家去河边。在沙洲之上他们燃放焰火。硕大的焰火在夜空中以极慢的速度裂帛。周围人怂恿方疏峻说出表白的句子。映嘉有一瞬的感动，一瞬的欣喜和一瞬的悲戚。方疏峻走过来，说道："映嘉，做我女朋友好吗？"映嘉看着那焰火，冰蓝、亮绿、粉白，闪着碎碎的银色与金。真美啊，请停留一下，浮士德死前这么说。

人们只知道焰火的华美。可是焰火是以怎样复杂的工序制作出来的？焰火的腔膛里填充的是什么？黑色药末，是和制造子弹的东西一样吗？又是如何完成包装和运输的？焰火是使用怎样的化学原理才能爆炸、发光？

映嘉想说："方疏峻，你还并不了解我。"

但是映嘉真正说出来的句子却是："不如我们结婚吧。"

焰火的声光色影在水面反转相投，衬出映嘉脸上那不可忽略的正式感。方疏峻惶惑地愣怔，冬天的河水在夜里像黑色的绸缎，无声流去。

有人不厌其烦，又点燃新的一只。巨大的虚空花朵令天地色变，仰头太多太多次，颈窝深处极酸，极热。其实，焰火也并没有多么复杂——锶会产生深红色，铜产生蓝色，钠产生黄色，铁屑和木炭产生金色，响亮的声音来自铝粉……焰火的梦幻在空中，而焰火的成因在土地里，如此这般而已。

第二天映嘉感冒，请假在家养病。方疏峻的电话追来："你到底在想什么？我……不能懂你的意思，我们应该先……。"

“我们应该先了解。”

“是的，我们连手都没牵过，都没拥抱过，也没……”

“也没接吻过。”

“是的，所以，最好多点时间……”

“你觉得非有这个必要吗？一个小时够不够？我的故事其实只有这么长。”

“映嘉，你别这样，我不懂……”

其实映嘉的心不难懂，看看世界上那些怪人：买各种虐待玩具的，杀了自己孩子的，囤积无用的车票、过期香水、收藏垃圾的，暴食的……她还算是一个正常人。

她只是渴望坐在电影院里最中央的位置，最好四周无人，银幕宽广放着她喜欢的恐怖片，她手捧大袋爆米花，边吃边看。

灯光暗去，画面上有刀和锯，铁器生冷，怪物出场了。

她对那个人说：“看完这场电影，我就是你的女朋友了对吗？”

“我已经有女朋友了。”

“那我是什么？”

“你也是我女朋友啊。”

她那时不明白，卑鄙和聪明，就只隔着极细极薄极微弱的距离。她接受了那个既定的席位，愚蠢的坐姿令自己每次回忆起来都想冲过去扇自己两巴掌。可那时—— 电影院上好的座位都座满了，她只通融到一张不太好的票，靠边、靠后、光照不到，也不太看得清银幕上的幸福，进来的时候还得小心点，说不定就摔倒了、摔疼了……怎么办？出去吗？她舍不得。

执意入场。

却也并不委屈。因为生气、吃醋、怨恨、撒泼，还都没有学会。

只怪太年轻，太消耗得起，因而分外慷慨。

换句话，其实，是眼界也只有那么高。

一定会有人离席，她坚信。墨色丝绒门帘后，是皮革包装的红色大门，菱形图案每一个尖端钉一只闪亮的铜钉。门打开，白昼的日光像闪电，冷风带一丝金属的辛凉。

少女在等待男人的过程中长大，男人却变老了。映嘉不肯相信，那个终年穿一条牛仔裤衬衫一辈子拖外面只穿球鞋的男人，居然这么快就变成了这样的打扮：他穿着短裤——沙滩短裤；背心——老头背心；趿一双人字拖——塑料人字拖鞋，干部深蓝色。他在菜场买菜，他没有钱包，零钞自短裤后口袋里大把抓取。

稀脏稀皱的纸币，看上去十分猥琐。

他还会跟小贩说："你少找了我五毛钱。"

更出人意料的是，他开始念旧，感恩，懂了人情世故，长了世俗的心眼，习惯了家庭的甜暖安逸，有点迷信，喜欢烹饪，爱上太极拳，觉得吃饱睡好非常重要。

他答应她的那些话慢慢团成废纸，他顺便也把旧日的自己丢弃，他说："呵呵，我有时候想不起你长什么样。"

要隔很久很久，才开始下雪。那年的雪，把城市当成了一个坑，一个墓地，一座大坟，用力过猛地填。填平、填满。压实了，再填一层。被雪活埋的城市，像在举进一场盛大的出殡。哀乐就是海边铅色羽毛的水鸟发出的鸣叫。很久以前，它们就不再去南部过冬，寒冷时啄食冻死的流浪狗，配合着长出尖利的长喙和厚而硬的羽毛。

一切都那么应景，窗外的海，漠蓝色凝成墙壁，是死的。每一片雪花落进去，都死在里面。

推不动，撼不动的人生像冬天的海。很多事物给映嘉以暗示。

雪地洁白，渊面黑暗，她跌进去。

映嘉后来开始失眠。深夜醒来，房间里的一切镀一层胶膜般的蓝雾，在暗中历历在目。物体与物体之间的距离变窄，钟声滴嗒，吊灯摇曳，西伯利亚百合生锈吐出最后的蜜液。如果有鬼，映嘉很愿意与之倾心交谈，再毫不吝惜地让他取走自己的灵魂。

如同行尸走肉。太久没睡，两只眼睛眍成黑色窟窿。她判定自己活不到春天。在死之前该做点什么呢？她找到一个锁匠。她没法提供给锁匠她是那间房屋女主人的证明，锁匠就掩耳盗铃要她立个字据。“以后这家发生任何事，与我无关。”锁匠说。

她就写：“以后这家发生任何事，与我无关。”她写完了，锁匠收起，她才知道老头子并不识字。

她打开他家的门，坐在沙发上，呆着。

就是呆着。盘腿坐在沙发正中央，这个姿势最堂而皇之，她喜欢。

她希望这屋子的主人破门而入，她要吓他一跳，她就是想惹是生非。

镜子里的自己，左眼下面，开始长出第一条细纹，她躺下去。

她发现在他家里居然可以睡着了。从下午到夜央，她睡得浑然忘我、心满意足。醒来，没有人回来，她吃了他的剩菜，再吃冰箱里的番茄。天边嫩黄的月亮，因为等待过久，凝成一枚备珀。

他们家装饰得很漂亮，她想象女主人必如苏茜黄。爱浓烈深橙深绿深红，爱京戏旗袍民族风。爱一个曾经的浪子，用手段驯服了他。温山软水，他武功尽废。

一次也没有逢着，她真的有点愤怒。

后来留了字条放在桌上，还在字条上插了一把剖鱼用的锯齿尖刀。

约他出来叙旧。

他没有问为什么字条会在桌子上。失去好奇心的男人，已经在发胖了。

他只是开始大谈携妻去欧洲旅游的种种：意大利治安不好，皮箱出机场就丢失了;法国到处是狗屎、黑人;有一个地方叫卢瓦尔,盛产火鸡跟琴酒,味道马马虎虎。

她没有在听,只是闻到他身上有一种寒凋凋的草药味,他说是麝香虎骨膏,他的膝盖风湿了。咖啡香混着中药的苦凉,在味觉里透露着不祥。他终于缓缓述说起自己的癌症。

他讲得并不悲惨,她也没有同情或者泪流满面。他们有一秒钟的对视,然后,两人都哈哈哈大笑起来。他们笑了很久,笑得死去活来,坐不稳,跌在地板上。笑得咖啡都泼洒出来,侍者不得不拜托他们控制情绪,不要影响到别的客人。

那天他笑的是什么,她至今无法猜到,或许只是自嘲。而她笑的又是什么呢?

她苦苦爱恋的男人抛弃她,令她仇恨几乎发狂非常想报复,并在当天决定给他那杯咖啡里投毒可这个男人居然得了癌。

他说他活不过那春天。

她笑的就是这个。

不可以再和一个绝症病人计较了,就像那不识字的老锁匠,她最后追上去补写了一张字据,她不想和一个不识字的人耍花招。不是对手,不需要对阵。她御甲如螃蟹拆壳,看到捂得发白发青的肉身,细嫩磨破淡红血痕。某种爱过的人,是用来离别的,不是用来相聚的;某种恨过的人,是用来原恕的,不是用来报复的。仿佛一把钢脆斧子,自她脑门直劈,经鼻、唇、喉管,心裂裂,肝胆尽碎,流出苦绿浓汁。这就是她的最后下场。

"你相信我的话吗?结婚真的很好,我觉得幸福,没有骗你,你可以去试一试。"他转移了话题,专心劝谏,像传销者告诉下线,这种叫做婚姻的东西真的很好用,好好用,你一定要用,你用了一定会说好,你说好就……真的,马上用用它!

大衣左边口袋有一个瓶子,棕色瓶身,白色盖子,里面是药丸。

咖啡是苦的。

他坐下来吸烟。

烟也是苦的。

他说:“所以,你走吧。”

当天下午她就去买了机票,三点四十分,飞机起飞,毫不逗留。

方疏峻守着昏睡的映嘉,该是他离开的时候可他不想走。天阴了,清灰色透明流丽的苍穹,堆满了云,冷到极处,结成冰冻的大雨降下。这里从来都没有雪,绳索般粗的雨,从天上一根一根垂落,绕紧这个城市,打结。

方疏峻守着映嘉三十九度的高热一整夜。

第二天,她病好了。

在清早路上她给他讲了一个故事:有一对从事徒手攀岩的恋人,一次,他们去挑战一座峭壁,在峭壁即将攀完的时候,女的忽然失手摔落。男的和女的之间,有一根绳子相系,是为防不测的。现在女人的全部体重通过那根细绳悬于男的身上,致使男的所把持的那块岩壁迅速剥落,承受不了两个人的体重了。于是,那个男的就拿出刀子,切断了那根绳子。

方疏峻沉默,当他听不懂映嘉的哑谜时,他就选择跟自己单独相处一会儿。一整天,他反复思索着这个故事所暗示的问题,到了傍晚,他回到车内,看到映嘉笑眯眯地走过来,他忽然知道答案了,他说:“你早上说的那个故事,是假的。真正的故事是,他们之间没有绳子相系,男的见恋人遇难,自己也当即松开双手,摔落了山涧。”

“不不不,故事不是这样。”

“好了,映嘉,我只是想告诉你,我已经想好了,如果你不要绳子,我会陪你摔落,如果你要绳子,我给你绳子,我们明天就去注册你看怎样?”

车子开动了,映嘉在那一刻发现,坐在他左边的这个男人是多么好,好得都有点伟大了,虽然他只是她随便捡到的一个。“其实,这个故事是一则脑筋急转弯——那个峭壁就两米高。”映嘉说。

方疏峻腾出右手握住映嘉的手，他的手掌又大又厚，不是薄情人的手。

他用左手开车，向他家驶去。

婚姻也许真的是一种值得人去相信的东西。那天晚上映嘉第一次去了方家，方疏峻把他握暖的女孩的手给了他妈妈。映嘉和方妈妈坐在沙发上看电视，映嘉还是听不太懂此城的方言，但是她和方妈妈却实现了不需语言就能完成的投缘。

送映嘉回去时方疏峻说：其实我妈早去世了，她是我后妈。小时候，她对我不好，我想要一辆单车，求她给我买，她不肯，我只得到一辆旧的，生着铁绣，非常笨重，同学都笑我，那单车让我觉得耻辱。那时候我发誓长大了一定要报仇，但是长大了，我赚到第一笔钱还是给她，她开心极了，她开心我也开心。不知道为什么，也许，对别人好，是有瘾的，你对一个人好过一次，看到她那么满足、快乐、依赖、信任，你下次很难不去对她好。

方疏峻抱住映嘉，映嘉今晚很乖，认真倾听他说话的样子让他觉得像个亲人，他触到她衣兜里的小瓶子，棕色瓶身，白色盖子，他警告她：“失眠不能靠药治，是药三分毒。”

“那靠什么治呢？”

“靠我啊，我是你的偏方，无毒无副作用。”

他不是一个善长说玩笑话的人，也并不机灵，这是他最风趣的一个晚上，他在尽量取悦她。映嘉对他的感谢是以伸出手臂勾住他脖子，把他拉低一点，拉近一点，直到鼻子快要碰到鼻子这样的亲密姿势完成的。这也是她在这座陌生的城市里第一次动用她久违了的风情万种，她要加固他对她的爱慕：“真的吗？”

“真的。”

“可我病得不轻。”

“没事，我包治百病。”

“那，今后就多麻烦您了。”

这是他们第一次拥抱，居然很美味，他的怀抱——就像一个人在雨雪泥泞里无依无靠站了一整天，突然走进一个灯光明亮带着暖气的大房间。她往他怀里再努一努，他就把她抱得更紧一点，圈得更小一点。

在相识的第二十九天里，这样拥抱着，还没有接过吻。

第三十天，他们注册为夫妻。

不朽

一些放弃，成就一些不朽。

是的，爱与憎恨，它们永远不朽

他们离开我以后的第三年，我开始有所改变。

我剪掉了及腰的长发，买了很多衣裳、裙子、鞋子、面霜与眼影，我开始有计划地节食，戒掉了烟，不再酗酒。每天只在睡前喝一小杯红酒，那是为了红酒里面的丹宁酸据说对皮肤有好处。而他们离开我以后的第三年，我不再依赖酒精、药物、过量的牛奶或者催眠音乐来支援一场好睡，因为我已告别了失眠。

每个早晨我都按闹钟给我的时间醒来，每个晚间又按闹钟给我的时间入睡。我有两个闹钟，一只白的，一只黑的，就像白加黑感冒片，早上白色，晚上黑色。我尝试去过黑白分明的生活，醒与睡保持着健康的界限。当中我试着去工作，渐渐恢复着与人交往的能力，我有了娱乐，并且在娱乐里感到了快乐。我有了朋友。

在他们离开我以后的第三年，我没有去找他们。于是在他们离开我以后的第三年，他们也没有再来找我。

我跟他们，彻底断了音讯。

君诲的婚礼，在一个秋天的正午匆匆进行。

摆了一张红桌子，就算有点喜气了。君诲挑了酒店里有阳光的那一间房，请来一位小提琴师，重复演奏着婚礼进行曲。红桌上有花。牡丹、荷花、凤仙、玫瑰、芍药、百合、茉莉、铃兰。花朵皆白，投下灰色影子。有酒，有丰美的菜肴，有糖果。来宾很少，共计十一位，但桌上的一切，包括新婚夫妇的喜悦，他们都可尽情分享。

君诲站起身，向来宾敬酒。身旁女子的裙裾像雾，由数层比雾更薄的棉布缝制而成，婉转一如那一天她的脸色。那是九月仲秋，她头戴花冠，手腕上有君诲送她的宝石手链。她的婚戒，略微有些大了，三天前她就戴上它了，她练习着戴它，如同练习着成为一个妻。她总是下意识地去扶着那颗钻石，在扶着钻石的同时抚摸着它，像抚摸着一头新领养的宠物。

在敬酒的时候，戒指仍旧向一边歪倒，仿佛幸福满溢出来，这次她没去理会。

来宾喝下他们的婚酒，酒美梅酸，恰称人怀抱。来宾们兴致很高，越喝越多。有人唱起京戏，有人撒着酒疯，有人摔坏酒杯或眼镜。秋天的白昼很快消耗殆尽，夜像一只巨大的吸盘，把人间万物吸进它的黑与寒冷里去。来宾们红着脸，身体散发着酒的酵味，嘴里说着万千祝福的啰嗦。这时裸着肩膀的新娘打了个寒噤，君诲便脱下西装披在她身上。来宾们就有人说:该走了。

君诲那晚是醉了，他搂着身边的小妻子站立不稳，妻子随着他的不稳也步履蹒跚，但他坚持跟来宾中的每一位都握手致意。“再见，杜微。”君诲醉醺醺地说。对面的人回过头来:“君诲，喝太多啦，这里哪有杜微啊?”在青柠檬色的夜里，宾客们并不知道，那一刻有一个人的眼泪正顺着面颊的平坦处笔直流下，那泪不比她手上的钻戒更璀璨，但足以较量过这晚寒冷的星光。

君诲在人散后亲吻我，那个晚上我们没有做爱。但那个晚上，我毕竟成为方君诲的妻子，算是完成了从一个女孩到一个女人的转变。是的，那天，我匆匆完成了那个著名的动词——结婚。

杜微总在吃糖，二十年前便是这样。

腮帮子这里那里鼓着一块，嘴巴哗啦啦啦地响，肯定有一枚水果糖或者朱古力在牙齿上滚动。睡觉时她含着糖，醒来后甜的糖变成了酸的，牙齿便像海绵一样倒伏下去。杜微的牙齿因为贪图甜蜜而变得很糟糕，臼齿布满了蛀洞，但没被蛀蚀的门牙却很漂亮。洁白、光润、小小粒，像明亮的瓷玉。那是她的骄傲。

她牙疼时，她母亲便提着她去医院。她去过一次口腔门诊，此后就再不肯去了。她跑到楼上跟我说："牙医的神经针这么老长，像根毛衣针。"恐怖地瞪大眼睛，"医生拿着这根针，伸到你的牙齿里，搅搅搅，杀死你的神经！"

"别说这么邪乎好不好，你肯定没杀神经。"

"你怎么知道我没杀神经？"

"你不会让自己吃亏的。"

"可是我知道那有多疼！"

那年春天杜微离开了我们的家属小区，因为他父母将要出国去，决定将八岁的杜微寄养在城北外婆家。夏天过后，杜微家住过的二楼搬来了新房客，是一对画家夫妻，养育有一个孩子名叫胡邑。

胡邑是一个很奇怪的小孩，他不像他的父亲总是满身油彩地出现在邻居面前，有涵养地邋遢着，或是显得心情很好的样子，跟大伙打招呼："出门啊？遛鸟啊？我看看，啧啧，好俏皮的一只画眉！"他也不像他的母亲总是昂扬地披头散发，在菜场跟卖豆腐干的小贩舌战，末了甩手不买，转头却去买螃蟹、对虾，作为他们每日的晚餐，她不是一个会过日子的女人。

胡邑跟父母都不像。如果夜晚与冬天是一对夫妻的话，那么他们生下的孩子才是胡邑。他冷而漆黑，深不见底。那时他才九岁，与我同龄，他的面貌却可以用沉静如水来形容了。他有一张表情沉淀过的脸，这脸上的宽容与老成，聪明与看透，满足或厌倦，是那个年龄的小孩很难达到的境界。在我第一次见到他的时候，他就用这样的一张脸面对我，露出一个严丝合缝的微笑，令我肃然起敬。

他背着双肩书包站立在正午的阳光下，网兜里提着一只球，穿着普通的背心短裤，可是他的表情清凉无汗，连呼吸也微微，他只是很静很静，静得周围所有的繁嚣都平息下去，心甘情愿和他一起沉沦——他根本不像是一个人，而像一尊佛。

他的眼睛是马的眼睛，被驯化后的马，因为太懂得人类而原宥了人类，从而显出异常的顺从、平宁，与世无争。我忽然觉得了一种难以言喻的自卑感，从我见到胡邑的那个正午开始，我知道我不会再快乐。

大家玩时总喜欢说："问问胡邑有什么好主意。""胡邑知道该怎么办。""胡邑在哪里？胡邑快来啊！"胡邑，俨然成了我们这群人的王，虽然他只有九岁。我对他敬而远之的同时而又有无比的虔敬，我希望他带我玩，却又害怕和他在一起。和他在一起，我所有的聪明与机灵都变成了手腕和诡计，我自认的成熟会变成一种故意显摆出来的拙劣伎俩，我会变得很不得体，没有趣味，缺乏智慧，因为胡邑有一双天生洞晓世事的双眼，仿佛是在无声地表露：你们这些幼稚的小孩子，我跟你们是不同的。

二楼的大胖子彭阿姨怀孕了，她只爱吃两样东西：醋溜黄瓜，醋溜白菜。彭阿姨自嘲道："我的孩子就是黄瓜白菜的命，没辙！"可是转头她又抱怨起她婆婆来："趁机省钱，是个有心人呐！"

这天傍晚，临产之前闲极无聊的彭阿姨吃过了晚饭，在楼下的石榴树边上扇着扇子，手边放着一瓶刚刚打回来的新醋。一九八七年，大部分的醋都是散装，人们是要拿着瓶子到商店去打的。彭阿姨用的是一只果汁瓶子，上面葡萄图案的标签还未撕掉，因此在傍晚暗淡的光线里那瓶醋看上去非常像是葡萄汁。

晚饭过后，整个大楼的小孩子都跑出来捉迷藏。彭阿姨看到一群活泼得野鹌鹑似的小崽子们，喜爱之情油然而生，她招招手把大家都叫来，先是给小女孩们挨个辫了辫子，而后她忽然诡秘地说：“我这儿有一瓶葡萄汁，新买的，你们谁喝啊？可好喝了。”

九岁的胡邑站在离彭阿姨最近的位置，他意味深长地看了彭阿姨一眼。彭阿姨说：“胡邑先喝一口嘛。”胡邑捧起那透明玻璃瓶，抿了一小口。他当然知道只有这样，玩笑才能开下去，乐趣才会呈现出来，胡邑从来都知道给快乐这件事留个情面。

他面不改色：“好甜。”

接着喝醋的小孩，是周末从外婆身边溜回来玩的杜微。她是那么的喜欢甜食，她当然不会放过喝一大口葡萄汁的机会。于是，两秒钟后，可怜的小女孩酸得五官挪位，一边咳嗽一边嚷着：“酸死了！是醋！醋！”然后她一双手就伸过来，要扼住胡邑的喉咙。

从那个葡萄汁的傍晚开始，我知道在胡邑和杜微之间，有一种我无法领会的亲昵在萌芽了。虽然那个傍晚胡邑最终躲开了杜微回家看电视去了，但在躲避她的那一瞬，他脸上滑过了烦恼的、但不可否认绝对是充满了快乐的笑容。

有些人生来就是没有童年的，胡邑的成长过程省略了本有的节奏，一再的加速使他过早地失去了天真和傻气这两种孩童本有的特质。他失控地迅速变作一位少年，于是他只能一再地将自己伪装成一名小孩，你知道那有多惨。

而整个院子的童年，也因胡邑这颗酵母的作用，有了一种格外早熟的气质。他镇住了十来个小屁孩，使他们那段人生有了一个过分明亮的参照物，人人都向往做一个胡邑那样的人：懂事、优秀、聪明，为大家所尊敬。

杜微爬上我的床，跟我挤在一处。

外面尖风薄雪，供暖公司想必是黑了心肠，暖气的温度很微弱。整个居民楼怨声载道，诅咒声此起彼伏。我的父母已经联合二楼的画家夫妇一起去张贴告示了。居民们手拿画家夫妇写的条幅，“还我暖气”、“反对春节降温”“暖气不足请有关部门过问”等等，满小区张贴着。虽然都生着气，但大过年的，欢腾的气氛毕竟在那里，所以这标语贴得也跟年画儿似的，红一块，绿一块，花的又是一块。

那是我在那一年里难得的假日，离过年还有五天，过完那个年，我就要高考了。爸妈买好了过节的食物储存在厨房，特意打开一袋糖果挑了一盘橘子招待小客人。杜微剥开一只橘子，手势娇媚，手指修长，何时她又留起长指甲。据说女孩留起长指甲，就代表她已不再是一个不懂事的小孩，她已经开始知道性别的作用，因为菲薄精致的指甲，是女孩一生里第一次性感的利器。

房间里一时充满了橘子的清香——连杜微也长大了。少年时代的人总是很容易就爱说那句话：我们再也回不去了。

我们蜷在床头，足尖碰着足尖，我感觉到她身体的柔软，就如同碰到我自己。

过一会儿，杜微拿起桌上的红纸，随手把它撕成正方型，再把正方型折叠成三角，随便撕掉一些边角，展开便成为窗花。大的贴在玻璃上，小的贴在玻璃灯笼上。

“我喜欢胡邑。”杜微忽然这样告诉我。

从十岁开始，杜微就有一个习惯，她经常跑来告诉我，她喜欢上了谁，谁又在暗恋她了，但是这种事一般没有哪桩会延续超过一个月。因此我毫不惊讶，这不过是历来的恋爱演习。那年杜微在城北的初中已经很有名了，飞女党，我不知道她扁那些她看不顺眼或结下梁子的女同学时是什么样子，是否尖声细气地跟她的党人说：“走，我们去堵六班的吴雪菲！”她曾经因为打架差一点被勒令退学，是她外婆拄着拐棍颤微微地去求校长，校方才饶她不死，但留了她级，让她在小一年的班里借读，受一些尊严上的摧折。

十五岁，杜微不务正业，跟一群头发染得红红黄黄，穿着骷髅图案或牛仔裤口袋里藏把小刀的阿飞们混。食指中指间，常常衔根烟，时间久了，烟成了她多出来的一根手指。

可是她忽然跑来跟我说她喜欢胡邑，这未尝不使我震动。我拈着窗花的手微微发抖，当时的我，也许因为惊愕，也许因为迟钝，我不知道我为什么会沉默下来。当我后来弄清楚那是怎样一种感情时，大抵已经晚了。很多事情，像蜡液滴入水中，当时定型成什么，事后也就是什么了。

“也不是我追他啦，是他问我有没有男朋友。”

“有这回事?”

“不信？我还正好不想说了。”不可否认，杜微一直当我是一个亲密的人，但她的亲密始终留着一手，她对任何人都是这样点到三分即止。她吃橘子也只吃前三口，她读书只念好前三篇课文，她是一个不耐烦的小女人，渐渐这不耐烦变成了她性格的一部分，看似无所谓其实她极度在意，世间万物，一旦谈到爱慕，她想到的历来先是她自己。

关于爱上胡邑，杜微不再多提，我也没再追问。而那年因为住校的关系，我很少回家，已经很久没有见到胡邑。是春节的当晚，我家门被敲响，胡邑立在门外，穿着新衣裳，问了我一声好。他这晚是来拜年的。多日不见，他唇上竟起了茸茸的青胡须。

他坐在我家客厅的沙发上，沙发很软，他陷在里面，他似乎从来没有长高过，但他是一个多么精致的小男子汉啊。他一边看电视，一边随手吃一块糖，拈两粒瓜子，从容不客气的样子显得更像个大人了。呆够了适当的时间，我知道他要走，他果然就站起身：“叔叔阿姨，我走了，你们好好过年。”

我爸妈喜欢这个少年已经到了昏庸的份儿上，他们经常把胡邑的名字挂在口边，仿佛那是他们失落在世界上的亲生儿子。因此对胡邑的到来他们高兴的同时似乎还有点紧张，他们挽留他，“再坐一会，再坐一下嘛。”与对杜微的态度相比，他们对胡邑几乎是动用了大人给大人的那种礼遇，令我觉得非常不忿。

我和胡邑一直没有成为要好的朋友，因为害羞或是一些更莫名其妙的原因，我们开始渐渐疏远。虽然一栋楼住着，当我从七楼走下来而他刚巧锁好二楼的门，遇见了，眼光交错了，仍旧面无表情地各自走散。我走前，他走后，隔着大约十米远的距离。

他不跟我同校，他读美院附中。听说他在那里也一直没什么朋友，像个外地来的孩子似的。我心里暗自高兴他落得这样的下场——是的，说实话，我对胡邑这个人有嫉妒——如果没有他的出现，我想我的生活会更自在一些，哪怕出落成一个自在的坏人也好。可是他出现了，我便要时刻提防着自己，不能学坏，不能不乖，要做个好人，做个优秀的人。他使我累，他像一面镜子，照射出我的残缺，我不想让自己残缺，我便要加倍努力。他手无寸铁就把我的世界侵犯了，而且是那样一种充满了优越感的侵犯。

我相信友情这件事是良知良能。胡邑表面上的和蔼聪明与事实上的孤独隔阂，已经在他搬来后的几年里被我一一印证。只有那些一厢情愿的大人，才当他是好儿童，好晚辈，自家孩子顽劣时搬出来的好榜样，教科书。

“小路，你怎么不理胡邑呢？你们说话啊。”爸妈责怪我。

“我得回家吃饭了。”胡邑打开了门，楼道漆黑。

“小路，送一下胡邑，你不是有灯笼吗？”妈妈把玻璃灯笼点亮，里面半截红色的蜡烛烧出暖香，喷在我脸上，那个年夜我十六岁。

我提着灯笼，踢踏着我的棉拖鞋，跟在胡邑的身后，从七楼往二楼行去。“看，雪下大了。”胡邑指着外面的雪，回头看我。我忽然发现，在黑暗的冬夜，在无穷无尽的雪花飞舞的背景下，胡邑的眼睛竟然像流动的酒精一样清冽，我被这目光吓了一跳，不知道是否便在黑暗中脸红起来。比我低半个头的胡邑，不肯长高的胡邑，脸孔嵌着这样一双大眼睛，简直就要把我看住，看死。

“你和杜微到底怎么回事?”我要他停止看我，我要找一个锋利的话题刺他一下。

“没怎么回事。”他已经到了家门口，没有敲门，自己用钥匙打开了门，门里透出灯光，他哧的一笑，忽然，鼓起嘴唇，吹熄了我灯笼里的蜡烛。

婚礼当夜，君诲吐了满地酸馊的酒。

我忍着脏，像忍着生命里很多的不完满，我将君诲清理。甚至拿出香水，在他充满酒气的呼吸之上喷了几下，我知道这个嫌恶的动作将会记载进婚姻的记忆，我忽然发觉，我并非如我想象一般爱他胜过爱我自己。

他裸裎于我的面前，没有着衣，无遮无拦，这是我第一次见到他毫无装饰的身体。

他的身体在月光下微微发蓝，仿佛一具过于芬芳的尸首。我注视他熟睡中的脸——或许他根本就没有睡，他只是在另一个时空里醒着，而我才是在做大梦。

他或许惊讶了，不明白一个人在做梦时为何会瞪大双眼，于是他唤了一声——

“杜微。”

他的手攀上我的脸。

“杜微。”

我一动不动。

我不是杜微，我是小路。

那一夜，似乎有一些什么在房间里作祟，以至于我双目所及，尽是茶几上的水果刀、砧板上的菜刀、针线抽屉里的剪刀、浴间里各色厚毛巾、药箱里的酒精和茶几上的打火机、冰箱的冷藏室，或者细长的垂吊下来的窗帘……我想我是疯了，种种可以施暴的工具，我皆看往我双眼里去，我怎能原谅我自己，和我思想里的恶与孽。

“杜微！”君诲抱住了我，将我按在身下。他睁开眼睛，可是他的瞳仁不聚焦。面孔离我这样近，目光看的却是极远处。他的眼睛何时变蓝了。他亲吻我的嘴唇，我偏过头去。他亲吻我锁骨以下，我觉得疼痛而有极大的委屈。忍住不哭，但眼泪像油一样，从身体里压榨出来。

这便是我的男人了，从此我将与他过平凡的生活，我会为他准备三餐菜式整理四季衣裳，我会替他生一个孩子，我会爱他的孩子，教育他的孩子，看着孩子长大，我会等他们晚上回来吃饭，我会为他们编织毛衣，为他们洗床单，为他们抹桌子，买菜，做他们喜欢的食物，我会很快老去，双手布满皱纹，脖子布满皱纹，眼角布满鱼尾纹，我会像一根活的树木变成死的根雕，我会渐渐心静心死，无知无觉。

君诲转个身，放开了我，回归到他的梦里去。夜已沉淀成蟹壳青，已经快要到清早，秋天里扫地的人在工作了，楼下有焚烧树叶的气味和垃圾车走过的咣当声。那是一个正常平安的世界，一切有序进行，从不错乱。可我知道，这一晚的历劫之后，每个人心里不可告人的秘密将会很难再装下去。我承认，我的心里有一座阴暗的宫殿，黑色森林蔓延的岛屿，那儿窗帏紧闭，无人踏入，不足为外人道，甚至有时候我自己也找不到打开大门的钥匙。可是，在这样的新婚之后，破晓以前，我跌入那可怕的暗殿里，并泄露了它的来路，正如我的丈夫恻恻念出别人的姓名。杜微，杜微，我已经疲累，我厌倦了作思考，我在怨怼与恼恨中睡去，杜微的脸扭曲变型，像一只金色的橘子，被一片一片剥裂。

考上大学后，我很少回家，并不知道同年九月，胡邑摒弃天时地利的美院，用奇异的高分，换来去北京一所并不起眼的学校的机会。

谁能拦他？

他走了。

而我还在这里，不学无术不思上进的样子自己也觉得烦。无聊到要抽筋时，就去找杜微。杜微眯着眼睛看我，嘴里含着块薄荷糖，穿着里三层外三层鹑衣百结的破裙子，隔着老远就热情地喊我："小路，喂，小路路！"

跑过来，挎上我手臂，"一起吃冰，我请客。"

她抽着烟，在小店里东瞄西瞍，不一会她便打探明白这间店的格局与各色人物关系。"喏，"她用眼神指给我看："那个穿得很少的女的，显然在等人，因为她平胸又短腿，只有等人，没有被人等的份儿。"

"而这边这个女的，大热天，穿着裤子，腿上一定有疤。"

"你能不能不这么恶毒啊。"我笑。

"正在和店主发脾气的女的，肯定关系不一般。"

"何以见得呢？"

"因为，前几天我看到他们在我们学校对面的公园里……呵呵。"

我看着那个头发盘成一座小山、四十出头年纪的女人，她尤有残留的媚态，身材很好，她是那类很懂得自己的好处并善用自己好处的女人，正跟店主抱怨着什么。店主陪着笑脸，一边下意识警惕着四周。女人在我们出门之时，终于忍不住一把摁住店主的手。店主的神经难堪而又幸福地松懈了。

我跟杜微无聊地在日头很大的街上转，细数一条又一条街。那时的我们都没什么钱，因为没钱，也不想买什么，买也买不起。杜微抽的烟都是男孩们给她的，在烈日下她递了一支给我，我便像烧柴禾一样烧着那烟。

十七岁的时候，十六岁的杜微教我抽了第一支烟。其实抽烟这件事不需要修练，就看第一口抽得顺不顺，抽得顺口，便可以一直抽下去了。是一种韩国烟，细细的烟身倒是很经燃，味道是淡淡的草药味，抽的时候如果同时吃一块薄荷糖，用杜微的话说是："连戴安娜也会感到其实很幸福。"那时，王妃还活着。

"我给你讲一个故事。"我不记得是什么样的情绪促使我在那个烈日炎炎的街头跟杜微掏心掏肺，暴晒自己的隐私。

“有个女孩，跟一个男孩认识了很多年，两个人没有成为朋友，也不是仇敌，彼此关系，很松散，但也经常谁也不理谁，从这个女孩的心态来看，她是对这个男孩有些嫉妒，因为这个男孩很优秀，而女孩本身也是一个骄傲的人。可是从这个男孩的心态来看……这是什么？”

“也是骄傲，或者，害羞，或者，他爱上你啦，傻瓜。”

“你说什么？”

“喊，还不就是你跟胡邑吗？”

“那你跟胡邑呢？”

“没戏了。”

“没戏了？”

“喂，我不适合他那种老气横秋的人好不好？”杜微点了支新烟，冲我喷了一口。“我现在有男朋友了。”

我沉默了一会儿，“胡邑给我打过一个电话。”向情敌透露底牌是危险的，但我已经刹不住话语的马车。

“说了什么？”杜微剥了颗糖，放到嘴里，眯起眼睛。她开始发出哗啦啦啦的噪音。

“你猜对了，他问我有没有男朋友。”

杜微没有说话，我只好接着说：“你以前说过，胡邑也问过你有没有男朋友的。”

杜微终于哈哈大笑起来，“我那是胡诌的，你还真信！”说着，她就往树荫里走。

“喂，你去哪里？”

“我去玩啦，你跟他，倒是蛮合适的！”

可是，她不知道，我打算从那时起忘记胡邑了，或者更早一点，我接到胡邑的电话时，我就打算忘记他了。一种不洁的感觉令我退缩，一瞬间我很想洗掉胡邑带给我的所有记忆，包括我对他某种从未启口过的向往。我总觉得，我心中的胡邑不应该是这个样子，他怎么可以同时爱两个女孩。

谁都知道，杜微在向我撒一个明明白白的谎。

四月的某一天，君诲开车载我去海边，那是我们最初认识的海边。我们的秘密海岸。

天很阴，我们都不想说话。岸边沙静人白，风吹起我的头发。仿佛这样吹下去，头发就会无限延长，一直长到云端里。

君诲站在离我不远的位置，同我一起面对同一片大海，我们想着各自的心事，谁也不打扰谁，就这样过了许久，许久。

“君诲，你爱我吗?”

“傻瓜。”

“回答我，你到底有没有爱过我?”

“有。”

我走过去恶狠狠地捧起他的脸，这个男人的命是我给的，他理应爱我不是吗?

一九九七年的初夏，这儿的海边还没有建起星罗棋布的小旅店，也没有度假村，在那时，这儿仅仅是一个荒凉的黄金海岸，而我发现了它，在我感到烦闷时，我时常独自来到这里，它成了我的私人领地。

抽烟，或者发呆。或者无聊地捡拾石块与贝壳，打水漂。

那是个止午，海边停了一辆吉普车，我就坐在车旁边的阴凉里，看着海平面。这时候我注意到海水里的人影，那人影在挣扎抑或只是姿态奇怪地游泳，我没有理会。

隔了一会，人影不见了，我站了起来。

还好，吉普车上有一只备胎，我抓起它，向海里走去。

一切几乎都是下意识的，注定的，我当时怎么会断定有人溺水，怎么会朝着一个既定的方向大步地走，我自己也不明白。

我找到他，他已经快要窒息。我托住他的头，尽量让他的鼻子露出水面，他失去力气，没像别的求生者一样死命拉住施救的人最终致使两人一同沉没，我从容地带他离开深水。我救了他。

上岸后，我累得躺在沙滩上，他醒了。他看着我，还能笑。他的眼神是在说，谢谢你。

我们不停地咳嗽，他咳出许多水，像两只失水的海蜇。

我们一直坐到天黑。

他终于能够完好地回到车上，他说："你去哪里，我可以载你。"

我指给他我学校的方向，他在我宿舍楼前放我下车。

他又一次说：谢谢你。

那晚做梦我梦到他了。我梦到他成为我的同学，在教室里，我坐在他身后，仿佛有万千心事想要说给他听，可是他不肯回过头来。一急，便醒了，醒了发现一切都不过是梦境，有点怅惘，发现我竟然没有忘掉我手掌碰到他手臂时，他的身体给我的触觉。

我知道他会再来找我。

然后，我们就开始约会了。"你从来不为自己的长相感到惊奇吗？"君诲这样问我。我不回答他，把眼睛看着别处，我看着别处也知道他在看着我，我不是没有心计的吧，我掩饰着得意。"你真的不知道你很漂亮吗？"君诲只好直接赞美他的女朋友。

到第二年的四月，他跟我说他很想结婚。

五年里，遇见了不太多的人发生了不太多的事，但是件件都有份量，足够摧毁并重建我的生活。

当中有一个春天，我再次遇见了胡邑。这次胡邑从北京回到南方来，是因为他的画家父母。

画家夫妇在胡邑九岁的时候就闹着要离婚，这次，终于不是诈和，是真正分手了。用彭阿姨的话说："这俩人根本过不长，十年前就该离了！"

人活在世上，不过只有一次一生，谁都不必太慷慨，不能互相好好陪伴，分开当然是好事。胡邑的父母还算彼此礼让，把房子让给对方，把孩子让给对方，因为他们在长达十余年的离婚大战中，已经为自己囤积了足够多的撤退资本。胡邑的父亲已经有了小别墅，胡邑的母亲与一位法国人相爱，不日将往法国去。相比之下，余下的这点小挂碍，真的不算什么，所以尽着大方让给对方，自己落得光明磊落。

他们弄得胡邑哭笑不得。

胡邑与我在楼道里遇见，他客气地说："你好，小路。"我站在高他一级的楼梯上俯望下去，这个角度，可以看到他头顶的漩涡，依稀还是旧日的小小少年，没有长高，仰着脸紧紧盯住我看。"嗨，胡邑。"

他苦笑了一下，拿钥匙开门，还像小时候一样，进门前冲我不怀好意地一笑。忽然想起那个落雪的年夜，他吹熄我的灯笼，而后便是这个表情。这些，难道我一直都不曾遗忘？

那天晚上，我在学校听完一节晚课，犹豫了一下还是决定回家。没有什么理由说服我自己，我便骗自己是回来取书的。我知道我是渴望逢着胡邑，这种情愫也许从九岁那年就已经存在，我渴望见到他，哪怕只有短短的对话，哪怕每一次见到他，我都觉得痛苦，觉得刺伤，甚至觉得高攀不起的恨意。

我难道真的爱上了胡邑？春天夜晚的风还有些凉，我抱紧自己的手臂，坐在公车上，在灯影里，看着自己，我对我自己充满了不解和好奇。

下车时，没走几步，我就见到了胡邑。他站在路灯下，就那么站着，或许因为他的家散了，或许是他天生的孤独感使然，他令我很想抱他一下。

"我在等你。"他说。

"等我做什么？"我问。

他没再说话，只是突然用力抱住我吻我，他从我的想象与渴念中走出来，一下子成为一个活生生的人，虽然尚嫌冰冷，但他的吻足以烫伤我的嘴唇。他竟然这样不顾一切地吻我，他抱紧我，像要把我嵌进他灵魂里去，他说："小路，你是我的。"

我挣扎了一下，我知道，我终于可以赢胡邑一次。我要不要使用这个机会呢？在他忘情的时刻，我问："那么杜微是谁的？"

他胀满的怀抱，一下子便泄气了。

胡家的门至此紧闭，胡邑当晚就回到北京去。

凌晨，醉醺醺的杜微敲我的窗，我披衣从寝室走出来，见到跪在水泥地上瑟瑟发抖的她。

露水打湿她的头发，她瘫软得无法起身。我蹲下来与她保持视线平行，她喝了过量的酒，一下子呕得我半个袖子都湿了。我忍耐着抱她。

"天亮后陪我去医院，"她说，"我怀孕了。"

天亮时杜微睡在我的寝室，中午时分我回来，替她买了食物。她已经梳洗好并且洗了澡，穿着我的睡衣，安安静静坐在床头照镜子，看上去安然无事。可是她腹内却有了孩子，她想要也不能要的孩子，她必须扼杀它才能保住她自己，她还这么年轻。

我没有问孩子是谁的，出于某种预感的恐惧，我噤口不问。午餐是鸡汤跟蔬菜，杜微大口吃着，一边吃一边说，"你怎么不问我孩子是谁的？"

说到这里，她又没心没肺起来，还笑。然而她马上跑出房间，在盥洗室惊天动地地作呕。

"是胡邑的？"如果躲不了，我情愿是我先开口，仿佛这样我便少受点伤。

"没错，"她看住我的眼睛，"但你可以放心，胡邑根本不爱我，他只是很寂寞，小路，那男孩因你而寂寞。"

那天下午我们在妇科医院排队，有一时，看着杜微瘦弱的侧身，忽然想劝她不要放弃孩子。如果一个男人不爱你，而你挚爱他的话，能够留存他

养却足以致人发胖的食物。这种食物有它们的好处，不需要烹饪，吃过以后也不需要洗碗，我节省出大量时间，慢慢对付我心间排山倒海的爱和仇恨。

我辞掉了工作，或者说，我不再胜任我的工作，我的表格总是出现错误，我总是迟到，一天比一天晚。

我也已经厌倦看老板的脸色，更没有耐心跟客户周旋，同事挖苦我，盼着我走，我想我还是做一次好人，不要再尸位素餐，我让开了位置。

我也不再有朋友，不再娱乐。我退化成一个穴居人，睡不着的夜，睡不着的早晨，我辗转于想念与疼痛，病态地失眠。

我爱的人，他不能爱我，因他被自私摧毁了自信。

我嫁的人，他也不爱我，因他被另外的女人攫走了心。

我觉得悲凉，手上的钻石总是在闪，晃着我的眼睛，我总是淌眼泪。

婚后的一周，我跟君诲说话不超过三句。

他渐渐也不再劝我，也不再道歉。

我时常想到死，囤了一批安眠药片。

我没有自杀。

可是，在我变得很差，很可怜，同时很可悲的时候，他们却离开了我。

那个晚上，我和君诲激烈地争吵。

现在想来，如果那个晚上，我不是那么坚决地说明我不肯离婚，我不是那么发狠地对君诲说："如果你离开我，你就是罪人！你的罪名永世不得清洗，你将被全世界知道你的丑行！"如果我不是将我爱他这件事演得那么像一回真事。如果我不是指着杜微的鼻尖，厉声指责她是"最可耻最卑鄙的女人"，那么，他们也许不会走。

他们也许会慢慢说服我，我也会慢慢放开我自己。从而他们得到他们想得到的——爱情和自由；而我得到我想得到的——安宁和新生。

既然我不要了，给他们又何妨呢？

可是，我只是一直在重复地大叫："我不会放过你们！"

然后，在那个秋末的清早，他们私奔了。

在去往另一个城市的途中，不知当中发生了什么，是否饮酒过度，或者感到绝望，或者争吵过，彼此不再信任，抑或觉得已近绝路，而天色阴晦，秋雨连月不开，他们走前拿了我的安眠药，在海边沙滩的某处，两个人平分，服下。

从此我就变得更差，更可怜，更可悲。我变成了一个破败的人，剪短头发，失去工作，夜不能寐，在烟与酒里，消耗着最后的一丁点儿青春。

是的，在他们离开我以后，有一度，我几乎疑心我是疯了。

整整三年，我无法从自责与犯罪感里逃脱出来，生命不可承受的轻，压毁了我。

我去见过一位心理医生，他的话我一直记着。他告诉我：如果你想活下去，不想死掉，那么你就必须去相信，你是光明的、正确的，那些罪责只是你无端附加给自己的，其实并不是你主动要去做的，事实上，他们的离去，是他们自己的决定，与你没有关系，因为你并没有将药片推入他们的口，你也没有教唆他们死掉。你会在未来找到某人和他好好生活，就算你不再相信爱情，也不要害怕爱情，爱情本身是好东西，不要因为它偶然的错失，就永远不敢正视它。

心理医生有时候扮演的无非是我们童年时代那个毫无原则纵容我们的家长，他死命让我相信：我没错。

但在极深极暗的独自的夜里，我知道，心理医生不管用。

错永远是错，它被镌在时间与宇宙的边陲，永不会湮灭。

唯一的办法，只能是尽量无视，或者去相信：时间是伤痛最好的治疗师。

在和医生一次次的约谈中，我告诉他，我渐渐好了，我开始骗他说："对，我知道我没错。"医生很欣慰。我开始像机器人一样背诵出这样的话：既然他们放弃了我，离开了我，不再和我争辩，不再伤害我，那么我也应该放他们一条生路，不要再一次次地想起他们，打扰他们。

我已经不知道，说出这些，到底是真心还是扮演。

"我将他们封存在记忆的底层，锁上。只有这样，他们才可以领受祝福，才会找到本属于他们的快乐。"

很久以后，我遇见了胡邑。

竟然是在吉隆坡云顶的旋转木马旁。当时他正扶着木马上的儿子，而我和我的朋友们路过他身边。

那时，胡邑的孩子已经两岁。

那个晚上，我跟胡邑客气地寒暄，谁也没打算深谈下去，愉快地跟他说再见时，我发现，我是希望永远不要见。

就算是为了离去的那两个人，我们也不可以再在这尘世相约。

是的，我们要给予逝者足够的公平和尊敬。

就这样吧，一些放弃，成就一些不朽。这样，在人生最后的时刻，我们才可以坦然地微笑。

是的，爱与憎恨，它们永远不朽。

眷顾

我不能豢养你，我只能让你成为你自己的主人，

这样你才能快乐，你才能好起来。

我时常做着离开你的打算。

有时候，我想到死。

想到死，我并不惧怕，也不悲伤，如果我能死在你怀里，由你替我办身后事，那应该也是一件幸福的事。

我曾和你在一起过，并且，在一起这么久，我很知足了。

所以，如果有一天，我必须离开你，或者我死去，我也一点憾恨都没有。这是真的。

十二月的下午，我初次遇到你。

你提着一整袋衣服进了门，要求全部改小一号。

很多条裤子，很多衬衫，我初次见到你便替你量身体。

我有点尴尬。你倒没什么不好意思。你把大衣脱了，自觉地把毛衣下摆往上提了提，让我量你的腰围。

你可真瘦。

是什么让你这样瘦？你拿来的衣服都比你大一周。难道你曾经是一个身形壮硕几乎可以被命名为“大胖子”的人吗？

我把你的尺寸记在白纸上，给你的衣服都一一做好标记。我问你的姓名，你报上来一个“甄”字。你说：“西瓜的西，下面加一个土字，右边一个青砖碧瓦的瓦字。”

其实你说甄士隐的甄就可以了。

你见我流畅写下你的姓氏，忍不住笑了，你夸奖我说：“字写得不错。”

你真把我当成缝纫店的小妹了。

你问我：“什么时候可以来拿衣服？”

“后天的这个时候。”我说。

我们目光对接，我看到你乌漆漆的黑眼珠而你的眼白竟然是蓝色的，骨瓷蓝，透一点冰白，像华丽忧伤的星空。那年你大概有三十岁了吧，却还有这样清冽得几乎呛人的目光。你真是一个罕见的人。

“后天的这个时候，好的。”你自言自语。你左腕戴着漂亮的精钢表，表带是深棕色的牛皮。

“但是”，你忽然说，“可不可以提前一天？”你解释，“我要出差。”

我没问老妈能否在一天之内改好这么多条裤子，就答应了你。然后你就匆匆走了，走向街对面的公寓楼。

你用的香水一定是CK-B，黑色的瓶子，朗姆酒瓶一样的瓶身，我便觉得你很亲切，因为我用的香水是CK-1。

我们是普通人，我们用普通的香水。

晚上老妈回来，痛心疾首地看着我签下的衣服条约。骂我：“死丫头，正经工作不去做，天天呆在家里给我添乱！”

她没时间理我，甩手也不管晚饭，只好由老爸张罗厨房的事，她在前面店铺里改衣服。老爸在厨房高叫着：“喂，盐在哪里？油又在哪里？”像是朗诵着后现代主义的诗。

每次老爸掌勺都是这样，菜还没做好，架子就摆得好大呢。我一溜小跑去帮忙，留下老妈一个人在灯下忙着，心里好感激老妈。

在油烟与醋香，与一室杂陈的锅碗盆罐之间，我忽然又想起你。想起你清凉的呼吸里那种清苦的味道，想起你瘦削高大的身体。在人间烟火里想到干干净净的你，忽然觉得有点对不住你。忍不住就埋怨老爸："油放那么多干嘛？"

老爸不惹我，他最纵容我。他相信他的女儿是聪明的，他知道她辞去那个电大美术教师的工作是有她的理由的。他比老妈有远见，不像老妈整天都唠唠叨叨内忧外患，他只是对他女儿说："其实人活一辈子，快乐最重要。"

我因此喜欢老爸多过喜欢老妈。

但老爸没有老妈手巧，他连炒一个青椒肉丝都炒不明白。

不知道你的家里谁做饭，你过的是孤单的生活还是这样熙熙攘攘的生活？

你是否也认为，人活一辈子，快乐最重要？

衣服在当晚改好，第二天早上我把它们烫得平平整整，挂在店外的阳光里。

我等着你来。

傍晚六点，你没有来。

我多么失望，你能够想象吗？

我没精打采，坐在线轴、缝纫机和布匹中间，看着渐渐暗下来的天。我家的店，在夜色里亮着温暖的橙色灯光。

白色的窗框，洁净的窗玻璃，窗台上放着小小的绿色盆栽，花盆是红陶土的。很多人喜欢这间店，宁愿远路过来做衣服，在店里等着量身材时，还可以喝一杯花茶。你不知道我家的店其实很有名啊，市长夫人还曾经派人来过店里，让我老妈给她的一条黑色羊绒围巾上，刺绣她想要的花草图案呢。

我从窗子后面望着马路上的行人，行人里没有你。

我无聊极了，只好找书读。我闷闷地翻着红楼梦。你不知道红楼梦是我十四岁以后每晚临睡前必看的书，无论从哪一页翻开我都可以看下去，你不知道我多么喜欢红楼梦。

而你姓甄呢。甄士隐的甄。

多么巧啊。

翻到黄金莺巧结梅花络，莺儿她是个手巧的姑娘，会打松花配桃红的梅花络子，红楼里的女孩子啊，倾城倾国的貌，多愁多病的身……就在这时，门被推开了，我看到你披着一肩薄雪走进来，你鼻子冻得红红的。

我倒上一杯热茶，你喝了。这时候我已经把你的衣服都叠好，装在袋子里。

然后你拿出钱夹，付了钱。你看了我一眼，忽然笑了，你说："谢谢你的茶，很好喝。"你又喝了一口，就走了。

你走进外面的雪里，雪像萤火虫，鞍前马后地围绕着你。我看着你走过马路，消失在那幢公寓楼的钢铁黑森林之中。

我忽然很想念你，不知道你何时会再来。我很傻吧，我就这样毫无理由地看上你了，像个花痴，对不对？

你剩下的大半杯茶还冒着热气，我把纸杯拿起，人伏在窗台上，抱着你喝过的茶取暖。

茶的香气，茉莉的香气。冬天晚上的香气。

我真的很傻，是吧？

你有好久都没有再来，你真的是出差去了。

后来我在这城市里到处找工作，每一次坐地铁，我都会路过你公寓的那幢大楼。

我时常在出站口站立，想着你可能就在我上方的上方，某一盏明亮的窗下，你会看到我吗？于是我总是穿得很鲜艳，希望你在楼下这万人如海里，一眼就发现鲜艳的我。

我还在地铁口故意逗留。我总觉得我会遇见你。我每天都在那儿的报亭买报纸，耽搁点儿时间，试一下运气，看能不能和你相逢。我家里因此堆了大叠大叠的周刊和晚报。

曾有那么一次，我在和朋友聚会时喝酒了，晚上，我一个人坐出租车回家。到了你公寓外的那条路，我让司机停了车。你猜我干了什么？我走到了你公寓的某个电梯口，按了上楼的按钮。电梯门开了，那个晚上，不知道为什么电梯里会挤着那么多人，电梯里的人都齐刷刷地看着我，看着这个陌生的傻女孩。

“上不上来啊？”有人问我。

我一急，便掉头走了。

我一边走一边懊悔，或许我真应该上那个电梯，没准真能找到你的房间。

我真的想你了。想念你，唔，它是一种良知良能的感觉，它不需要灌溉不需要培养，它自己就可以发育得很强壮，它花荣叶茂。我没有办法阻止它的生长。

其实我都记不起你的样子了，真的，我只记得你的瘦，你清楚的目光，你的气味，CK-B的气味。

我不能再这样下去了，我知道我必须找到工作，让自己忙起来。

终于，我成为一家网站的动画师。

倒是爱这份工作，所以，就算它要求我每天早八点准时起床，八点半准时吃饭，八点四十准时赶地铁，并且要在每个星期五准时拿出漂亮的成果，不行的话还得推翻重来……就算它这样严刑苛法，我还是愿意为它辛苦工作。

我没有时间守在老妈的店里了，路太远，我搬到公司分给我的一间小房子里住。

每个周末回家一次，吃饭，看电视，跟老爸抬杠，和老妈聊天。

一聊天，老妈就催我找男朋友。

老妈总是觉得我应该这样、应该那样，她怎么总是有这么多要求啊。我不胜其烦。

忽然就看到你的衣服了。

那个周末，天气应该已经变暖了吧，在老妈的干洗机里，她正把一件一件衣服拿出来。我认出那是你的裤子。

深灰色的裤子，腰头改过的，我记得这裤子上的纽扣，形状和样子。

我捧着这裤子，像寻到失而复得的宝贝。“这个人什么时候来取?”我激动得声音都不正常了。老妈看着我，不明白我何以变成一个大嗓门。“说今天来取，谁知道呢，天都黑了也没来。”

我忽然变得很紧张。我冲进房间，拧开水笼头，洗脸，我描眉，我搽口红，我把头发梳了又梳，又故意弄乱一点，使自己看上去很精神但又不那么刻意。

可是那个晚上你都没有来。

于是整整一个星期，我下班后都大老远地回家住。

终于在周末的时候，你来了。

你更瘦了，瘦得叫人心碎。

你笑着说:“对不起啊，我来晚了。”

我给你倒了一杯不太烫的茶，你照例轻微地喝了一口。然后，我把你的裤子放在袋子里，交给你。你照例又一次说:“这茶很好喝。”

老妈走了过来，“咦，死小子，上次你还说这茶太苦，不爱喝的。”我没有想到，原来老妈都和你这么熟了。

你忽然不好意思地看了我一眼，你不好意思的时候，会腼腆地笑一下，眼睛是那样弯着的，右侧的腮边呈现出一个酒窝，那酒窝真小，大概从你童年结束以后，它就没再长大吧。

你对我说:“我得走了。”

我对老妈说:“我也得走了。”

我不打算放弃这个与你同行的机会，没错，我要追你。

跟你一起出了店门。

在春天里，九重葛是淡淡的紫，洋槐花是碎碎的白。

我们同行，沉默走了一大段路，才开始交谈起来。

你问我："你是店主的女儿吗？"

我点点头。

"你不住在家里？"

我又点点头。

"怪不得不时常看到你。"你这样说。

你竟然这样说，说明你留意过我。我很高兴。我抿着嘴笑。

"我每天早上晨跑会路过你家的店。"你看了我一眼。

"前段时间上班，我也总是路过你住的那栋公寓楼。"我坦白交代。

"你已经工作了？我还以为你是学生。"你这算是夸我吧？

"我刚刚毕业，本来有一份工作，辞了。对了，我以前在学校，每个早上，也会跑步……"我们的话题看来越来越接近了。

"我晨跑是被逼的，以前我是个胖子，为了减肥，不得不晨跑，现在跑习惯了就坚持下来，你知道，如果不跑又会长胖。"

"怪不得你的裤子需要改！"我想象着你以前很胖的样子直言不讳。

"为了减肥，我还不停地喝茶，但茶喝多了是会醉的，有一次喝了太多，喝得吐，所以后来都不敢再喝茶。"你不好意思地看着我，你明明都不喝茶，却撒谎对我说我家的茶好喝，你是什么居心啊！

我笑望着你。"那么下次，我只好请你喝果汁。"

"喔，记得我要葡萄汁，我最喜欢葡萄汁。"你厚颜无耻地说。

在跟你说再见之前，我了解了一点点的你。

曾经是个胖子，住在地铁站附近的公寓楼，你每天晨跑，喜欢喝葡萄汁。

我没有请你留下联系方式，我觉得我们一定会再见。

你也是这样想的吧。

回到我的小屋，回忆着跟你讲话的情景，总是不自觉地笑。

又忍不住想，是什么让一个男人痛下决心减肥呢？

一定是因为感情了。不然还能是什么！

果然是感情，这是和你交往以后，你主动告诉我的。

你爱过一个女人，她是一个很优秀的人。你们在一起，差不多有十年了吧，从很年轻的时候就在一起了。

你们为了在一起，付出了很多努力，你为了她放弃了出国的计划，她为了你，放弃了很多诱惑，甘愿做一个平凡的家庭主妇。

你们在城市的郊外买了一幢房子，按自己的喜好装修得非常漂亮。你们马上就要去领结婚证了。可是，就在领结婚证的前一周，她变心了。

或者用你的话说是："她真傻。"

你一点儿也不怪她，你只是说她傻，把她当成一个很小很小的孩子，犯再多错也只是因为傻，而不是别的原因。这个很傻的孩子在一个夜里和一个陌生的男人一见钟情，她没有通知你，就跟那个人走了。

你一个人留在这座城市，这城市多么繁华喧嚣，可是对于你来说，它满目凄凉，荒废了，空了。没有了所爱的人，再伟大的城市也像旷野。余下的，也许只是拥挤的回忆。想念、悲伤、痛苦、绝望。房子明明那么光亮，你都可以当它是坟墓。你把自己闷在房间里，你无时无刻不期待着她的出现，可是你的期待总在落空，落空。

于是你放弃了。

你不想工作，也不见朋友，你开始吃了睡，睡了吃，过着动物一样的生活。很快，你变成了一个大胖子。

直到半年后，你的钱全部花光，你必须去找工作了。这时候，在面试的那家公司的大厅镜子里，你看到了你自己。

你不敢相信，镜子里的人就是你。

你吓得汗毛倒竖，你掉头就走。

你被自己弄得魂不附体，吃惊太多，脚步踉跄。

当夜你就决定减肥，什么都没吃，水都没喝，在房间里，原地踏步三小时，直到把所有的力气耗光。三小时，如果从你的居屋向某一个方向奔跑，可以跑多远？

你想起她的模样，那美丽的尖削的下巴。出走之前没有任何出格的举止，仅止是整天没有吃东西。

疯狂的减肥计划，一种漫长而痛苦的自我铸炼。

发胖只要半年时间，减肥，却足足耗掉了你三年。

我知道，就算你已经对我说过千万次“她不会再回来”，但你心里还是有她。

你没有将记忆清除干净。

所以，我不能轻易就告诉你我爱上了你，我要等你把你的心真正空出来，交给我。

也许，我不应该这样强求你。我既然爱你，就应该替你着想，我要让你感觉轻松，有路可退。假如有一天她真的回来，而你离开了我，那时你也不至于觉得辜负了我，不必对我负疚什么。

我应该这样做，难道不是吗？我是那样爱你。

怎样才能让你感觉轻松呢？我想，那就是我一直不要对你说“我爱你”。

我记得第三次见到你，是你又拿了衣服来烫。

也是个周末，你心情很好，坐在店堂里和我说了一会话，这次我给你倒的是葡萄汁。

为了给你榨葡萄汁，我特地去超市寻觅葡萄。

可是超市里的葡萄都不新鲜了，幸好我在报纸上看到郊外葡萄园对外开放，可以去摘葡萄。

下了班我就去了，下着雨，我没有带伞，雨渗进衣服里，又潮又冷。我冒雨摘了很多秋天新鲜的葡萄，搭着拥挤的巴士回来，感冒了。

你看了葡萄汁一眼，又看了我一眼，你不是不明白我的细心是为了什么。

“一起走走嘛？如果你有空的话。”你很自然地约我。

穿上外套，我们走在青石路的街道，一直走到小公园。

我们就是从那天开始交往了对吗，我记着我们交往的点点滴滴：你第一次拉我的手，是在第二次约会的时候。你第一次亲吻我，是在第三次约会的时候。你第一次背着我，是在第四次约会时我的高跟鞋不小心扭坏以后。

我第一次去你家，是在第五次约会的时候。你第一次来我家吃饭，是在第六次约会的时候。

我们很快地了解了，熟悉了，我很快地进入了你的生活，你当然也是。

可是，是不是太快了？这速度让我有点眩晕，这是幸福的眩晕吗？

在你家里，我给你做饭，打扫房间，整理衣柜，但我从不留宿。

你也并不提出让我留下的请求，我于是更不好意思留下。

你喜欢亲吻我的头顶多过嘴唇。你的亲吻有时候像神父。

我不要和神父恋爱，你知道我也有眼睛我也有心，我也有肉体我需要你。

但勉强毫无意义，圣经的雅歌里说：不要惊动，不要叫醒我所亲爱的，等他自己情愿。

我们就这样静静地陪伴着彼此，等待着彼此。有时候你抱着我坐在夜晚的长窗前，看着银河浩瀚，星星历历可数。你指给我看明亮的仙女座星云，你告诉我，那些星星的光芒，其实发生在几亿年前，当我们看到它的闪烁，星星本身早已熄灭。

“这是为什么呢?”

“因为,距离实在太远太远了,远得光也追不上、等不到、守不起。”

等得连光都白发苍苍了。

如果世间有一颗星,是仅属于我的,我会在上面镌上你的名字。

如果世间有一颗星,是仅属于你的,你会镌上谁的名字?

你终于等到她了,在我们认识了三个月以后。

她忽然回来,在盛夏里。据说她穿着一身白凋凋的裙子,像一朵云,清凉无汗。她让你想起你们初恋的时光,那些美得令人无端难过起来的时光。

这真像一个玩笑。

她拿着钥匙,打开你们在郊外那所房子的大门,她一个人用一个下午的时间,打扫干净房子里的灰尘,然后她打电话给你,请你赏光一聚。

你犹豫着。我知道那时你一定左右为难,我能想象你为难的样子,我多么不想你这样。最终你打电话告诉我,你将有一次出差,然后你就离开了市区。

她的温存,她的缠绵,她给你的爱情的感觉,你还没见到她便已原谅了她。她只说了一句:“我想你了。”你便抱着她哭了。

你太爱她,爱得没骨气。

而我给你的所有,在你抱着她的那一刻,你全不在意了。你对我撒谎,说你仅仅是去出差。你不想伤害我是吗?可是这样做会带来更大的伤害你懂吗?你像一个俘虏,投降在她归来的白裙子面前。

如果你能做一个幸福的俘虏,那也是一件好事,其实,我没有你想得那么小气,我会支持你。

你看啊,事情总是这样,我爱你,你爱她,而她爱的是另一个。就这样循环下去,形成一条爱的生死链。

我知道我是这条链的最低级。我是这样弱小,这样被动。没有人爱我，我只能自食其力，或是用尽全力去爱人。

我觉得很孤单，我也开始大吃大喝，像你一样，闷在房间里，除了嘴巴，身体动也不动。我觉得我的人生失败极了。

可是，为什么我越吃越瘦？越吃越憔悴？我跟你终究不一样。

照照镜子，我也认不出我自己了。

这个消瘦的女人是我吗？天啊，她是我吗？

一个晚上，你打电话给我，说要和我谈一谈。

我知道你要谈分手的事，我害怕见面所面对的尴尬和伤害，我就说：“我知道你的意思了。”

你却说：“你不知道！等我们见面我跟你说！”

于是我等在你家门口，我真傻，我为什么要在你家门口等你。我们明明可以选择一间餐厅或者咖啡馆，那样谈话不是更适合吗？可我去了你家，我开了房门，也许是因为习惯吧，这暧昧的决定泄露了我潜意识里的软弱和渴望。

你久久没有回来，我坐在沙发上慢慢地睡着了。在睡梦里，我觉得好冷，觉得自己正在那颗遥远的星星上面，那儿空气稀薄，光线暗淡，并且一个人也没有。

我哭了。

这时，我觉得有人在抱我。是你回来了。你身上的暖热气息传到我身上，这是爱情的最后盛宴吗？我哭得更凶了。在我的一生里，这是最后一次被你拥抱了吗？我哽咽着，发抖。

你却忽然说：“我们结婚吧。”

你看着我的眼睛，坚定地说。

“嫁给我好吗？”你又说。

“你在说什么？”我惊讶地看着你。

那天，你解释了很多遍，可我仍旧没有答应你。至今我都没有答应你。我也没有告诉你，在你向我求婚的那一刻，我从你的眼睛里看到了男性的全部善良，我用心领受它，但我不能答应你结婚。

我终于明白，原来这世间并不是只有我爱你、你爱她、她爱另一个的无解爱情链，也可能是你、我、她，夹缠在一起，最后，你选择了爱你的我，而并非你爱的她。

可是，这对你来说，多多少少有些痛苦吧。你告诉我，你是不可能和她再重新在一起了，你说，你们之间有了一些隔阂，你拉着我的手，又说，你更想珍惜一个爱你的女子，而不想再恳求一个不爱你的女子。

可是，有句老话说，纵然举案齐眉，到底意难平。

秋天再来，她便走了。

这次她真的没有再回来，而我们平静相处了一年。

你把郊外的房子卖掉了，你问我，要不要用卖掉房子的钱在市区挑一间新房子，你把银行卡往我手里一塞，对我说："银行卡的密码，是你生日。"

你这个傻瓜。纯良的傻瓜。

我没有挑房子，当然，我也没有接受你的钻石。

我们这样陪伴在一起，已经足够好。

说句真心话，在我们的交往过程里，我不能违心说我从没怨怼过，但此刻我绝对是在甜蜜着。

我怨怼是因为你没有用你百分百的力气爱我，你对我的爱，从来是九成开的水，那一成没有开的，我想，大概是我无论怎样努力也无法弥补的不足，那就是人和人天生的距离感。

就像星星和星星之间的距离，那是我们不能改变的。

我不会和你结婚，为了这一成的距离感。

你不明白我为什么会变得这么执拗，你渐渐也懒得去多想，以至于后来，你便不提了。

其实，你也害怕结婚，不是吗？这是个恐怖的词汇。

如果结婚，我便成为你的妻，而你便是我的丈夫了。我们会天天住在一起，看牢彼此，守住彼此。把对方守成柴米油盐的雕塑，把爱情守成亲情，把喜欢守成习惯，把美守成应该。我们再无任何神秘与期待可言。

不，不要。不要这样。我们不要互相守卫，如此亲密的关系，必使我们暴露出全部的缺点。

我只希望你，我所爱的人，和我一样成为圣经里那座香草山上的牧者，我们各有自己的羊群，各有自己的草坡，我们各有自己的空间和世界，我们可以互相爱惜、欣赏、鼓励、陪伴，但永远不必互相从属。

所以，不接受你的钻石，让你的钻石永远崭新，这是我，一个平凡的女子，因爱你而懂得你，因倾慕你而保护你，必须要给你的馈赠。

请不要再问我为什么。请不要企图掀动我心底的秘密。

我守着那个关于你的秘密。

你知道吗？有一天，在你熟睡的时候，我曾目睹了你左腕的疤痕。

那么重，那么长，那么狠，你一定是报着必死的决心下的刀子吧。看到那条伤疤后，我久久不能平静。你是一个深情的人，一旦爱上谁了，就会拼了命去爱——你为了爱情，不仅曾经毁坏你的健康，你甚至连性命也可以不要。

我看出来你是个爱情动物，你这样的动物，其实向往自由多过向往安宁。

因此，我不能豢养你，我只能让你成为你自己的主人，这样你才能快乐，你才能好起来。

但是等到天起凉风，日影飞去的时候，我亲爱的男子，你一定记得要转回，带着你的羚羊或小鹿，回到我们的比特山上，回到我们共有的牧园，我们一起过冬，一起找温暖。

我将一直是你的伴侣，但不会是你的妻。

魔方

All you need is love.

她的名字叫空。天空的空。真空的空。空旷、空洞、空寂的空。

“小空”，他们这样叫她。

“你去哪里?”他们问。

“你的鞋子，喂，小空你的鞋子……鞋带松了。”

她觉得这个世界上没有人是真正关心她的，她的鞋带起码十年以前就是这幅样子了。拖在地上，踩得很破，趟过脏水沾过泥巴，就这么一直都不系上。

小空不会系鞋带。

从没有人教过她系鞋带。

这个世界上有很多人拥有奇异的无能。

比如小空不会系鞋带。陈景润不会煮面条。爱因斯坦不知道捡别人的烟头是羞耻和不雅的，他照抽不误。巴尔扎克不懂赚钱，但他摆阔，潦倒时借钱也去买镶红宝石的手杖。

奇异的无能之外，小空还有一些特异功能。

她可以用舌尖舔到自己的眉心。

她的耳朵能动。

她可以在水里憋气超过任何一个想和她比试一番的人。

她玩魔方可以玩到盲拧,也就是说,只需看一眼魔方,就可以闭着眼睛将它复原。

还有就是,像小空这样一个沉闷的女生,在网上却谈笑风生得不亚于一个女相声演员。

这是小空第一次去约会,对象是一位网友。他们认识三个月了,他的名字叫海。

按照同样是网络提供的"女生初次见网友之贴身秘笈"所写,小空包包里带上三样武器:

防狼催泪弹,保险套,以及一本使自己显得知性和有趣味的书。这些书也被秘笈罗列出来。在《夏洛的网》,《小王子》,《彼得潘》,《绿野仙踪》里,小空选择了《小王子》。

小王子面对五千朵玫瑰花,想到自己的那朵玫瑰花一定会生气了,世界上怎么会有五千朵和她一模一样的花!她会咳嗽得非常厉害,甚至装死,而小王子呢,不得不好好照料她,不然的话,这朵花为了让她的主人难堪,也许会真的赌气死掉……

他的名字叫海。大海的海,人海的海。海洋、海底、海岸线,海誓山盟的海。

小空等在麦当劳餐厅,那时候的麦当劳还不像现在这么有位,经常是人满为患。但那天店里的人很少,靠窗的位置也没被该死的情侣们占满。小空得以坐在阳光充沛的窗边,从容地翻开书,开始等人。好像一年中这样悠闲的下午真的不多。你看从一月算起吧，一月年终考，二月放寒假跟过年，三月四月来不及喘口气，就要准备五月的期中考和假期的旅游，六月各种社团的活动要参加各种社会实践要交差，七月又是大考。八月九月放暑假会见旧友，十月国庆忙着买票回家。十一月还没有下起雪，十二月就要过圣诞节，忙忙碌碌，就算是一个没有雄心壮志的、学中文的大二女生，也还没有好好发发呆，想想事，一年就结束了。

一年中唯一真正意义上放空的一天，也许就是这一天，小空真舍不得它被马上用掉。

大概半个小时以后，男生破门而入。当时，给他行注目礼的人一定绝对不止小空一个。这是个太俊美的少年，美到什么程度呢？就是让人看向他时，会无端觉得自己有罪。

小空甚至想，她不配和这样一个少年约会。

但她的这些想法，很快被少年的坦诚、热情和健谈击退了。少年带她从玻璃门内走出来，这是个秋天从远方稻谷的壳里才钻出来的、芳香松软的下午。

小空包包里的三样东西，已经用掉了一样——那本《小王子》她翻完了，故事已不再新鲜。

那么剩下的两样东西，你猜，她用掉了哪一样？

城市里总有一些永远都不会拆去的建筑，比如那间古老的麦当劳。

两年以后，还是在这里，小空的对面坐着一个法国男孩。他用跑调的中文对她说：在法语里，太阳，阳性；月亮，阴性。企鹅，阳性；螳螂，阴性。唱歌，阳性，感冒，阴性。数字70是“六十十”，80是“四乘二十”，90呢，是“乘二十十”，那么你来试试读电话号码45249873。

“十五，二十四，四乘二十加十八，六十十三。”

小空对法国男孩说:中文里“再见”的“再”,是“再次,第二次,下一次”的意思。“见”,“见面”的意思。但是合在一起,却是“分手”的意思,并且有一些分手可能从此就成了永别,可我们中国人却要客气地说上一句“再见”,骗对方以为下次还能相见。

小空赚这个法国男孩的钱,她是他的中文家教老师。但她从他那里偷师的法语比她教出去的中文却多得多,她却理直气壮地一毛不拔。顶多,像这样,她请他吃吃麦当劳。

让是从小空这里才知道中国女孩其实是很精明的,也是从她的精明里,他才知道,他原来是一个这么羞怯的人。羞怯得连给钱这种事都不好意思直接给,他在每个月结算的时候,准备一只白色信封,把钱放在信封里装好,才交到小空手上。仿佛,带有铜臭的钞票一旦暴露出来,就会把某种东西玷污。而那种东西,当然是他极力想保护的。至于那是什么,以他的中文程度,他还形容不出来,即使用他的母语来诠解,他觉得,那也是像春天的浮冰一样随时会虚掉的东西,他无法给它命名。

小空对钱的态度跟让却是恰恰相反。如果让没有准时交学费,绝对没有通融的余地,当天的课马上就会停止。无论她坐地铁从四环外赶过来多么辛苦,她也不会白给他上哪怕一分钟的课。

这样的一个女孩子。

让摇摇头,无可奈何地,自作自受地,又黯然销魂地。他觉得他在认识小空这个女孩以后就迅速地苍老了,老成了一个什么都肯原谅的长辈,一个圣诞老人那样的老头。当然他迟早会变成那样的老头,迟早会长出那样的白胡须、肥肚腩、红扑扑的大笑容。但那些想象在尚且没有形成具象之时,在意识里,已经把他变成了那个样子,这令他觉得十分十分的惆怅。

小空的直刘海、丹凤眼、削直肩膀、毫不性感的胸部线条,经常穿着的那件横条纹衣服——

就是这样的一个女孩。

甚至说就是普普通通的一个东方女孩。

但在让的印象里却几乎是不可忍受地楚楚动人着。

每个周三，小空带着从让那儿现学来的、流畅优美的法语，去一所学校教一班学龄前小朋友基础入门课。她承认，她就是一个语言的小贩，从一个人那儿批发，兜售给另一群人。然后，再从自己囤积的小仓库里拿点出来，作为交换，还给前面那人，赚赚其中的差价。

小空需要钱。

需要很大的一笔钱。

所以，她要努力去赚很多的钱。

每周三和让的课会拖到晚上八点才上。地点就在那家麦当劳。二人听彼此匆匆唠叨一顿，各自喝完可乐，搞定汉堡，小空布置家庭作业。

抄写中国古诗：

人生到处知何似，应似飞鸿化雪泥。

泥上偶然留指笊，飞鸿哪复计东西。

一个外国人，要用多久，要用怎样的心意，才能懂得苏轼落魄的情怀？是夜，城市下起了大雪。整个的天空，就像一面倒悬过来的黑色湖面，湖水往下倾泄，碎成珠子，落到人间成为白色的雪粒。他们走上天桥，小空的包里忽然一声巨响，有一个东西爆炸了。那东西从没扣好的包里窜出一小股黄烟。周围的人们掩面疾走，被呛得流眼泪。

这是一只放在包里被忽视了长达两年的防狼催泪弹。

英格兰清早的雾是水獭毛皮的灰褐色，而法兰西下午暖阳叆叇，如若用通感的手法形容，就像是家教良好的女生以修长的手指剥开橘子清香的皮。又是三年。

格林威治天文台，小空交抱手臂等在一边，等她的游客鱼贯而入，在子午线那儿拍照。男人们叉开双腿，一半踩在线的东边一半踩西边，戏称“脚踏两半球”，小空觉得子午线很可怜，尽被这些男人嫖，从来没被爱过。换到艾菲尔铁塔情形正相反，女人们骚首弄姿，还要用远景的视差做出咔擦塔尖的剪刀手，铁塔就像个男妓。

小空此时的身份，是一名华裔导游。她带着从国内来的暴发团或者腐败团，游览各种景点。她晒得很黑，剪了短发，缺少保养的皮肤因缺水而干燥起皮，特别是在冬天。她眼角的细纹已渐渐加深，再难消除。她看上去有点老，实际上，她也确实不小了。

但她不在乎这些，她在乎的只是钱。现在她越发的唯利是图，得到小费后，她的讲解会多一点，否则，就那样交抱手臂站着，拉着脸，等他们拍完照就带他们走人。小费，别的导游是不敢收的，小空胆子很大。

有的土财主送的首饰她也接受。

其实那些人送她东西不一定代表喜欢或者交往的意思，更不代表爱。有时候，只是因为钱太多了的缘故。男人有钱，觉得送一条 K 金项链给这样一位小姐博得她花枝招展的一笑，是一种很好玩的游戏。给的人给得很轻易，接受的人就不要那么沉重了。“您太客气啦，呵呵，呵呵，谢啦！”小空笑起来还是很好看的。

有时候，小空会跟让通电话。

“你的女儿还好吗?”小空问。

“她很好，最近我教他背一些唐诗。”让说。

“你还有多久才回中国?”让问。

“没时间和你讲了，游客在等我。”小空说。

让后来定居在中国了。在娶一名中国女子还是收养一个中国小孩两个选择之间，他选择了后者。他真的很喜欢和中国人相处，这种喜欢是那么强烈，以至于他因此留在了中国，和他收养的五岁小孩组成了一个小小的家庭。如果你问他为什么这么喜欢，让也同样讲不出一二三四。只能这么说吧，他的脑子里经常有这样一幅画面：一张红色桌面的桌子，晚餐与青春的气氛，窗外是中国风味的明月，配合的却是美式快餐店的M字招牌。餐盘里的汉堡、红茶、薯条，并不美味，但他的对面坐着一位中国姑娘。她阴险狡诈，爱财如命，但这些都抵挡不了她的可爱。

她就是可爱。

可爱的人，做什么都是可以被原谅的。

可爱的人，是值得别人去为他们傻傻地自作多情的。

在所有游客都昏昏欲睡的大巴上，小空醒过来，从衣服的口袋里拿出一只魔方。她一直在身上带着一只小魔方，它可以帮她打发诸如此类无聊的时光。魔方因为玩得太久，很多色块上的颜料已经剥落，但小空根本不需要那些颜色。她是魔方高手，她闭着眼睛都知道哪一块该回到哪一个位置上去。

几乎就是靠着一种记忆，她的手指，转动红色、黄色、蓝色、绿色与白色的小方格。

何时，忘却可以居于记忆之上？红色、黄色、蓝色、绿色与白色的细沙扬洒，盖过荒丘。

魔方世界锦标赛，盲拧最快的外国小伙子，可以用一分十秒使魔方复原。

小空没有参加过这种锦标赛，但她比那个人要快。

手上这只魔方是五年以前买的。在一所医院的外面。那里有一排小店，卖水果的，卖花圈寿衣的，卖手机充值卡和烟的，卖儿童玩具的，是的，儿童玩具的小店，小空走进去。她买了一只魔方给自己。然后她走回手术室外的等候间，淡蓝色的椅子里，浅蓝色的灯光下，几乎没有空气的、紧张窒息的绝望里，她开始拧那只魔方。

《小王子》。中国友谊出版公司，二零零零年九月第一版第一次印刷。

草莓气味的保险套。来自杜蕾丝公司，他们的广告词是“祝所有没使用过我们产品的男士父亲节快乐”。

防狼催泪弹。是个糟糕的二手货，来自同学的姐姐的收藏，二十块换给了小空。

这样三种小东西。

如果它们被使用的次序可以调换。

小空有时候会想，也许，她的人生会有所不同。

会有所不同吗？

人生如果可以改写，像涂改液擦过写错的水笔字，像刀片刮去刷错的标语，像化妆棉抹掉失误的妆容。

那么，命运也就不可以叫做命运了，它也就失去它的尊贵和奇妙。

虽然做过很久的导游，已经厌倦了世界各地的景点，并且认为那些公园、大街、广场、海边、博物馆，其实不过大同小异。但是每次回国，小空还是爱四处走走，中国毕竟比较亲，也比较耐逛。

这天，她在街边买到一份小报，顺手打开的那页上写着这样的内容。市郊有一座动物园，动物园里只有一头大象，这是一头孤独的大象。每天，它迎接人们的观赏，也迎接人们在观赏时一直不断地丢过来的石头、纸团、锡罐、塑料瓶。一开始，大象并不在意，默默忍受，息事宁人。但是有一天，一块石头打中了大象的眼睛。大象终于愤怒了，就这样，他开始用长鼻子卷起石头、纸团、锡罐和塑料瓶，不断地向人们反击。最后，大象不小心砸中了一个小女孩，于是大象被处罚了，它被关了起来。

今天，是这头大象刑满释放的日子。

小空决定去看望它。

搭乘一段公车之后，再步行十五分钟，小空来到了那座动物园。星期一的下午三点，较之进园的游客，动物的数量倒是多得多。

那天，在大象笼子旁边站着的，除了小空，还有一名男子。

他对她说：他喜欢这头勇敢的大象。

她说她也是。

她一边说话，一边不自觉地拢了拢头发，改了改围巾系住的方向。不知道为什么，她会有这些很……也许可以称之为搔首弄姿的小动作。这些小动作，那个男子都留意到了，并且因为留意到了，他转过头去，沉默下来。

倒霉的大象，看着笼子外的两个人，忽然抽风那样甩起鼻子嚎叫了数声。它真的是一头好玩的动物啊。

小空和那男子就这样认识了。

不久之后，他们结婚了。

是很简单的事，男子在小空生日的时候，送了她一份礼物。说起小空的生日，代表孩童时代结束的十四岁也好，代表成人的十八岁也好，哪怕是代表可以正式去恋爱的二十岁也好，都从来没收到过礼物。因为小空基本上不把自己的生日告诉任何人。

在她看来，生日是悲伤的日子。一个人又老掉一岁的象征。

生日只能越过越悲凉。

悲凉的事情，有什么好庆祝的呢？

二十岁，三十岁，四十岁……五十岁可能大部分朋友已不再有联系；六十岁，也许听到第一个校友死去的消息；七十岁，身体开始衰弱不堪而思想也跟着腐朽，大多数人活不到八十岁，就会死掉。

生日，小空觉得，是恐怖的日子。

但二十五岁生日那天，她意外地得到一份生日礼物。是一枚小戒指。

小戒指，镶的是一颗芝麻大小的小碎钻。这和游客们给的小金子小银子不一样，这枚钻戒，它是一个并不富裕的青年送的，因而它所带有的含义，也就不是普通的讨好或者助兴，而是一种郑重的意思了。

因为孤寂，因为寒冷，因为夜里想要有拥抱，因为孤独的嘴唇想亲吻，因为去餐馆一个人点菜太离谱，因为不想被问到：你怎么还没有结婚？

所以，就结婚了。

小空没有婚礼，结婚那天她穿一双棕色的浅口平跟鞋，小牛皮看上去柔软，其实很磨脚。那是她给自己买的结婚鞋。没有鞋带，她以为事情就会简单很多。

就这样，名叫空的这个女孩子，在游历了世界各地以后，最终在二十五岁时又回到了中国，结了婚，有了丈夫，停留下来。但她一直没有生小孩。她承认，她没有爱那个男子爱到为他生下孩子的程度。婚姻对于她来说，有点像合伙做一笔生意。这笔生意做得好，就赚来了生活；做得不好，就赔本了岁月。

很多很多时候，小空觉得，她还是在独自生活。

独自和自己心里的故事生活，算不算独自生活？

必须承认，有很多很多的人，活了一辈子，却从来没有爱过以及好好地被人爱过。

当然，有一些人，他们爱过，也被人好好地爱过，但是他们却并不知道。

不知道是前者可悲一些，还是后者可悲一些，或者，其实都非常可悲。

传说里，盲眼的独角兽出没于藤树湿重的森林，并不知道，有一个同伴就在一棵树后面存在。它们有相同的外表与性情，也有同样的善良和坚持。它们都只小心翼翼地吃掉树叶，避开花朵。然后，吃饱了，它们沿着相反的方向继续觅食去了。他们始终以为，自己，是没有同类的。

因而，没有爱。

但话说回来，爱是很重要的东西吗？

爱有零下三十度的冬天一间有暖气的起居室重要吗？爱有生病时哪怕只要十块钱一盒的白加黑药片重要吗？爱有饥饿时，虚弱时，寒冷时，一口滚汤的白粥重要吗？爱有 LV 手袋爱玛仕香水重要吗？爱有睡眠重要吗？爱有难过时的酒重要吗？爱有悲伤时散心的公园重要吗？

或许爱真的并不重要。相对于琐碎的生活，衣食住行，安身立命，爱不过是小恩小惠而已。

但列侬和越狱里的 T-BAG 却又都说："All you need is love."

小空后来终于还是得到了那个人病危的消息。

弥留之际。一个人最后的生辰时光。森林的行走即将结束，死亡像铅色的乌云盖过来之前，他愿意独自度过还是有一个人陪？

他就要停止呼吸花香与带有草叶味道的空气了，他可以回头瞧瞧了。

他可以看到，就在同样一片森林中，同类一直站在咫尺之外，恪尽职守地守护着他。

小空决定，去医院看他。

这是阔别了五年的人。海。他躺在白被单里。远远地看过去，他真的很像一只即将死去的独角兽。

那样躺着，已经五年了。他看上去老了很多很多。

真可怕，时间像褥疮那样又痒又痛地爬满他的脊背。汗液黏臭。房间里喷洒了消毒液，加之阳光的作用，气味变得复杂难言。

那天，海对小空说："其实，我并不恨你。"

传说中，独角兽用它的角轻轻沾一下水池，有毒的水马上变回清澈和纯净。所有的罪恶都被原谅了。海对小空说："这不怪你。"

让我们回到那个金色的，二十岁的下午。他们两个从麦当劳走出来，找到一家宾馆，用了足有十分钟才搞定那个用磁卡开的门，他们生涩笨拙，因为他们都是第一次去宾馆。然后他们进到房间里面。这是一个整洁的房间。有一张双人床，一台电视，两把椅子，一个漂亮的浴室和大的落地窗。

他们生搬硬套地按照电影里、小说中所写的那种模式，有点尴尬地抱着，想请对方帮自己结束懵懂的处子时代。他们喜欢彼此，但毕竟是初次见面，又加之太过生硬的动作，他们抱一抱就很快放开了。

然后，他们打开电视。

国家地理频道的纪录片，他们都爱看，还在网上讨论过。

屏幕上，有一座湖，在非洲某处。

湖里生活着鳄鱼、河马、鲇鱼。湖周围，有鸟、有狒狒、羚羊、尤猪、野牛、蜥蜴、鹭鸶，和偶尔露面的狮子。

鳄鱼吃羚羊和牛。鸟吃鱼。河马踩碎鸟蛋。但又和鳄鱼一起在岸上晒太阳。狒狒分吃小牛的皮和内脏。狮子来喝水，居然差点被鳄鱼攻击而挂掉。河马在鳄鱼分食死尸时，来舔鳄鱼的尾巴。台湾腔的那个解说男说："不知道这只河马出于什么无聊的目的……"

接着是整整九个月的干旱季。

湖变成了水池，又缩小为水坑，最后水坑变成了一个泥巴潭，这个潭还在不断缩小。

没有水喝的动物，能走的全走了。不能走的，开始打架。公的欺负母的，母的保护小的，小的被大的吃掉。

一只老鳄鱼，它将自己埋进泥巴里，藏起来。

数天以后，镜头推过去，泥巴潭已经干透。先看到老鳄鱼的尸骨。然后，狒狒们侧倒在树荫里已经烂掉的尸骨。鱼的尸骨。鸟的蛋壳和尸骨。河马不知道跑到了哪里去，它们那蠢肥的大屁股，就像两砣充水的汽球，也许是这个原因，河马飞起来，飘往天边去。

冷静而客观的东西，理科的生物学的东西，往往比文艺来得更澎湃，更汹涌。两个泪点很低的孩子，他们哭了，然后，他们开始做爱。

出来宾馆，是了夜时分。

就在那个晚上，海被人绑架了。

确切地说，是两个人一起被绑架了。歹徒都罩着黑毛线头套，要他们给各自的家里打电话。小空甚至没有听清楚到底是几万还是几十万的要价，她只听到海说："你们放了她，她家里没有钱，我家里有钱！"

他们对他一阵拳脚相加，然后，小空被放走了。

她在秋天下半夜冷得刺骨的大街上奔跑，鞋带在这个时候格外碍事。踢里塌拉地绊着脚，左脚不小心踩上右边鞋带，她摔倒了。爬起来，蹲在地上，抱住流血的膝盖，小空哭了。她真的非常非常地害怕和后悔，其实，她不是受害者——她是那群歹徒的同谋者。

他们一开始是这样怂恿她的。

"小空，这个 QQ 号码你加一下，你最厉害了，看你能不能约他出来。"

"为什么要我约他出来?"

"呵呵，我们找他有点事。"

"那你们自己去约啊!"

"喂，我们当你是朋友啊！求你办这样的小事也不行么?"

"得得，好吧。"

小空渴望拥有朋友。二十岁的时候，她像一头孤独的小兽，自己跟自己玩。因为没有朋友，经常遭到攻击和取笑，却不知如何反抗。那时候的小空总以为，只要有了朋友，只要加入一个集体，只要像动物那样群居起来，就不会被孤独吞没。孤独，就像一种旷日持久的干旱，真的可怕。

小空加了那个号码。海，他有一个她喜欢的名字，除此之外，还有一个她喜欢的头像，一只怪里怪样的浣熊。然后他们开始聊天。他们颇聊得来，渐渐地，小空忘记了她和他认识的初衷是什么。然后他们在网上相爱了，然后，海说：小空，我们见面吧。

小空脱掉鞋子，光脚往回跑。真静啊，这个夜，即使是光脚跑着，脚步在马路上还是发出咚咚的巨响。她觉得自己是奔跑在荒原坚硬的土壤上，光脚去追那只快要死去的独角兽，她唯一的同类。脚很快磨破了，血脚印沿着灰黑的马路一个一个绵延下去。

小空赶到那座破仓库时，那群人已经逃走了。他们大概是没有想到，这美丽的少年怎么会如此脆弱，他折断的颈子像失去铜丝的电线胶皮，温驯地弯曲着。他已被失手打成重伤。事后证明，比重伤还严重的是，他的脊髓神经折断了，他从此瘫痪了。

有人说，不要对一个人施恩太多，施恩太多，恩很快会变成仇。

“这不是恩，这只是偿还。”

小空告诉自己，这是她应该且必须去做的事。这么多年，没有人知道她为什么那么有钱却那么潦倒。她也从没有把这件事告诉过任何人。

从医院探望了海回来的路上，小空接到让的电话。

她忽然就全都说了。滔滔不绝地一下子都说了。她把五年来埋在她心中的那些事情，那些黑暗，那些深渊，那些痛楚，一股脑儿地全都对那个法国人倾诉了。最后她一边流眼泪一边说：“他就要死了，他是因为我而死的。”

半个小时后，让赶过来。他停好车，大步跑过来拥抱小空。“不，这不是你的错。”让说。

他替她擦掉脸上的眼泪和鼻涕，然后，拍拍她的背，“上车，我送你回家。”落叶金黄的马路，红砖琉璃瓦的城墙，他们走过中国古老的城市和自己短暂的故事，让还有很多很多话想对小空说。真的，如果今天如果此时不说，可能，他永远都不会开口了。

因为，听他说话的这个女孩子，她已吐尽心事，像蚌吐出珍珠使命完成，她马上就要真正地长大，变成另外一个样子的人了。

他看看小空，像欣赏一件自己爱慕了太久的珍宝。她乌黑凌乱的头发，两道卷曲的浓眉，一双黑眼仁特别浓的单凤眼，她的圆鼻头，小波嘴。她不太尖的下巴是梯型的。她整个清毅的、像个小男生一样的脸。她那身从没有穿整齐过的，总是松松垮垮旧旧的衣服。她的鞋子。

她的鞋带。

“小空，你的鞋带开了。”让自然而然地蹲下身去，帮小空系紧了左脚的鞋带。系到右脚时，让说，“小空，蹲下来，我教你系鞋带好吗？喏，先这样打一个结，这样绕一下，然后拉紧，很简单。”他对小空说。

“确实，很简单。”小空重复道。

然后他们站起身，他绅士风度地拉开车门，像一个来自法兰西的伯爵那样，请她的小女士上车。

他要载她最后一程，平安送她到家。

他知道，他能做的，也只有这么多了。

食指

雾有多美，要去往水边才知道。

蒋赏和男朋友吵架之后的下午，男孩一个人去了动物园。据说是在用短草喂饲马鹿的时候，被草食动物的门牙嗑掉了左手的食指。男孩惊慌失措中骑上单车赶往医院。在临近海边的弯道遭遇车祸，不幸当场丧命。

男孩的家人一直极力想找到儿子被咬掉的手指，但那截断指遗失在了哪里无人得知。他们甚至想到会不会被马鹿吃掉了，因此找去动物园。动物园杀死了那头马鹿，但是解剖的结果却是消化道里除了草的残渣以外，没有手指。

之后，家人又找遍动物园到车祸地之间路上的各个角落，都没有找到那截食指。他们只好给儿子举行了葬礼。死去的男孩左手戴着手套，食指的位置，是空的。这让所有人都感到揪心。男孩的爸爸妈妈哭得很惨。蒋赏不知道能安慰他们什么，又该以怎样的身份。这时站在她身旁的，一位白发苍苍的老人对她说："所有的痛苦都会过去的，所以，请忘记他吧。"那是男孩的曾祖父。

蒋赏退掉了和男孩共居的租屋，搬回学校的寝室里住。他们共同生活的行李装满了一只巨大的皮箱，她把那皮箱塞在床底下。转眼，大学四年就过完了，毕业散伙饭那天晚上，蒋赏有些醉意，一个人先回来。她拖出了那只皮箱。她想整理一下，把该丢的丢掉。可是她发现她忘记了皮箱的密码。

她去隔壁借了把锤子。人骑在这皮箱上，开始砸。每砸一下，眼里就落下豆子大小的眼泪。她想，老人骗了她，痛苦并不是暂时的，而是长久的，不孔不入的，它们从没有过去，而是一直沉在心的深处，现在随着锤子的节奏，漏出来了。皮箱被砸开，里面的东西散落遍地。两年前，男孩和她穿越半个城市寻找租屋，在一间有厨房和一间没厨房的租屋之间做最后的选择。蒋赏想要没有厨房的那间，因为反正吃东西可以在学校的食堂或小吃店解决，男孩却力主要那间有厨房的。搬进去后，他还买了新的砧板、菜刀、锅碗瓢盆。

现在，这些东西在瓷砖地上发出脆响，像一场悲伤而混乱的交响乐。

蒋赏毕业后进入交响乐团，在打击部敲三角铁。三角铁，和定音鼓、大鼓、小军鼓、钹、锣、木琴、响板一起，站在乐队的最后一排。三角铁可以发出银铃般的颤音，点缀乐章，却是交响乐中最可有可无的角色。就像包子的褶，没有它，绝不会影响一个包子的好吃。这就是蒋赏的正职。

除非是演奏莫扎特的《后宫诱逃》、贝多芬的《第九交响乐》，不然蒋赏几乎不需要出现。前几任三角铁早就辞职了。有一位去开唱片公司，据说捧红了诸如吉祥三宝之类的明星，赚了很多钱。有一天，这个人找到蒋赏，劝她出来做兼职。“总之，不论做什么都好，人在年轻时要给自己囤资本，因为人很快就会老的。”这些话说得俗气，却直击蒋赏的软肋。蒋赏说：“可是，我别的都不会做，去当家教，大部分人请的还是钢琴和小提琴。”

不久以后，那人开了一间酒店，又来找蒋赏，想挖这个没有艺术才华但是人很本份的姑娘给她做监理。他信任蒋赏，因为他知道这女孩不懂钻营，总体来说，却又不笨。他需要这样一个帮手。就这样，蒋赏来到那间酒店。她穿上黑制服，白衬衫，系一个酒红色跟银色交叠的领结，站在那里。

酒店的员工倒戈，是在那年中秋之前的晚上。这件事，除了蒋赏和老板，剩下的人全都知道，全都参与。他们集体炒了酒店，就连给厨师打下手的小徒弟都跑掉了。而第二天就是中秋节，客人到来时该怎么交待？蒋赏急出一后背的冷汗。老板此时正喜气洋洋地坐在飞往英国的飞机上，去谈唱片的投资事宜。蒋赏打不通他的电话。她只好打电话给订位的客人们，向他们解约和致歉。

打完电话，都晚上十点了，还有至少十桌客人没有联系到。

那十桌客人将会是第二天最棘手的问题。

蒋赏发呆很久，她一个人来到厨房。

厨师们在离去时顺走了大部分的食材，剩下的就是零散的胡萝卜，葱，一些碎肉。他们没有扛走面粉，因为那不值钱又太沉。

蒋赏开始洗面盆，和面。

酵母、碱、水，完全凭感觉乱入。猪肉肥瘦三七搭，葱末适量加进去。搅肉机被偷走了，她只好用菜刀剁馅。

深夜，一个孤独的姑娘，咚咚咚在酒店偌大的厨房里剁包子馅。蒋赏忍不住对头顶三尺处笑一笑："孙二娘，请借我一点小宇宙！"史上那个著名的包包子的女人，不知是否也是这样，深夜剁馅剁得回声四起，蒋赏真的希望拥有孙前辈的勇气和力量。用姜汁搅好了馅，放进冰箱冻着，这边厢，赶紧开始捏剂子，擀包子皮。包子皮全擀好以后，左手托皮，右手入馅，拇指推、食指收，合力往前捏，捏出细细的褶子。包包子这件事，蒋赏唯一能记住的要诀是：包子口上不能有面疙瘩。所以，最后，她拿剪子把那些小疙瘩全给剪掉了。

生包子放进冰箱冷冻室，洗手，关灯，锁大门。蒋赏回家睡觉。

第二天中午，老板仍旧没有归来，客人如约而至。他们非常愤慨，蒋赏一边道歉，一边把新蒸的包子装入纸盒。包子们蒸得还不赖，没有流油，也没有瘪掉。每位客人各到如花似玉的大包子两盒共计八个。这是一份颇有诚意的道歉，客人们放过了这个老实巴交的小姑娘。

蒋赏自己没敢吃那些包子，因为她实在对自己的手艺没有信心。等到老板归来，重整河山之后，据说有客人专门想吃这个酒店的包子，还曾不远千里跑来。但那已经和蒋赏没有关系了，她又回到乐队，继续敲她的三角铁。

当中蒋赏经不住老板的再三恳请，曾回来传授制作包子的经验。可她却再也没有做出同那次一模一样的包子。她也努力了，甚至还选在同样的午夜时分，用同样的材料，同样冷冻一夜之后才蒸，包子还是很难吃。

看来，做一次成功的包子，就跟一生里碰巧爱对了一个人一样，是可遇不可求的事。

若说新包子和老包子到底还是能找到制作上的微小差别的话，蒋赏只能承认，在做老包子时，她切肉时不小心切到手指，而做新包子总不能再切一次手指吧。手指，那碰巧是她左手的食指，划破了一个小小的口子，但没有流血。有一瞬间，蒋赏觉得是男朋友的灵魂在责怪她，在怨她，却也是在暗示她，提点她，帮她。因为手破了，剁馅、搅拌、捏褶的动作就温柔了许多，导致包子味道的奇妙。也许吧。

蒋赏经常会去海边，离男朋友出事的地点不远的海边，海水苍绿，景色不俗。她有时候坐在那里度过下午的时光。海边时常会有外地来的旅游者，他们捡拾贝壳和气泡状的海藻，大呼小叫，嬉戏得很是尽兴，他们大多数有伴。只有非常偶然的时候，蒋赏能遇见一两个单身的旅者，同她一样，怀着心事坐在阳光下，懒懒地晒着。

这一天，有一个男人走到蒋赏身边，主动和她搭讪。那男人说，他来这座城市已经一年了，本来是带着夫人来看病的，因为这儿的医院医术很好，可惜，前几天，夫人还是病逝了。男人叹口气，看向海的那一边，他很难过。

蒋赏转过头来，看看这个男人，忽然对他说："所有的痛苦都会过去的，所以，请忘记她吧。"她发现她用的是从前那位老人对她说的话。而这句话，曾被她认为是虚假的，可是现在看来，这话倒是最好的安慰之语。

男人点点头，表示同意。他又说："我夫人生前，有天很想吃海鲜，我就在酒店订了位。"他从口袋里掏出烟和打火机，点上，把自己埋进了烟雾里。"但是后来，那个酒店突然关门了。"

"作为歉意，那酒店送了每位顾客两盒包子。"蒋赏接住男人的话题，其实，她也没想到会这么巧。

"没错!"男人说，"那两盒热腾腾的包子很好吃，我的夫人全吃了。她生前几乎吃不下任何食物，可是她居然能吃八个包子！我很高兴。"

蒋赏听到这里，发现自己也很想倾诉点什么，于是她对男人说："我的男朋友很喜欢做饭，他最拿手就是做包子。他曾说过，世界上最老实的食物就是包子，一口咬下去，有肉有面，实在得让人感动。为此他还在网上搜索了很多制作包子的方法。有一天，他要我跟他学做包子。当时的我觉得，一个学音乐的女孩，怎么可以去做包子！他就说，学音乐怎么不可以做包子，有本事连吃也不要吃啊！我就和他吵了架。"

"所以，你就赌气来海边一个人坐着?"男人看了看蒋赏，笑了，"为这种小事吵架真不值得啊，姑娘，要是你知道相聚的可贵，就不会这么别扭了。快回家吧，你的男友一定在等你。"

蒋赏站起身，拍拍裙子上的细沙，她说："好的，听你的。"

走在冬末最后一抹斜阳里，蒋赏忽然不再悲伤了。或许是倾诉的缘故，或许是成长的缘故，或许是时间的缘故，又或许是，老人那句话的缘故。蒋赏奔跑起来，鞋子踩到海水里去，然后，她从大衣里掏出一个密封的小瓶子，福尔马林溶液里浸泡着三年前的断指，她把它轻轻地送进大海里。

在这个世界上，有一些我们所不知道的工作，被一些我们所不认识的人，奇奇怪怪地做着。

嘉许是动物墓园的义工。动物墓园并非座落于动物园的后山，也绝不是在屠宰场隔壁，那样未免黑色幽默得太不怀好意。更不是某种滥杀野生动物的食品工厂的比喻。动物墓园就是一座真正意义的墓园，埋葬着各种死去的动物。

城边的荒地。一个缓坡之后，木头栅栏那里，就是。

嘉许的工作是负责登记。名称，年龄，死因，来处，墓地位置。每一只送来的死亡动物都要这么登记。这是个管理有序的墓园。

动物们的死。有的是自然死，也有病死，也有枉死。大部分被送来的是私人宠物，小猫小狗什么的。剩下的，就是来自这座城市的两所动物园。动物园只管动物活着的时候，丧事他们不管，宁愿花钱来处理。还有极少数路边暴毙的动物，被好心人捡了来安葬。

嘉许的登记簿上，记载着生肺癌死掉的猩猩，伤寒未愈引起并发症的小母象，食用过多玉米粒而撑死的孔雀，因为斗殴而被咬掉了鸡鸡的河马——真不知道它的死，是因为医疗的不治还是心态上的撑不下去。

嘉许登记一只死去的马鹿。

马鹿并非患病或老死，它是被人类给处死的。据说之前这头马鹿咬掉了向它喂草的游客的手指，而那人因为手指掉了惊慌失措，在去医院的路上遭遇车祸死去。那人的亲属想找到手指，于是请动物园杀死了马鹿，因为他们相信，手指一定是在马鹿的肚子里。

马鹿肚皮上剖开的裂口此时已经缝上。

这只马鹿没有名字，它就叫“一只马鹿”，雄性，年龄二岁一个月。

永好的工作就更怪了，她是替人找东西的女孩。

既是找东西，就说明东西已经丢失了。像是钱，文件，证件，U盘，首饰，情书这类，丢失很普遍，找寻也是常有的事。但是像什么假眼珠，阴毛或者是波兰伯爵女儿的猫眼花琥珀，这些东西找起来就很难，当然，如果开价高，永好也愿意干。

大部分时间永好游荡在城市的大街小巷，带着探险的精神，去寻找别人的——垃圾。没错，在她看来那些不是垃圾又是什么？遗落在宾馆房间的阴毛，使患有被害妄想症的男人终日担惊受怕，他好害怕有人拿去做无性繁殖，克隆出另一个他的话怎么办怎么办？于是，出价一万，为了他的阴毛。

有时候永好也被请到当事人的家中。有一些忘事佬，把东西放在家里，然后找不到，把家翻了个底朝天之后，不得不打通永好的电话。

永好进门，跟忘事佬打个招呼，穿越地板上堆积如山的凌乱物品，开辟一条路，来到屋子正中央。她用三个小时时间，在洗衣机里找到了已经被洗皱风干的纸片。顺便还帮忘事佬找到了一只袜子。当永好收了钱，走出公寓的电梯，抬头看到那家伙正把袜子晾上阳台，并吹起了口哨时，她忍不住也跟着高兴起来。

总之，想找的东西最终能找到，是件好事。

这一天，永好的事主要她帮忙找一根手指。是左手的食指。事主讲出了断指人生前经过的最后一段路途，永好凭借多年的寻物经验，查找了路途中所有可能的角落，未果。这时候，事主打来电话，说动物园解剖了马鹿，但手指也没在动物的肚子里发现。

事主非常绝望和难过，这使永好决定去亲自检查那头马鹿。

她联系了动物墓园，接电话的人是嘉许。

崔嘉许，方永好。那一年他们都是二十四岁。

一个喜欢烹饪、飞机模型以及大波美女；一个爱王菲但更爱 Sophie Zelmani，囤积布、贝壳、香水瓶子，最大的梦想是有一所单独装修了唱 K 小房间的房子。

一个有轻微的哮喘症；一个身体健康，但是常常无名头痛。

一个喜欢毛姆，一个崇拜村上春树。

他们长得有点像。说实话，没有血缘关系的两个人，真是很难长得这么像。

尤其是他们的眼睛。那样的大而润黑，那里面，是水光潋滟，山色空蒙。上帝得多爱这两个人，才给他们这样漂亮的眼睛。

马鹿还没有下葬，摆在墓地的坑前。虽说是深秋，动物还是慢慢地腐烂了。女孩戴上手套，弯下腰，忍臭拆开了尸体之前的缝线。嘉许不得不佩服这姑娘的勇敢和疯狂，不过他可不想帮忙，他只是随着那姑娘的每一个动作，打着一个一个恶心的激灵。

死鹿的内脏里确实没有找到手指。

“或许是已经被消化掉了。”嘉许走上前来，极力屏住鼻子，只呼气不吸气。

“嗯。”永好摘下了手套，把它们丢进坑里。这时候两个负责埋葬的工人走过来，把鹿推下去，拿铁锹洒土。

永好这时才正式地看了看嘉许。这个长相很是拿得出手的少年，如果能够在此后的人生中机智、勤奋、努力，哪怕是钻营、奸诈、势利，他通向成功的路都会比别人短。别说男人长得漂亮没有用，不，漂亮对于男和女，一样都是有用的，一样是第一道免死王牌。

嘉许对永好明眸皓齿地笑了。

尸体被掩埋了一半的时候，永好忽然想起什么似的大叫一声：“喂！停停停!”然后她一下子跳到那个坑里，连手套也没戴，掰开了马鹿的嘴。她把鹿的舌头像按麦当劳吸管盒的那个小铁板一样给按下去，又把它拨上来，然后在两排大臼齿后面摸啊摸。等她把手拿出来的时候，她的手心里攥着一只已经发青的断指。

永好把断指放进事先准备好的小瓶子，瓶子里注满了福尔马林溶液。

墓园有一间办公室，卫生间里香皂洗手液什么的都有。嘉许带永好去洗手。

差不多用光了整整一瓶洗手液以后，才算是把手洗干净了。

冬天冰冷的水流过冻得通红的手指，手心搓起的泡沫雪白堆积。

洗完手，整个手也冻僵了。拿出护手霜擦在手背，完全像两块扁的土豆在互相摩擦。“谢谢你帮我的忙，那么收费多少?”

“这个……不收费的。”嘉许站在门外，看着远处的工人在踩实那个坑。

“这样啊……那怎么感谢你?”永好走出卫生间，空间里留下护手霜蔷薇科植物的清香。

“不用感谢，找到那个就好。”嘉许指了指永好的大衣口袋，口袋鼓着一个小包，断指在瓶子中想必睡得安然。牛角扣大衣质地不错，浅驼色，纯羊毛，角扣的系绳是皮子而非人造革的。在嘉许的印象里，牛角扣大衣是最好看的女生衣服，带有书卷气，穿这种大衣的姑娘马上会得到他不少加分。

“那以后有机会再报答啦!”永好整理一下大衣，离开了墓园。

这是事后嘉许同事的说话——

“眼睛直勾勾地盯着人家离去的方向”，“整个下午一点建设性的工作也没做”，“接电话的样子很神经”……嘉许老老实实地笑，不得不承认，他被永好吸引了。

女孩掏鹿肠子的动作可不怎么优雅，甚至让人觉得恶心。但，据说不少人潜意识里都是有受虐倾向的。他迷恋她那清秀中透出的草莽气质。

总之很期待永好能再出现，把坐机上来电显示里她的电话抄在手机里，等着。就那么等着。倒不是矜持，是真的认为已过了为女孩疯狂的年纪，或者什么“有了新猎物就会自然兴奋起来”的充满嘲谑的轻浮的青春期。

当然，这样的心态有些人也会说很做作。

或者冷漠。

都没关系。等就是了。

永好的事主是一位和她年龄相仿的女孩，名叫蒋赏，是交响乐团里演奏三角铁的乐手。在得知食指找到以后，哭了。不是喜极而泣，男友死了这种事和找到他的断指相较，比喻起来不过是拿火柴煮海水而已。但不论怎么说，女孩拿到那只福尔马林瓶子以后一直紧紧攥在手里，说着谢谢。永好觉得她很可怜，遂豪爽地主动提出请她吃饭。当时天色已晚，正是吃饭的时间。

倒没打算从此结交为朋友，但是灰蒙蒙的傍晚，雪欲落未落，两个没有男人的姑娘绕开悲伤的话题，一个给一个打气或者说是互相打气，不得不说是一件温暖的事。

“至于说到我的这份工作，很好玩！我跟你讲，有一次，我去帮人捡一个遗落在路上的U盘，沿着那人说的路，我捡到了十块钱，还捡到了一张抵价券，不是打折券哦，是抵价券！我认为这肯定是人品的力量，于是就跑去牛排馆把它花了，吃饱喝足以后，我发现我居然忘记给人家捡U盘了。深更半夜又沿着那条路走回去，垃圾筒旁边捡到了一个钱包，当然这个钱包里已经没有钱了，倒是有些小东西，翻了一下，猜怎么着？里面赫然有只U盘，不管怎样，我那时想，就先拿这U盘去交差好了。结果，第二天那人拿到U盘时说，正是他的……”

“啊，有这种事！”

“没错，真是奇妙。”

“那么你除了做这个，没有别的专职要做么？”

“我没有。”

“那么担心收入什么的吗？”

“开心最重要咯！”

吃罢饭从餐馆出来，两个人说了再见。永好独自步行回家，夜雪降下，很硬净的小颗，打在地面发出沙沙的声音。世界被衬托得异常安静。这样的时刻使人难免生出孤独之感，生命的开始与结束，那么玄妙短暂，不由人做主。

掏出手机，发送短信：“不知道你是不是单身，如果是，我倒是觉得我们可以交往一下试试看!”

发给崔嘉许。

装有食指的小瓶子,塞着软木塞,表面擦拭得很干净,还系上了一只浅蓝色的蝴蝶结。放在书架的第三层,与眼睛平视的位置。后面的那些书倒是没什么好说的,基本上全都是菜谱。

蒋赏久久地盯着那瓶子。

第二天是葬礼。青灰色的雪天,太阳在云层后面透不出光亮,路过海边时看到几只冻僵的海鸥,天气冷得令人四肢麻痹。一家老小分别坐在几部车里,穿越城市,下坡,再下坡,一再是下坡。都难过透了,世界在那时真像地狱啊。

蒋赏闭起眼睛。

最后一眼,画面定格中的是男友戴着手套的左手。她都不记得他的脸,只记得那只左手,黑色手套,食指的位置是空的。

如果断指寻获,接在身体上,是否就会像人骨拼图找到最后一块碎片,啪地点亮机关,他就从此逃脱羁绊,不会再有徘徊和牵念,永远地离开了?

他会从此忘了人间么?忘了她么?

所以,不要还给他那根手指。这样,他或许可以再回来。

蒋赏自始至终都没有告诉任何人她找到了那断指,她知道,她是如此如此的自私。

一生里能在有雪的城市生活,是件相当不错的事。人是因为有了寒冷才会懂得了温暖的可贵,若是四季如春,恐怕就只有钻进冰箱才得以体会寒冷的感觉吧。

嘉许抚摸着他堆的雪人。

他在等永好。他们约在周末下午的公园门口见。

大雪初晴，远远地，看到永好走过来。头发迎风吹起，像疯长的葡萄卷须，有一部分乱七八糟地糊到了脸上，她也不管，径自快速往前走。还是那件浅驼色的牛角扣大衣，系着格子围脖。嘉许觉得肺部一阵抽紧，爱情有时候来得如同哮喘般迅猛。

要相信，我们的一生里并不是随时都可以去爱的，很多很多时候，不是没遇见适合的人，而是自己并不想爱。爱是有时差的，导致你没有爱上少年时代暗恋了你三年的女同桌，或刚刚工作时那个时常将糖块、瓜子、小饼干丢在你桌上的同事姐姐，或上班地铁上会偶尔碰面其实他每次都紧张得手心出汗的大叔的原因，是因为爱有时差。

恰逢时候的那个人，一生里也许就这么一个，此刻正向他走来。

嘉许应该庆幸么，比他不幸的人太多了，他们终生没有遇见那个“恰逢其时”，然后不得不和不适合的，不应该的，不必要的，不可能的人，结为伴侣夫妻。

地面上的雪被日光晒化，怕死那样缩成小小的一粒一粒，抱在一起。

嘉许和永好在春天的时候开始交往。

他们一起去了一座岛。

那是大湖当中的一座小岛，大概只有二平方公里的面积。先要坐一段火车，再转一次汽车，而后乘船才能抵达。他们在电视上看到了这座岛的专题片。一位老奶奶，已经八十九岁，每天仍做家务，煮饭，洗衣，刺绣，主持家计，她终生居住在岛上，儿孙满堂，看上去真的很幸福。

一路上经过如梦似幻的稻田，绿色的蓝色的村庄，土猫，大狗，母鸡，各种不知名的灌木，水杉，樟树林，待造的房屋，水泥和沙子以及木头，几个男人蹲着抽烟，商量分工。

来往岛与岸之间的小船，班次取决于湖面气象。若遇大雾，即刻停航。

雾有多美，要去往水边才知道。

他们搭船的时候雾刚散尽，太阳在头顶像一篷硕大新鲜的水母。烟霞万顷的湖面，快船溅起水珠形成小小的彩虹，真的美极了。

水边的小旅馆讲价只要七十元一晚。老板娘热情得气喘吁吁，不过出门一打听就发现还是被宰了二十块。他们要的是楼上和楼下的两间。他们并不是刻意要做守身如玉的男女，只是心照：距离多么重要，正如岸与岛，当中如果没有水雾，美感何以存在？

美好因距离而长久。

情感上的美好距离，叫作克制。

也不是没见过那些人做的傻事，轻率、草率的激情过后，是后悔、仇恨、轻视、践踏。糟蹋了一段明明可以存活良好的感情。

聪明人不会做那样的怨偶。

只是，岛上的那三天，如果崔嘉许和方永好能够预先被告知：离开这里以后，你们将马上离散。不知他们会作何感想，又会怎样面对。

一只羞涩的大狗，用湿黑的鼻子咻咻来嗅人的手。沿路采摘的白色花朵，叫作女王的蕾丝，嘉许为永好别在帽子边上。

她说："请爱我很久好吗？"

他说："一辈子够不够久呢？"

离岛之前最后一个热水澡，永好不小心弄坏了浴间的莲蓬头。它摔裂在地上的时候才被发现是一款劣质的塑料产品。永好裹上浴巾，给楼下的嘉许打电话。男孩上楼，查看了那破损的玩意儿以后说："等着，我去买 502。"

"我和你一起去！"

如果坦白向老板娘交代，被她勒索上一千块也没准。所以为了一管价值一元钱的 502 胶，两人半夜不睡，在岛上转悠。他拉着她的手，他承认他很坏，在门外等她穿衣服的时候，忍不住透过门缝往里看了。她纯洁无瑕的身体在灯光下像一颗饱满的橙子，那金色而芳香的少女。

两名干坏事后溜掉的小青年，一位事后跳脚的老板娘，一座越来越远的岛，一片越来越远的湖水，一所城池，一个国家。

飞机载永好离去。

空姐巡视座位，请大家打开遮光板。永好记得有人说，之所以要打开遮光板，是因为只有这样才能看到天使。

说这话的人，想必是个非常浪漫的家伙。

永好是被父母捉走的。方永好，作为一对美藉华裔生物学家的女儿，在二十岁的夏天被送到中国学习语言，说好了两年就回去，但是她没有听话。她喜欢中国，或者说，她喜欢她呆在中国的感觉，喜欢她自己开辟出来的生活方式，她不认为非要回去。

当然，这个世界上已经没有什么战乱流离、绝病分袂、世俗压力之类的悲惨故事了。永好跟父母理智而条理清楚地讲到了她和嘉许的恋爱，父母最终同意她回到中国。为了让父母少一点牵挂或者说是表达那么一点点歉意，永好决定在洛杉矶呆上一个月。就在这一个月里，有那么一天，她走在街头，她的“职业习惯”使她捡到一个很奇怪的小东西。一只小小的大概只有手指大小的小东西，银色外壳，不重，躺在街边的椅腿边儿上，晃了一下她的眼睛。

它既不发光，也没镶钻，又不是外星来的殒石。揣在衣兜里，还没到晚上，就被忘了存在。但是，第二天，警察和一群便衣调查者不知怎么找到了方永好，她被礼貌而严厉地请去协助调查。至于调查的是什么，她没有权利知道。这一查就是三年。她失去了回国的可能，也被禁止同“国外”通电话以及电邮。她有时候看着自己，也怀疑自己到底是不是那个他们寻找的心藏大恶的间谍或阴谋家，如果是的话，那可太酷了！没错这儿是美国，很讲人权的地方，但是对于一只可能威胁到国家安危的芯片，一个什么基地的秘码，方永好完全可以被牺牲掉，如同一缕小炮灰。

她消失在这个世界上。

蒋赏被同学带到一间家庭式咖啡馆。所谓家庭式咖啡馆，不外乎就是深居于某条不好找的巷子，推门进去有个院子，院子里种些花花草草，房间里的沙发藤椅要保证是家常样子，地板上再甩几个靠垫，书架里摆点画报书刊，最重要的是屋子里除了人以外还得有活物，比如猫或狗。

蒋赏是来相亲的。但她完全心不在焉。倒是侧耳听起了邻座一个男孩和常驻咖啡馆的那个占卜师在算命。她听到男孩在问："那么能不能算出她现在在哪里，是否还活着？"

要说到家庭式咖啡馆还有一大特点就是菜谱上必须要有几样普通咖啡馆没有的菜式，这儿的特色是手制馄饨。据说皮薄馅大，令人一口三叹。和蒋赏相亲那男的很有兴趣一试，算命那一桌也点了被推荐的馄饨。

没吃几口，蒋赏就不吃了。因为她吃到了馄饨里的狗毛，但是对面的人吃得津津有味，她不好意思扫兴。不过，从那以后她再没和那人见面就是了。跟蒋赏一样，邻座男孩也一口没吃，巫师倒是唏哩哗啦连汤也全干掉了。

起身离去时，他们各自瞟到了对方那碗纹丝没动的馄饨，交换了一个心照不宣的眼神。几根小小的狗毛，一份懂得，一种同类感，使他们记住了对方。

三角铁的声音清脆明亮，如同银铃。蒋赏站在乐队的最后一排，同整个乐团一起接受掌声，优雅躬身行礼。时间过去，她在长大，后来的后来，坐在崔嘉许先生对面的蒋赏小姐笑了笑，搅一搅杯中的卡布奇诺，喝掉那个漩涡，她说："其实我们以前见过。"

"哦？见过？"

"是的，在咖啡馆，那天馄饨里有狗毛，我们都没吃。"

说到这里，她打住了话题，看向窗外。窗外，有一轮极其洁净的满月。蒋赏不动声色地继续说，“好像这就是缘分吧。”

这是缘分。那一天，离开那间咖啡馆以后，蒋赏忽然在想，为什么她要一次次去接受无聊刻意的相亲，再被挫败感击倒？为什么她不去主动找一个喜欢的男生交往呢？她走回到咖啡馆，那巫师还在，但算命的男孩已走了。蒋赏坐下，向巫师摊开掌心。“小姐您想算什么？”巫师问。“请问我同刚才那个男生可否有一段缘份？”蒋赏掏出整个钱包，将里面不薄的一沓纸币都给了那巫师。

然后她得到了崔嘉许的联系方式。

巫师数着这得来毫不费工夫的两千块，喜眯了，还额外奉送了崔嘉许的星座血型生辰八字，以助女孩取得成功。

没错，这就是缘份。

两人交往了一年后结婚。同年，方永好得偿清白，结束软禁，回到中国。她要做的第一件事就是到那动物墓场寻人。

蒋赏看着远处的那些小土包，有时候，她会想起一个人。不是她那死去的男友，而是一个只有一面之交的大叔。那位大叔死了妻子，蒋赏跟他聊过天。若不是遇见那样悲伤那样绝望却仍旧笑眯眯谈天说笑的大叔，蒋赏会是如今的蒋赏吗？

她不知道，她只记得，当把装有男友断指的玻璃瓶投进海水中的时候，她泪流满面而又神清气爽。她几乎想狂欢一把，双脚踩进冰冷的海水中，踩呀跺呀，她大喊大叫。

之后，她就学会了缄默。学会了人生里最有力量，也是最强大的一种表达。缄默。缄默使悲伤愈合，不再恶化，流入太平洋的深流，蒋赏对自己说，她要开始她的新生活。

在永好看来，多年以后的动物墓园还是老样子。土包增加了一些，大象、老虎、狮子、野牛、骆驼、珍珠鸡、知更鸟、小乌龟、长臂猴子。死去的动物们在地下组建新的动物园。

只是原来的义工们都换走了。此时,永好来到动物墓园的小办公室里,她惊喜于居然见到了蒋赏,那个她帮她找到过一根断指的姑娘。看起来,她过得不错,已经开始幸福地发胖。蒋赏告诉永好,她结婚了,她是代替他的丈夫来这里帮忙的,因为他的丈夫现在工作很忙。

蒋赏要请永好吃晚饭,她给丈夫打电话,让他早点去酒店订位。

是那间她兼职过的酒店,从前有一款包子特别美味,后来再也做不出,不过酒店倒是一直经营下去,再也没有发生员工倒戈的事件。

"你还是在替人寻找东西么?"蒋赏问。

"不了,这次是替自己找东西。"永好说。

"哦? 丢失了什么?"

"一个男人。"

"哈哈,祝你成功。"

"谢谢咯!"

他们三人,将于当晚进行晚餐。

轻浅

人的一生，
非要说清楚的话实在不多。

傍晚的时候，我在便利店遇见乌桑，他也在买柚子酱。“给我儿子吃的。”他说。我发现他眼睛周围长皱纹了，笑的时候已很明显。以前那么漂亮的乌桑，现在也长皱纹了。我们各自买一罐柚子酱，从便利店出来，太阳西斜，倦鸟归巢的城市此时正柔肠百结。

临分别之前乌桑又跟我提起你，不过这次他没再骂你。“那小子还有个弟弟，还没有读完高中，以前总打电话管他要钱。”乌桑意味深长地看了我一眼，“谁要是和那小子结了婚，谁就要和他一起养弟弟，平白无故多一个大包袱呀。”乌桑提着给他儿子的甜酱走入街口的灯影里，十月秋天，乌桑当了爸爸。乌桑已经不是我们一国的了，他变得这样世故，这可如何是好。

这是我第一次知道你还有一个弟弟。你的弟弟，和你来自共同的父母，拥有共同的骨血，共同的遗传，共同的出处，共同的小时候。你的弟弟，他在哪里？他叫什么名字？他和你长得像吗？他鼻梁上也有一颗灰色星星的痣吗？

清早的时候我提着行李从楼上下来，对一楼开早点铺子的阿妈说：“您能帮我照看一下狗么?”阿妈递给我吸管,豆浆很热,她忧心忡忡地说:“你要出门? 你一个人?”

我点点头:“不过很快就会回来。”

“好吧,要是有空,我会上楼去看看狗,不过,你要备足狗粮和水。”

我已经把一大袋狗粮放在阳台了,水也有一脸盆。狗的玩具也都放在地上。我暂时不要我的狗了,随它怎么样吧。它孤单也只能让它孤单,它难过也只能让它难过。谁让他只是一只狗呢,它不懂人的感情我想,因而它无法阻拦我出发的脚步。

我要去那东北的小镇,那里有你的弟弟。你的弟弟还不认识我,但我给他带了许多礼物,其中包括那一罐柚子酱。

下了飞机以后,要转一次快速火车,然后再转乘绿皮慢火车。乘客很少,一整节火车上只有我和一个沉默的中年人。阳光从蒙尘的窗外慷慨地投掷进来,被窗格劈成一块一块,砸在我身上的那块,它有锐利干燥的触感,我不得不用报纸挡住脸,睡意在这会儿开始蔓延。

那个沉默的中年男人一直在抽烟,他穿着一双干部颜色的袜子。

没有空调,座位很硬。我必须睡睡醒醒,时刻警觉是否到站。因为火车在你家乡的小镇只等一分钟。那里地处偏远,豪华一点的东西都不适合停留。

你弟弟,他除了头发很细很软,像狐狸的皮毛,其余的相貌和你真的很像。眉毛也浓得像两只狼毫笔,上齿的门牙也是由三颗并列组成。他鼻梁上也有一颗痣,但那痣上暂时长了一粒痘痘,于是那颗痣成为他脸上臃肿的星星。

你弟弟带我来到他一百块一个月的租屋,他说要请我做客、吃饭。他像个大人一样礼遇我,不惜逃了下午的学,用一辆破自行车载我的行李,推着走。路过小镇的菜市场,他买了鱼,肉,辣椒,豇豆,茄子,还有两瓶啤酒。

他说，没有杯子，我们就用瓶子喝吧。我点头同意。

就这样我来到你弟弟的房子，认识了你弟弟的小女友。她也许只有十五岁，也许十六岁，她那圆圆的亮亮的眼睛让人感动。她像土拨鼠一样看着我。她没有叫我，我也不知如何称呼她。在这没有名份的沉默里，她默默地走上来帮我解捆在自行车上的行李，如是，我和她有了一种心心相映的默契。

这就是你弟弟的家了。这是个小小的家徒四壁的家。坐在我左边的是你弟弟，右边的是你弟弟的女朋友。我如今和他们喝酒。

房间里有点冷，毕竟已是深秋。下午的阳光照着地上堆着的旧书。我看到《景德传灯录》，那是你喜欢的书。你写在书上的字还很清楚，你弟弟指给我看，喏，这些黄色的小图，是我哥小时候画的。你小时候，在书上画了些想当然的女人肢体：大胸，细臂，长腰。我想象那个年纪的你，唇上的绒细胡须在夏夜萌生。禅也不能阻挡一个少年清洁的意淫。

你弟弟比我想象得要懂事，他告诉我他还有半年就会毕业，毕业以后，就带着小女友去北京打工。我知道你们的父母去世得早，卖掉老屋时你十八岁，你弟弟十五岁，靠着那笔积蓄你交了弟弟的学费，然后只身来到城市找工作。没有固定的住所也没有固定的邮局，但你每月都会寄钱给你弟弟，你告诉他：你妈的你省着点花，赚这点钱哥费老大劲了。

我相信你曾经帮建筑工地抬水泥，也相信你在夜店旁边摆手推车卖咖喱。但是我不能相信你还在美术学院做过人体模特，炼过钢铸过铁，喝过工厂夏天发放的盐汽水。你还扮过假星探，当过医托。你差点做了小偷，不过幸好你打算出手那天满大街没有一个人看上去有钱。

这些都已是过去的事了。后来的某一天，你有了工作。这是一份艰苦寂寞的工作。每个月，你要坐船从东北的锦州到四川的奉节，出发时船上装着大量的煤炭，回程时运送大量的云母矿石。你要经过渤海，黄海，东海，然后从黄浦港进入内地，沿长江一直向西。这样，以一个月为周期，你循时往返，成为一名船员。

你习惯每次上船前给自己囤点香烟，那是你必不可少的零嘴儿。不过有一次船行没到一半你带的香烟就抽完了。船在航线的中点靠岸休整——这儿，是武汉。

其实你路过武汉很多次了，每次都是看着岸上的灯火觉得繁华耀眼而又虚幻不实。这时你真真切切走进一条叫做蔡锷路的小街，在那里的一家小卖店买了一条本地出产的黄鹤楼香烟。因为没有零钱可找或是店主成心要欺一欺外地人，你被怂恿用一条烟余下的那些小钱买了一本已经落灰的杂志。那就是我工作的小杂志。

说起我工作的小杂志，唉，它让我有点惭愧。它既不精美也不深刻，稿费因发行量和广告量的走低而常常开得很寒酸。作为编辑，太低的稿费让我很难找到好作者，要知道，现在的作者都是现实的人，同样的作品，交给稿费更高的杂志，也是对得起自己的辛苦，这也是无可厚非的。

我尽力编好每一篇稿子，没有人投稿，我就在自由来稿里挑选那些有趣的文字尽力把它们改造成像样的文章。写这些东西的人多半是中学生，或者是一些家庭主妇，也有少部分志大才疏的作者，附寄的信件十分狂放："我这篇文章是会引起全国关注的，如果你们能翻译成外语的话则可能会在全世界有影响，所以请一定要认真拜读我的大作……"很遗憾这篇有世界影响的大作一共五百来个字，是一首诗，当中有将近八十个错别字，还有至少二十个不断重复的用词，比如："激情""忧郁""凝望""流泪""泪如雨下""泪水横飞"。我和同事传看了流泪大作却丝毫没有半点想哭的意思，可能我们的心太硬太难感受到柔情和美。我们承认，如果我们心里真有那么一点儿酸楚，也是因为我们最终决定将大作原样退回。同事说，对方傲慢我们反而得特别谦卑，回信这么写：大作如此辉煌，小刊恐难承受，特此璧还，祝您早日影响世界。

每天，我除了对付错字和不通顺的语法，还要跟很多矫情的无病呻吟较劲。对抗它们，收服它们，改造它们。有很多时候，我也替自己不值，很多时候，我不想看那些文字，我闭上眼睛，我感觉到自己的心在紧缩，在往后退，退，退，那是我的心，它在抗拒啊。

但我始终觉得，工作是一个良心活儿。我既然答应了劳动合同上的条款，那就是一个承诺了。我要做一个言而有信的人。我得对得起这个职业。

而与此同时，在一船闪闪发亮的煤炭与满天的星斗之间，你仰躺着，就着船舷上的灯光阅读你顺手购买的这本俗气的小杂志。你莞尔微笑，看完整本，合上薄薄的书页，然后记住了一个名字：鹿葱。

你看出，她编辑的文章都有些童话气质，她起的标题都那么好玩儿：《河马在岸边疯狂地磨牙》、《海到黄昏才跳舞》、《星星旅馆的便笺》、《伤心牧场传来的暗号》，你记住她还因为她在一篇文章的编后语里写的那段话，"圣经里说，不要，不要惊动你所爱的人，等他自己情愿……他们在等着彼此的情愿，他们最终会在一起吗？故事也许还没有结束，也许它会像洪水一悄悄蔓延到你的身边，做好准备了吗？"她给了原来的作品一个不错的回声，避开了有始有终的意料之内，让读者多了些回味和身临其境的感觉。不过，有时候，这位小编辑也会来点戏谑和挑衅："徐志摩终日灌溉蔷薇，却让幽兰枯萎，我们终日灌溉蔷薇，是因为那些不值得灌溉的幽兰只有一个出路就是枯萎！"你忍不住想象这么一个姑娘，有一头又硬又卷的头发，心劲儿很强，个子很矮但从不穿高跟鞋，说话语速很快，声音像个小孩。

我写了三次发稿签，为了你一篇一千字的小稿子。我生怕因为自己的意见不中肯而被主编毙掉了这篇好稿，我执著地在评语的结尾写了三个感叹号。

但是主编问我："鹿葱，这篇文章到底写的是什么？"

是了，我早就该料到，我们这本俗气的小杂志的五十岁的主编是不会接受这样一篇语焉不详的文章的。这样的文章，它不能带来任何商业影响和利益，它和我们刊物的市场定位是背离的。

但我还是再三地解释："它虽然写的是一个简单的事，但是您不觉得这样的文笔很清新，多么难得，您不觉得作者的心……是透明的吗？"

主编看了我半晌，然后他卟哧一声笑了："别人的心透不透明关我什么事？我要的是发行量的上涨。"

然后他开始皱着眉头教育我："作为编辑，你不能因为自己的喜好而偏袒某个作者，眼光要放远……"

我被说得没词儿了，我最怕五十岁的人用五十岁的语法教育我，我承认我有点儿听不懂，我知道我就是因为个人的喜好而偏袒这位作者，没错我就是目光短浅。你用钢笔书写，你的字迹方正有力，你的文章深得我心，甚至我开始想象你的品格，你一定是一个光明而正直的人，一个好人。而有这样品格的人，怎么可以轻易就被忽略？

或许，我喜欢你的文章只是在潜意识里再次确认我自己——那个渐被磨掉棱角却还在负隅顽抗的自己。我觉得很难过，我说服不了主编。所以那天我居然在主编的办公室哭了起来。我说我不干了，我是人，是人就有自己的喜好，干吗要阻止我去喜好？再说，这文章就是写得好，如果你不发表，我我我，我就辞职！

谁在年轻时没流过几次不懂事眼泪？事后想想也许后怕，但却从不后悔，若是那样，就算是值得的眼泪了。

主编看着我，他忽然宽容地笑了。他用五十岁的微笑叹了一个欲语还休的气，然后在发稿签上写下批语。我低头看看，他居然写了"同意"！啊，我破涕为笑，我想，也许在那一刻，他面对流泪哭闹的我，想起了他的女儿。

你的来稿从没有附上过任何联系方式，甚至连名字都没有。一个神秘的家伙，随手写着片言只语，装进白信封，寄到我们的编辑部，寄给你所欣赏的鹿葱编辑。

你爱上了黄鹤楼香烟，它的包装上印着那座著名古建筑的抽象图案。一千多年以前，李白读了崔灏的诗，他觉得好，也想试试，于是在他旅游到凤凰台时，也写上这么一首：

凤凰台上凤凰游，凤去台空江自流。

吴宫花草埋幽径，晋代衣冠成古丘。

三山半落青天外，二水中分白鹭洲。

总为浮云能蔽日，长安不见使人愁。

写完他马上承认，“眼前有景道不得，早有崔灏在上头。”

古人真好。也许只有古人才有这样的谦逊、纯真，彼此钦佩、心悦诚服。现代人呢，社会背景相似，专业区块相同的人在有限的地盘上，披着竞争的外衣互相仇视、轻贱、踩踏，谁也别想指导谁，这就是所谓的行业文明。同行相妒，没半点意思。

我喜欢李白，虽然乌桑说李白最会炒作，去到哪儿就在哪儿写上一笔，写完了四处宣扬新作品，结识各界巨擘、同行高手、达官贵人，以此扬名立万。“但李白有真本事啊！”“真木事不宣传也是白搭啊。”

我们真爱替古人担忧。

每一个月，当船停在汉口，你会做两件事，一：买烟，二：寄信。你的信从汉口蔡锷路的某个邮筒发出，寄到我的手上，刚好经过一天的时间。

相对于那些使用电子邮箱的作者，我更盼望收到你的来稿。你的字写得真漂亮，让人赏心悦目，看看那些字，坏心情会一扫而空。那是有灵魂的人的书写，虽然你用的稿纸有点次。

我心甘情愿替你打字，把你的手书变成电子文档拿去发排。我还要屁颠屁颠地跑去美编那里啰嗦个没完，这篇《睡莲》喔，配图用莫奈那幅画吧，行吗？行吗行吗行吗？

你弟弟和他女友带我去树林玩。树林就在他们小屋的后面，跨过一道低矮的围栏，就是山麓。东北的树林真美，植物多半是针叶的红松、落叶松。松果就那么自然地殒落地上，松软的草地踩上去像绒毯。树，叶片在深秋转红或变黄，呈蜡状。藤蔓摆出绝色的姿颜，细小的花草因霜凋零死去。他们教我认识和采摘野猕猴桃。那不是超市里卖的新西兰进口猕猴桃，它们个头小小，碧绿的，比枣子大不了多少，果皮没有毛，却甜得醉人。真好吃啊，我说，你弟弟的女友便又塞给我她刚采到的一大把。

我在石头上坐着，溪水从脚边流过，冰凉的。你弟弟和女友挽着裤腿走进水里，他们捉到了虾和鱼。你弟弟说，这些本事都是你教他的。小的时候你们经常在这里玩耍，那会儿猕猴桃满山遍野，鱼和虾也没这么难捉。

他走到小溪边的一棵树旁，蹲着，掀开鱼的鳃盖，鲜红的血和白色的肉将是今天的晚餐。用小刀把鱼腹剖开，掏出肚肠，刮去鳞片，他把那些不要的内脏埋在一棵树底下。"这样树会长得更好一点！"他对我们说，踢踢那树干，用的是足球后卫温柔的脚法。他的小女友就像一颗棕色珍珠那样笑了，没有声音，只是笑得脸庞发亮。她是个瘦削而沉默的小姑娘。然后你弟弟站起来，提着收拾好的鱼虾说：走，俺们回家！

走出很远，他才告诉我，那是属于你的树。那是一棵栎树，一种小灌木。椭圆形叶子，叶缘有锯齿。春天开花，垂下柔荑花序，秋天结果子，小坚果，果的底儿有杯状壳斗。回头望那棵树，它在万千棵树的中间并没有多么稀奇，可是它印在我眼中的影相最清晰。我很想走过去抱一抱那棵树。

属于你的树，它生长在水边。它向上生长也向下生长，根须攥紧泥土，枝叶噬咬蓝天，它是树林里万千棵树中你最喜欢的一棵，你用你的名字为它命名。

你的文章发表出来，我在文章的下角写着：请作者速与本刊联系。

可你从来没有和我联系，除了每个月寄来没有署名也没有地址的信。甚至你连笔名都没有，于是这个笔名就由我来取给你。按照行规，你应该叫“佚名”。好吧，那么你就是佚名。佚名成为你的马甲，其实这是个不难看的马甲，比起那些浮躁的哗众取宠的名字，佚名有它的隐姓埋名的矜持和高贵。

佚名先生。没有名字的先生。你在哪里？

也许你根本就没有再看我们的杂志，你只是投稿，把这当成一种游戏。既然是游戏，你关心的也就不是它的结局，而是过程本身。事实就是如此，你坐在船上写文章，写给鹿葱，但是鹿葱对于你来说，只是孤寂生涯里一个倾诉的符号。不意味着更多。

可我多希望你能看看你那些印成铅字的文章啊，看看我在你的一千字上所下的功夫。你用错的标点符号我都给细心地纠正过来了，你疏忽的用词我也都巧妙地改成了恰当的字眼，你提到的典故或许晦涩了，我把它改明白一点儿写清楚一点儿这样也许有更多的读者会因此喜欢你的。我把你最动人的句子放在标题的前面作为引言，它升华了文章，使你回味悠长。

五号新宋体，最简单也最美丽的字体，黑白印刷，铅笔素描的配图。一校是我做，错字一个罚款五元，但在你的文章上我从不会遭遇罚款，因为我对待你最认真。

你的出现，使我每天的工作有了新的意义。

我知道你每次投递信件是在蔡锷路的那个邮筒，有邮戳为证，那离我住的地方不远。如果稍稍绕路，我可以每天都路过那里。我开始怀有一个小小的希冀，它在我的心里，像渐渐明亮起来的雪天清早。就这么决定了，我开始绕路。我骗自己说，这样绕路上班有很多好处，可以减肥，可以锻炼身体，可以看风景，没准可以捡到钱或狗(事实证明我后来真的捡到了狗)，还可以顺便吃到那家好吃的热干面，可以把酱烧鱼嘴唇打包带回家。我上班时绕路经过蔡锷路，下班时绕路经过蔡锷路，蔡锷路从来没有如此亲切过，蔡锷路原来有这么多美丽的梧桐树，还有那些红色尖顶的旧房子，蓝色顶尖的旧房子，灰色围墙杏色窗格的旧房子。同事们要一起去吃饭，我建议去蔡锷路；朋友来汉口逛街，我怂恿走走蔡锷路；房东来收账，我说不如你到蔡锷路等我。蔡锷路在我心中渐渐成了一条著名的路，它的标志是一只旧旧的绿邮筒。我有时候就坐在那个邮筒对面的小饭馆吃饭，有时候我不小心喝醉了酒，站在邮筒旁边失礼地晃悠，或者我其实没醉，我半醉不醉，我带一点儿醉意地仰望着苍穹。我不是张衡，但我没事儿时也爱数数星星。

有时候在蔡锷路，我看到少女在往邮筒里面倒汽油——

十七八岁年纪，不是小太妹，头发是乖乖的款式，直顺垂肩。人细瘦，穿着校衫，球鞋，背着一只巨大的书包。

她焦虑而年轻的面孔在夜里像一枚金币。

几分钟后，她擦燃了火柴。

有人在喊："纵火啦！邮筒烧着啦！"

那少女其实很像十七八岁时候的我自己，那时候，我也曾做出过一次次令自己后悔的决定。我也很想将那些决定阻断在去往结局的路上：写给不值得的人的情书，答题出错的考卷，一句伤人的狠话或是一场错误的绝交。

交出的信，如果实在收不回，还可以去烧邮筒。

交出的心呢？

有一次，我亲眼看到邮递员打开邮筒。他拿把大钥匙，残暴地拧开那邮筒的肚子。信，哗啦啦啦倾泄出来，信啊，那么多信啊，开肠破肚地流出来，它们似乎还带着热汽，那里面有一封是你写给我的吗？

武汉的城市布局是由武昌，汉口，汉阳三个区域组成。它们各自相对独立：武昌是文化区，汉口是商业区，汉阳是工业区。分界清楚。住在汉口的人要是在武昌上班，那么他就要做好起早贪黑的准备。所以，以前，我有几位住在武昌的同事，在杂志社搬迁到了汉口以后，不得不辞了职，因为他们没办法把一天的四个小时浪费在上下班的路上。有人说武汉其实是三座城，是啊，我住在武昌的朋友小杜常常对我说“你们汉口人”，那么我也用“你们武昌人”来回敬。汉口的女生被认为浮华漂亮、时毛俏皮，而武昌因为遍布大学，所以，女孩们多半文质彬彬，有书卷气。图书城里你经常可以看到席地而坐深埋在阅读里的美女。我在武昌读完大学，我不是美女，当年的我经常不修边幅，穿着甩裤背心去泡图书城，在那里我翻看茨威格，卡夫卡，纪德，普鲁斯特、卡尔维诺、博尔赫斯。因为那时没什么钱，买书也只能挑着最喜欢的买。白看的书锻炼了自己阅读的速度，一目十行的本事使我后来在工作上得心应手。一个个下午恍然过去，那真是比什么都好又比什么都短暂的光阴。那时的我，茸卷短发，不擦面霜，没有高跟鞋，远远看去，忧心忡忡的脸只要戴上一幅假胡子就可以拥有“女爱因斯坦”这样的外号。

武汉是一座大而无当的城，一天只能做一件事。不要自认聪明觉得计划周密就可以统筹时间，没用，因为路太远了。武汉的路况不好，就算是开着私家车，堵车也会堵得你没了脾气。武汉的公交车就更古怪了，线路常常跨越三镇，行驶两小时以上还是短的。所以，我经常看到有人坐公车坐到吐。

那年圣诞节，小杜从武昌到汉口逛街，因为你也知道，商场会在圣诞节搞很多噱头，打折啊促销啊买多少送多少购多少减多少之类的。小杜最迷这些。她喜欢各种“活动”，“活动”这个词对于她来说就是捡便宜，其实往往她捡到的都不怎么便宜。赵小姐姓赵钱孙李的那个赵，赵小杜她只想来汉口买点儿便宜的东西。那晚钟声响起时，没有雪，地面又湿又泥泞，众多情侣在武汉广场门口拥抱撒欢接吻，这种气候和气氛都不适宜女光棍们久留。我和小杜商量还是去吃烤鱼，把圣诞节商场挨挤的愤怒和单身族的沮丧发泄在吃上，这很必要。

就在那个晚上我跟我的闺蜜讲起你，那是我第一次跟人讲起你。

“怪不得，连圣诞夜你都要来蔡锷路。”

“但……这家的烤鱼真的很好吃不是吗？”

“我们要不要来点儿酒？”

“好啊，我们喝啤酒！”

十二月长江上的雾，有种坚持。它坚持在冬天才会有的颜色。不是灰色或淡白，也不是透明清轻的蓝绿，而是褐色。就像长江从格拉丹东雪山一路流到武汉时的颜色，因为带上了沿途太多的泥沙尘土，水已变浊，充满沉重的内容。

这个晚上，我跟小杜坐在江边的烤鱼店，看着窗外那渐渐升起的夜雾，吃着本地时下流行的烤鱼：一只黑色铁皮盒子，平铺香菇、海带、豆芽、千张、豆腐、小白菜，上面盖着一条纵剖开来的大鱼，油盐猛烈，炭火烤得滋滋作响。小杜心急，先搛一筷子吃起来。够麻辣够滚烫，忍不住连声大呼：“好过瘾！”

“快吃啊，我只知道没出息的是高衙内，你又没见过林冲的漂亮老婆，你得什么相思病哟！”小杜撮尖了嘴，吐刺，杯酒下肚，眼睛放亮，“你这阴阳怪气的小伤感真的让人食欲不振呢。”

“你有没有……思念。我是说，只是纯粹的思念，也许你并不一定在思念某个人，但你会思念，会因此难过，会耿耿于怀，会患得患失……”那晚，借着那点儿狗屁小醉意，我说了很多很多。

我们从餐馆出来时是不是已经完全醉了，我不得而知。两个女生互挽着手，一直走到江边去。有人在放焰火。卖焰火的大叔见我和小杜走来，马上过来兜售，他只做年轻人的生意，经验之故，只有年轻人才会爱这种不划算的热闹。我们买了几支。冬季的江水退远了，淡灰色的细沙和枯草露出来，脱掉靴子、袜子，就那么踩进沙子里，触感冰冻如同踏进了巨人的尸身，陷进去的脚拔不出来，大吼大叫着摔倒，爬起来，跌跪，再起来。焰火在空中炸散碎裂，映着我们青春而惨淡的脸，那一年我二十二岁。

那个圣诞夜，你的船默默停在其实距离我仅几百米远的港口。你披上深色的风褛，系上那条已经脏得看不出颜色的围脖，下船去买烟。你高大的身影，北方人的气质吸引路人的注意，有年轻的女生回头对你行注目礼。

回来时，你听到江边的嬉闹声，看到有人手中正点燃焰火。那个尖叫声像一只知了一般平铺直叙的姑娘，她的指端流出淡金与浅黄的碎光。药硝散在空中，裂出冰纹，你仰头看，唉，好美的一朵大焰火。于是你就在一块石头上坐下来，拆开烟，背过身去用衣领护住打火机点着它。烟真寂寞，许多人抽烟并不是因为烟有多么好抽。烟那么苦，又没好处，抽多了还会吐。但是烟寂寞。寂寞的烟陪伴寂寞的人，于是寂寞有了依偎和把握。你手上的烟，一明，一灭，是极小的蔷薇花朵，它把你沃草一样的胡子映得清楚，你大概蓄须已有两年。

你注意到人群里那个忽然静下来远远望住你的姑娘吗？

那是我们今生第一次的四目交流。它发生在我们还没有找到彼此之前，它有点儿仓促，有点儿草率，有点儿迷糊，但丝毫不会影响它在我们一生里的意义，就算它被安排得有点儿叵测。我们应该都感觉到了什么不是吗？那种没法用语言命名的情感，它像冰面底下的涡流，动了，动了。我是一个相信第六感、预感、前世今生、星座血型、心电感应这些被小杜称为迷信的人的——你长久地寻找或等待一个人，但你从没见过他，可是如果这个寻找或等待的过程足够固执的话，你是会把这个人用念力变出来的，慢慢从陌生变到熟悉，虚空的形象被填满，你开始跟着这个人混，冥冥中行过千山万水。念力会把这个人的知觉唤醒，没准哪一天，他就出现在你的面前。

夜黑的江边，恣意玩耍的我蓦然看到你寂寞的黑眼睛。

你有夜空般深黑的眼睛，里面映亮我手持的那一束焰火。

一种暗语，在这茫茫人海，滚滚长江之岸。它静而准确地发声。你坐着没动，焰火就快窜烧上来烫到我的手。暗语如珠玉堆积、升高、跌堕、粉碎。暗语突如其来，暗语低温没有燃点。

我忽然想起那天吃饭时我掉过三次筷子。

而你忽然发现你将该投递的信忘记在衣兜里。

小杜和我分别时，一共嘱咐了四遍"早点回家"，她也许不知道，我只对数字五感冒。

我去绕路。绕我的蔡锷路。

邮筒，大片大片的法国梧桐叶子堆积。它们本应该是绿的，但在夜里它们是黑的。那么黑，像洪水淹没我的靴背。我蹲在邮筒旁边，蹲在相遇的洪荒之岸，闭上眼睛。我数一，二，三，四，我将会数到十。我数到十的时候，会出现什么奇迹我不得而知，我只是这样数下去。人们觉得，这姑娘，真会自己和自己玩啊，或者这姑娘，她有点傻吧。

一，二，三，四……

就这样，有一个人，他站在了邮筒旁边。

他从衣兜里拿出一只皱得不能再皱的信封。

这次的见面距离上次一共是二十七分钟零三十八秒，经过短暂的分别后，你似乎衰老了一些，眼睛里的光黯淡了一些，围巾更脏了点儿，烟味更浓烈了些。此时，我有百分之百的肯定，佚名先生，这就是你。这一定是你。你就应该是这样，带着点落魄带着点清苦地跟我初遇，而只有这样的你，才配得起初遇这种事情本该具有的朴素质地。我那天也不算太好，玩了满膝盖的泥巴牛仔裤弄得脏脏的，头发被大风吹得像鸟窝，脸冻得发青。我们是这样的毫无准备，但毫无准备提升了相遇的纯净度。

你神迹一样出现在我的面前。

可是，贸然的询问可以讲得出口吗？我怕我的开场白会把你吓跑。我没有急智，我只能死死地盯着你手里的白色信封——起码要记住这信封上的标志，要是一天以后我又见到它，它被平放在我办公桌的杯子旁边，或由收发室的大叔叫我过去领走，那么，我可以毫无疑问地得出结论：我和你正式见过了。

但那时你应该已在船上，航去远方，下一次的音信会在何时发送？我还能在这邮筒旁边见到你吗？

直道相思了无益，未妨惆怅是清狂。

人们常说事不过三。坏事不过三，好事也一样。上帝既已慷慨地安排两次了，第三次就不会那么轻易放行了吧，我该怎么办？若我再无机会与你相见，我是否该从此刻起就开始后悔？

“鹿葱！”这个时候，我的电话响了，乌桑的声音传出来，“圣诞快乐啊鹿葱，你今天高兴吗？你在干什么？你有没有和小杜去玩？”乌桑的问候震耳欲聋。他什么都猜对了可是他就是没猜中我今天会遇见你。“我，我很好！嗯……”我忽然有了一个主意，“对了，我转职了！”

“你转职了？”

“对呀，我现在一家杂志社工作，那本杂志的名字叫……”我看了你一眼，我还故意看了一下你手里的信封，然后，我大嗓门儿地说：“《橡树杂志》！”

我看到你不能专心地寄信了，你的眼睛告诉我，你被我的这通电话击中了。

信在回忆里是以极慢的速度被掷进了邮筒，发出咚的一声轻响。伴奏着乌桑的嘟哝：“你不一直就在《橡树》吗？这叫什么转职？你难道去当清洁工了？要么，你管收发室了？真是的，你到底在干什么，满口胡言乱语……”

谢谢乌桑，你的电话是圣诞老人给我的礼物。

还有，谁说我没急智？！

乌桑是我大一时候的辅导员，同时，他也是我的同乡。他比我们大十岁，但是所有人都当他是爸爸。这不是个好爸爸，大一那年，他因为带领学生搞摇滚乐以及喝酒打架被学校退职。此后，经历人生风雨，乌励方变得皮实，口头禅变成了：没有什么过不去的槛嘛。

找不到工作而他的妻子待产，他曾经去餐馆打过工。相信吗？大学教师真的去餐馆打工了。我们的乌桑，被一分钱难倒，但后来谈起那些事，他又大英雄似地说："但是那不是一间普通的餐馆，那里有全市最好的热干面！"就像陆小凤的手指是名器，乌桑的热干面也在他的形容里成了大牌。他没学过厨艺，但是给白案师傅打打下手还是做得好的。小小一碗热干面，要有熟的水切面，芝麻酱，盐，胡椒，辣椒面，葱花，姜末，蒜蓉，泡辣椒，香醋、老抽、红油、腌萝卜丁，腌豆角。店里不用味精，牛骨高汤淘面，最后一淋。乌桑潇洒地淋面，干活一天，回到家里总闻到自己身上有面馊味。衣服用白猫漂渍液洗，用威士露洗衣液洗也洗不掉。什么是穷酸，穷的人真的会发出酸气，面粉是人类的饲料，为了吃饱，不得不忍受那股味道。但乌桑就因此低头吗？他才不，那会儿，我们这些不要脸的人还一再地厚颜无耻去找他借钱，他还是一大把钞票拿出来给你——真不知道乌桑是什么时候攒的钱。

儿子出生后，乌桑开始转运。他成了我毕业后的第一个老板，开了间咖啡馆，让我去任职。那儿，与其名曰咖啡馆，不如叫失业人庇护所更合适，因为几个员工都是从前的学生，毕业后找不到工作或者干了几天觉得没劲，就在咖啡馆躲着，工作如同当幕僚。经理，副经理，总监，副总监，名片上乱起一通的高贵头衔，透出乌桑的宽厚仁爱之心，在他心里，我们每一个都重要无比，是他的顶梁柱。于是，乌桑的咖啡馆成了我们的私馆，没有客人的下午，我们在地板上畅谈，打牌，下棋，讲起各自的梦想，"我要去奈良喂鹿，我去居酒屋切寿司，我推销梅子酒……"我是如此胸无大志，"然后我赚到钱，回来吃蟹粉小笼，每人有份，吃多少都行，吃不了糟塌着玩儿！"

乌桑看了我一会儿，他忽然一本正经地说："鹿葱，你是女孩，还是去找份正式的工作吧，女生有正式的工作会比较好。”

两天后我收到你投进邮筒的那只白信封，信封里是一篇稿子，写了一个关于归来的故事。男子觉得常年守在家门，难以见大世面，决定出门去游历。整整一年的荡失，他果然见识了很多：四季的更叠，风景的流变，时间的逝亡，为此他感慨良多，最后，他觉得人生并不会更新鲜了，于是决定归返。归来时，看到自己的女人守着家门前的樱树在绣花，于是他对她讲起他所经历的那些事，但女子对他说：我在这里，也看到四季的更叠，风景的流变，时间的逝亡，所以，你我所感受到的，本没有什么不同。

很多时候，我们辗转反侧，上下求索，我们抛头颅洒热血，置死地而后生，到头来不过是得到相同的体会。

千辛万苦去找寻的、逼自己去想通的，强迫自己认可的，也许在另一个时间的维度里早已轻而易举地得到。而不论是以不变应万变，或以万变应不变，归宿其实是同一。

与此同时，我接到你打给我的电话。你说你现在还在船上，正在通过瞿塘峡。你停了一会，忽然问我：“你们武汉工作好不好找？还有，租房子贵不贵？”

那个晚上，小杜来汉口，住在我这儿。她洗澡时我在门外啰里叭嗦地讲着你给我打的这个短短的、但意味深长的电话。我从电话一开始的铃声讲到你的东北口音，再从瞿塘峡的典故讲到对你的诸种想象，这还只是引言，我要展开说起的是你最后的那句询问，“他是要来武汉吗？他要来武汉找工作？要在武汉定居？天啊！”小杜终于带着满身泡沫把门给打开了，“小姐，我一句都没听清，你能不能等我洗完再说！”她真是让人气馁啊。

浴室的水声哗哗流淌，青春那样流畅无阻滞。

春天的第一片浮冰化掉的时候，你拖着一只旧旧的皮箱自大船的吊桥走下来，上岸。

多么奇异，你来到我的城市。

带着一种古人的情怀。

古时候的书生，在某天晚饭过后忽然心潮澎湃，想念朋友，就像我们心里空的时候，我们会做事填满。书生就让娘子烫上几张大饼，用布包包了，连夜上路，去探访突然闯入心怀的朋友。稍微有点想象力，我们都会想到，当时天色静谧，有明月当空。

就这样，可能要经过整整一个月的舟车劳顿，书生抵达朋友的茅舍。

见面让人涕泪交加，但共剪西窗烛的倾心夜谈也许只持续了两晚。书生得回家了，再次上路，带上朋友妻子烫的几张大饼。

古人的情义比今人珍贵，也许是因为顷刻的见面要付出比现代人多得多的努力。而我们现在的人，有MSN，有QQ，电话，手机，EMAIL，可以不见面也身临其境地相识……但现代人里也总会有几个傻瓜，傻瓜里又有最傻的一个傻瓜，你，像古时候的书生，跋山涉水为一个只通过一次电话的姑娘，你拖着敝旧的皮箱，从远方弃舟登岸，来到了这庞大陌生的城市。

你看到她因激动而通红的鼻头，她眼睛里忧伤的小夜曲变作了华尔姿。

“你住哪儿?”“你能找到工作吗?”“你会适应这里吗!”“你如此莽撞。”“你想好了吗?”这些应该被问的问题一概被她的一个微笑省略了，她带你去找乌桑，直截了当地说:“你们家的那处闲着的房子，租出来吧!”

乌桑递给你钥匙，然后我们三个人在小餐馆点菜，吃酒。也像古人那样不问前尘来处，我们只是真心结交。最使我开心的是，你和乌桑一见如故。

我喜欢你们两个男人海阔天空的言谈。这种时候，我更多地选择倾听而不是插话，倾听让我觉得自己很重要。我偷偷看你，你侧面的胡须像森林，迷路的人无法寻返，只有席地而坐，或是等待天明，学会伐木，开始盖屋。

想想在古代，书生推门而入的那个刹那，他那被惊喜击倒的朋友，心里哆嗦、激灵、热。是夜，一地泡桐落满，白得发紫的大花，春天的泥巴，皓月的窗下，所有世俗的鸣响都沙哑。

你在当下。

财务室把你的全部稿费结账，钱虽然不多，但正好可以交你第一个月的房租。你搬进乌桑那间老房子。

那是间比我年纪还大的老屋。一条巷子走尽，四层红砖旧楼。它可能是从前某个官僚的私宅，或者是民国年间的会馆。汉口这样的老屋很多，这只是其中一座。现在，这楼已被七十二家房客瓜分净尽。说七十二家真的并不为过，因为有很多人家是一个家族住在一起的。平均分到每个人的面积，可能不足两平米。小夫妻除非有能力自己买了房子搬出去，不然，就赖在旧屋跟长辈混日子，每天还不用做饭，总有闲着的老人打点一日三餐。当然，这样的生活模式，使家人之间也会多出龃龉。我们一进院子就碰见吵架，一个大概是媳妇的女人，正在和可能是婆婆的老妇争执，很多劝架的在周围你一言我一语地发表着议论，他们似乎很享受这场吵架，美滋滋地收看着现场直播甚至有人还回屋取了块西瓜边看边吃。吵到激烈时，一只拖鞋飞出来，你下意识地挡在我身前，然后这只粉红色的女式泡沫拖鞋斜擦过你的肩膀落到院子的铁门口，马上跑过来几只嬉戏的小狗开始争抢它。吵架让院子里的各种角色得到白捡的快乐。

院子里的小孩在长大，他们蹬着小童车绕着人群做圆周运动。他们盯着我们看，天真的眼睛有无知也有残忍。我不喜欢小孩，小孩其实都很可怜，没有钱，没有自由，什么都得依靠大人所以有很多的不由自主和憋屈，但小孩，你敢说小孩的智力没有大人高吗？那你如何解释那些奥数小朋友把大学生都难倒的事？你又敢说小孩不懂感情吗？那为什么他们常常语出惊人让大人干脆下不来台？其实小孩什么都懂，什么都看透，他们只是没有达到可以独立的年纪，所以什么都得忍着。

这是下午，下班时分。这种时光，让我想起童年的天蓝云淡，晚餐的味道，我妈又说了我，考不到两个九十九分以上她就会这样跟我没完没了。我好强的妈在小时候的我看来远不如邻居家穿白衬衫的大姐姐好，大姐姐带给我冰棒汽水，她不要我告诉爸妈，不然，我爸妈又会把这种小事升级为一场痛彻心扉的教育，或者上门去向她致谢。对于我和她，那都是可避则避的麻烦。我和大姐姐在院门口偷偷完成一天当中最后一段友情小仪式，分享冰棒汽水和跳格子游戏。很小时候我就知道，大人有时候很笨也很傻，她跳格子的时候屡次出错要靠我来一次次纠正，而她大惊小怪的的笑声真的很幼稚。我也知道，很多小孩的想法是：不必和大人计较太多。

院子很大，堆着自行车、彩色的垃圾桶还有一只被弃置的浴缸。武汉人有趣味的来，他们是真的爱生活、在生活。踏踏实实，琐琐碎碎地跟俗世交欢着。就在这个院子里，这只破浴缸得到了一个完美的收梢：主人既然不想扔掉它，也不打算闲着它，于是就把它填满土，种了一排凤仙花。花在春末还没开放，但已经结了累累垂垂的花苞。那一角落真好看，可以去支上画架画素描，当然，你说什么也别动最好，我明白你的意思，我也同意。

吵架事件散场后，老年人又坐回院了的荫凉里，摘着毛豆或空心菜，一边谈天一边说起现在的年轻人真要不得。

四层楼的其中一间，是乌桑的祖产，现在它是你的栖身之所了。它有一间大屋和一间隔出来的小屋，其余是厨房和卫生间。我喜欢旧屋子，旧屋子的格局很讲究，不像现在的房地产商卖出来的楼，隔局那么浮躁和实际。刘嘉玲说："八十年代真好，如今的青年人只对着电脑上的模拟世界，怎懂得什么叫做浪漫？现在的男女只会唱K，既没礼貌又没情趣。"大抵就是这样的心情，新不如旧好，旧的东西才会有的那种实在的浪漫新的东西总是难以寻觅得到。

木地板真的已经旧到它应该等到的最美年纪，红柚木地板，至今仍能散发木头特有的哀愁清香。当我们开始打扫，我主动对你说，让我来帮你擦地吧。你看着我，不可置信地说：我根本没想要你动手，女孩，你坐着就好了。

你留在乌桑的咖啡馆工作。那半死不活的咖啡馆因为经营不善已基本坐食山空，但你来了之后它变了样子。你把那面白墙做成了黑板，让顾客在上面信手涂鸦。有才华的顾客写了小诗：

凉的酒杯　有热的嘴唇
细的手指　有茶色的掌纹
爱你的人像鹿一样衔来谦恭与赞美
小的舌头有小的吻痕

不写诗的顾客写下誓言：

郑明轩爱黄燕，郑明轩赚钱给黄燕花，死花！

你放破吉他在桌上，旧提琴在沙发角，琴弓在壁炉上面让他们找。你亲手做了两只大木头书架，堆上书与画册。进门的帘子换成了有暗纹的浅白色麻布，而不是原来俗气的珠帘。你在大门口装一只自己刻的木头风信鸡，它的羽毛是红蓝白，它可以转动，可以嗑米。你把菜单改了，咖啡馆惯有的牛排三文治煲仔饭里增加手工饺子和馄饨，“经理亲自出马制作的韭菜合子”价格略贵，你的幽默感还在于，“需要经理亲自端上来请付小费或亲吻”，你的解释是：因为经理太帅了。这一切家常的气息使很多文艺小青年趋之若骛。他们疯了。有几拨人定期会来此聚会，和你称兄道弟，谈及音乐、电影和书籍。你用东北话跟他们讲塞林格，木匠门抬高房梁与捕捉香蕉鱼的日子于是貌似发生在大连湾。

你在咖啡馆的院子遍植羊齿蕨，泡菜坛子三五个，越旧越好，盛旧雨，浇花。顶楼打扫好了，安排 BBQ。木炭和炉子由店里提供，别的可让他们自带，这样，很多人觉出 DIY 的乐子，工作了一周的小白领趁此时机前来放松交际，当然也有专来把妹的，这些你不管，只要店内特制的黄啤酒和黑啤酒大行其道就好。

乌桑也没想到他这行将落没的咖啡馆会变成现在这生意兴隆通四海的样子。他从此对你刮目相看。当然，刮目的还有我和小杜。从前的我以为，你只是一个会写文章的经历比我多点儿的男子，小杜则一直以为你是笨蛋。现在，我们两个都当你是偶像，为了讨好你我们特意跑去替你买衣服，民众乐园的小店逛到脚软，立志把你打扮成特立独行而又品味出色的好青年。

可你的身材太高大，衣服都显得小一码，我们犯愁地坐在肯德基，嚼着老北京鸡肉卷儿。

“他对你表白了没？”小杜问。

“啊？表白什么？”我说。

“他来武汉不是为了和你在一起吗？他难道没说过他喜欢你？”

我不觉得你必须表白，就像我也从不表白。

表白是小朋友才做的事，而二十二岁那年的我，自恃自己是一个大人，一个再大不过的人。大人是不需要表白的，因为大人懂得什么叫心照。心照是一种情调，就像喝空的一只酒杯，我们不必上前去说“看，我干了，你呢？你怎么没干？”我们只是平静地放下它，杯口相照。

真的需要言语吗？言语像泡沫浮在空气里，言语一旦出口，意思就丢失大半。这样厮守着就好，这比什么都好。下了班，我会给你打一个电话，“要不要一起去买菜？”然后我等在小菜场的转角，不一会儿，你骑着单车来了，递给我你路上买的一只棒棒糖，我含着桃子味的棒棒糖跟你走进热闹的小菜场。那么多好看的蔬菜、肉类、豆制品，它们是活生生的人间美景。菜场后门口总有一个买花的阿姨，每扎花儿五块钱，是她在郊外沿路采摘的。蝴蝶兰，斑纹百合，毛茛，雏菊，夏枯草。每天我都花五块钱捧她的场，花朵带来欢喜的同时也带来让人发愁的香气，那么香，那么香，而你看，芳香从来就所费不多。

我喜欢武汉的小菜场，它们嘈杂又井然。进门一般是三五个卖酱板鸭、香酥鸡的摊位，鸡鸭都被薰烤得油汪汪，钩子倒吊着，等人来买。接着是千张、豆腐或是海带结的天地，紧邻一长排蔬菜档。菜贩勤劳不勤劳、干净不干净，就体现在这个小菜摊上。从不闲着的小贩们，总是不停地擦洗那些茄子、豆角、番茄、瓠瓜、毛豆、藕、小白菜，它们被洗得白嫩翠绿，放着光亮，让人心旷神怡，刺激购买欲。然后是猪肉大叔们英武的肉摊，肉被切成完美的一条条悬挂在横杆上，骨头也码得平整。大叔们的刀不是盖的，相比在超市用机器切割肉类的场景，我更喜欢后者的庖丁解牛。那是一项好看的技术。他们还用红色塑料绳自制拂尘，拴在小电扇上，随电扇不停地旋转，使苍蝇难以攻破拂尘阵。再往后是鸡鸭鱼类，鳝鱼都是活的，虽然我不喜欢吃鳝鱼，不过，看到小贩的杀鳝场面，还是被深深吸引。鳝鱼的头被钉在砧板上，锋利的小刀垂直划下，血是鲜红，我们呆站在那儿，冷颤从尾椎串上头皮。

提着菜回来的路上我们讲话。“鳝鱼，真的很可怜啊。”我说。

“鳝鱼在小时候都是女，长大全变男。就是说，自己个儿就能既当妈又当爸。”你说。

“你知道的真多。”

“我还知道，鳝鱼的血可以治面瘫，从前有一个同事，在船上中风了，后来就是用活鳝鱼的血涂脸，真的好了起来。对了，小暑黄鳝赛人参听说过吗，等到小暑那天我们也买来吃。”

“好啊。爆炒鳝片！”

真的需要表白吗？

表白之后，我们爆炒鳝片，想想有点尴尬吧。

所以我们沉默，沉默得如此饱满，如此自在，如此香气四溢，又如此谈笑风生。沿路短短五十米的旅程，心里的山水越过千万重。

周末我会和你一起做饭，招待乌桑和小杜。吃完饭你去洗碗，直至那会儿你走路还有点东摇西晃。小杜鬼鬼祟祟地跟我使眼色，在我耳边蟋蟀那样交头接耳："喂，他是不是，有什么毛病啊？"

乌桑听到哈哈大笑："他那是陆晕！"

船上呆得太久的人，适应了船的摇晃，来到岸上反而站不稳。不过你陆晕的时间也真够长的，都一个月了。你洗好碗擦干净手坐回沙发里，点一根黄鹤楼香烟。你手上舒肤佳香皂的味道混合了烟草，有种奇异的好闻。我们四个人朴素地坐着，不打麻将，不喝酒，不讲房地产、暴发户、车、股票。我们就像洗碗、香皂、一根饭后烟那样简单地存在着彼此热情地陪伴着，家常地谈点小艺术，劈点小情操。也许有人会说我们矫情，但什么事儿只要自在就好。我们之所以成为了朋友，也是因为我们心里常有一样的念想，那些念想不切实际，甚至可以说，常常是过于理想化、过于飘渺的，或者是很要不得的。但我们就是好着彼此这一口儿，我们才团聚在一起，而没有和别样的人结成圈子。这个场景我永远也忘不了：你坐在地板上，左腿伸直，右腿弓着，烟灰缸放在膝盖上，随时弹进一点烟灰。乌桑坐在你对面，背靠着沙发，舒坦地仰着头，他也坐在地板上。小杜趴在沙发上，跷着小腿，枕着一只鹅黄色的大靠垫。我的头倚着小杜和她所在的沙发，盘腿，手里拿着书架上随意抽出来的画报。

月亮升上来时，朋友们要回去了。我们一起去送他们。春末夏初，橙色的凌霄藤蔓垂下累累的大花，星星很小，远处传来江水的腥气，孩子们的笑语，出租汽车的鸣笛。在和朋友们说了再见以后，我们沿着江边往回走，我们不说话，很多时候，我们会这样舒服地沉默，不像别人，一个人的沉默里容不下另一个人的沉默。我们唯一的声响是鞋子发出的声音，我们玩着一个很私密的小游戏：左脚，右脚，左脚，右脚，步子慢慢趋同。你的步幅大我半个，那么走着走着，步子又会慢慢不同。我跳一跳，改一个节奏，这样我们又一样了。左脚，右脚，左脚，右脚。

等到这个游戏玩累了，双脚走倦了，我们在路边的椅子里坐下来，看着马路对面酒吧街亮起的灯，灯下的红男绿女和城市晚上的妩媚风情。你从不问我要不要去那边走走或坐坐，因为你知道我不爱那些，你其实可以问问的，也许我会拔冗同你去喝一杯什么鸡尾酒，但你不问也挺好，你放空的呆样让我心软，二十二岁的女人把心软也当成爱，这也完全没什么不好。

我们坐在掺了味精一样鲜美的夜色中，终于，我和你深陷的黑眼睛相遇了。然后，我们战栗了。对于彼此的认同，以及对于彼此因深深懂得而生出的渴望使我俩之间无论此前多亲密无间的相处都不作数了。这是一次全新的对视，战栗中我们陷在陌生的新鲜中，陷在一种感觉的僵局里。

你弟弟去睡了，他的小女友不睡，她陪着我。这会儿她跟我说一些小小的话儿，温柔的声调像鸽子的咕嘟。“我们小学的时候就很要好了，他每次都背我过积水的水沟。”她说，“其实他背不动我，那时候，他很瘦，我比他高，但是他就是每次都背我，所以，我爱他。”

爱，很多时候就是这样，是一种感动，一种酬答，一种非常简单的两肋插刀和以身相许。十五岁的小女生，她所有的不多，她的世界一穷二白，她有的只是最好的爱。如秘坛私酿，那最淳美的第一舀饮。她把她仅有的这份收藏，送给那使她小小感动的人。

我们牵手走到属于我和你的岔路口，我该回家了，你也该回你的住所。有很多次我们都在这岔路口停留，但这一次感觉不一样。忽然生起的一种同是天涯沦落人的感觉，使我们两个对这短短的离别特别难舍。我开始用快速说话的方式，叽喳着延缓分别时刻的到来，我生怕我一安静下来，你就会总结性地说一句:谢谢你给我这个美好的夜晚。

你看透但不拆穿,带着几分大人看小孩耍宝的爱护神情,你对我放任地笑。

“那……再见。”我自断话题,为了防止你先说再见,我抢先把它说了。好像谁先说再见,那后说的一个就会感到更多的怅然就输了似的。

“嗯,再见。”你说,但你丝毫没有转身想走的意思。此刻,你两只眼睛显得没什么主意却又含着某种决心,你没有动。

“再见了。”我又说。

“好的。”你给了我一个正儿八经的深情眼光。

“明天还会再见到吗?”我问,迎上你的眼睛。

“当然,明天会再见。”你把眼光全部给我,但你也知道,我不是光在看你的模样。

“可是,我不想等到明天再见……”我知道,自己的眼睛里有细小的火光,终于把你牵扯进来了。你是火焰中的无辜者,还是甘愿投火的自焚者?

就这样,我的两只手在你手里了,然后是我的肩膀,我的头,我的脖子,我整个的上身,都在你两只手臂里了。你把我抱住,这拥抱在慢慢变得实在、稳定。这个拥抱,在它真实发生以前,已经被我们用想象预习过很多次了。现在它来了,它还是和想象有所差别。因为想象中的拥抱远不会有真实的这么美味,和这么生疏。怎么办,它就这样来了,我们却如此笨拙,如此缺乏训练,以至于我没有承接住你的力量,两个人向我的这一边倒下去。如果你也很有拥抱的经验,你也许可以将方向控制在附近那棵巨大的法桐树上,树干会抵住我和你。但你还在陆晕呐,你也还是个生手呐,于是我们很必然地,摔倒了。

这个失败的拥抱之后,我们没法接吻。

每天早上上班时,我会买两份热干面或者豆皮,热干面配滚汤的清蛋酒，豆皮配豆浆。我住所楼下的阿妈做的早点不会掺假，比你附近那几家要实在很多。路过你工作的咖啡馆，我把一份早点放在大门里的花台上。你那会儿还没来上班，院子里静静的，沾着些晨雾露水，我停留片刻即走，等你来时，早餐的温度正合适。

然后我走向蔡锷路。这是一条不能被忽视的路，它带来爱情也带来奇迹，所以我一直习惯每天绕路。从前绕路，是因为心怀期待；现在绕路，是因为心怀感激。

有一天，就在清早的蔡锷路，我被一只黑色的小狗跟踪。我不知道它是几时跟上我的，那天下着小雨，我撑着伞在路上疾走，狗在身后神经病那样直勾勾地追随我。等我过马路的时候，它胆子大了，径自走到我的伞底下。不得不承认，我被这黑乎乎的一团小东西吓了一跳。我想用更快的步子甩掉它，可是它执著地跟我来到办公大楼。门卫当然将它阻止，铁门关闭了，狗被隔绝在外面。

讲起早上的经历，你说："也许，你今天穿得太像火腿肠了。"

火腿肠工作了一上午，良心受不了煎熬，惦记着那雨中的小狗。中午迅速买了份有肉的午餐，没吃，提着跑到街上去找狗。雨更大了，天色乌青，像创伤的淤肿，一股难受从心口蔓延出来：若不是对我怀有信任与期待，或者说一种小小的缘份，它不会跟踪我。路上那么多行人，要跟踪找个闲人去跟踪不是更好吗？对于一个没有思想的小生命，这种信任更显得纯粹。它是多么抬举我，可我却辜负了这份抬举。现在，流浪的小狗在雨天，会将去哪里？顺着它跟踪过我的方向，我逆着人群往前走，茫茫人海，我找那只小狗。

然后我看到你站在下一个路口。

你举着一把大黑伞，雨在那时已经成了瀑布那样的直线，冒着烟儿，往这个世界俯劈。路上的行人都不见了，一辆辆汽车从身边驰过，带着迟疑的速度。在这样的雨里，什么都可以减慢，停止，失去。除了你。你在这样的雨里出现，给我方向。

最终我们在一个垃圾堆里我找到那只小狗，它带着受过伤害但仍然坚信的神情，给我们很多情感上的回应。它放弃了刚找到的一根鸡骨头，兴奋地甩着毛，水花一直溅到我嘴里。那会儿，已经整整四个小时过去，天色近晚，星光乍现，暴雨初歇。

四个小时里，唯有你肯陪我做这件疯狂的小事。你握着我的手，在大雨里行走，淌过一个一个齐膝深的积水路口，雨洗刷着看上去犯傻和有病的我们。是的，相爱就是一件，一件能够和你一起做犯傻的有病的事的约定。

一场暴雨中金子般的回忆。

这小狗我至今还养着它。

它不是天生的流浪狗，它是一只过过好日子，在好人家里生活过的小狗。我后来买给它的宠物用品，什么亮齿骨、皮脖圈、雪山香波、美毛粉、滴耳油、贵族牛奶大骨钙。它样样用得来，用得自如又阔气。但作为一只命途多桀的小狗，它倒霉过，衰运过，被人抛弃过。那些在街边暴走，靠捡垃圾为生的日子，可以把人的性格都活生生改变，拧成充满敌意的、敏感多疑的，但这小狗却仍心怀信念，善良地对待每一个它的有缘人。要知道有那么多流浪狗一旦被伤害就会对哪怕好心靠近的人呲出尖牙，而这只小狗，它用爱回报任何一位它可能的主人。

那天它吃完我带的那份午饭，还没饱，它真饿狠了，舔着舌头眼巴巴看着我们，还要吃。我们又买了几根火腿肠喂它。火腿肠剥开了一半，唤它过来。它慢慢走过来，嗅嗅，看看，决定吃。它不像别的狗一口咬掉那半截香肠，它虽然饿，但它并不猴急，它是把那半跟火腿肠衔住，往外拖，直到整个火腿肠从包装它的红色塑料皮里全拖出来，它才开始不紧不慢地进食。

“这狗我要了。”那会儿我对你说，同时，在心里对这小畜牲的赞美十分啰嗦。

你回答："好，我们养它。"

晚上我们一起给狗洗澡，用了三大盆热水才把它洗干净。有一句令人感动的歌词是说，"我是永远向着远方独行的浪子，你是茫茫人海之中我的女人"。我听见你在哼这歌，于是我篡改了歌词："我是永远向着远方独行的主人，你是茫茫人海之中我的小狗。"

在茫茫人海之中，找到一只属于你的女人，很不容易。"在茫茫人海之中，找到一个属于你的小狗，更不容易。因为狗没有人高啊，走着走着就被人群淹没了。更有可能，被捉去煮火锅了。"

小狗毛皮蓬松，眼神温柔，两位主人与它共度了流浪不知多久后的第一个良宵，给它牛奶、牛肉、鸡翅膀，因为相遇得太仓促还没来得及去买狗粮。但小狗感激的眼神告诉我们，这是多少天来最好的一餐，谢谢了。

满天的星光，夜雨转晴的初夏。

也许每次跟你分别在那个橙黄的路灯下已经足够美好，我生怕狗尾续貂。那个盛夏，我每天去你那儿跟你一起共进晚餐，有时候我牵着我的狗去，有时候自己去。吃完饭你送我回家，在固定的路口说再见。每一次，我往住所方向走的时候，我都不回头。因为，我知道我抗拒不了你在我背后那丝缎般柔软的目光，可我又不愿意这每天一见的清淡美妙因为我的回头，变成仓俗的腻歪。

你非常明白。

回头，一切皆成盐柱，你也怕。

这被我们小心维持的庄重，它太美了。

没有表白，没有亲吻，有的仅止是柏拉图式的半次拥抱，这算恋爱吗？很多年轻人恋爱，他们可以三天内就做完一切想做的。我们是怎么了？问题出在哪里？我们是受了潮的焰火吗？还是焰火本来就应该放置在安全的抽屉，在该点燃时才拿出来？

记得爸妈年代的爱情么，那旧旧的保守的土气的恋爱。交换一只手帕，如果上面是一只杜鹃鸟，下面是一朵连理枝，女子递交这手帕给男子时，都是要羞红脸的。我们不过是在二十年后又复兴了这样怀旧的恋爱吧。

克制成就了对彼此更多的尊重，等待改写了原来可能流于轻薄的篇章。我们不轰轰烈烈，但一样在你的心里，我的心里，种下了生死契阔、与子成说的种子。

“那么明天见。”我挥挥手，夕阳在我指甲尖儿上留一点点淡紫跟柔粉。

“我想念你。”

你忽然说出这几个字，我和我的小狗都呆住了。我和你每天相见，但你对我说想念。一种很心灵的了解，我点点头，是的，甚至一秒以前，我也在想念下一秒的你，这一秒的时候，我又会想念前一秒的你。

“我也想念你。”

“那么，明天见。”你挥挥手，太阳在你指甲尖儿上留一点点深赭和浅青。

凉的月光，就像走在深水里一样。

你不知道，那个晚上，和你分别后，我又折返回来，在你的楼下驻足许久。我看到你窗子里的灯光，你在灯下的影子。我知道你给我的爱情就是这样的方式了，而我的爱情，我也许也可以有更为激烈的方式，但我情愿意配合你的，因而它并不委屈。

狗在挣扎，我松开它的链子，它循着它的本能往树丛跑去，去圈定它的小地盘。

我唤着它，它没有名字，它的名字就叫小狗。

小狗，小狗。而我是茫茫人海里你的小狗。

你弟弟问我乌桑是谁，我告诉他乌桑是我和你的好友，一位长辈。乌桑是在小杜的怨言暴发之后也开始对你有了怨言的，“要是喜欢人家呢，就大大方方地在一起好了，要是不喜欢，就不要暧昧。”我在厨房里听到乌桑在训你，觉得很好笑，我没过去打断，听你在向他解释：“我喜欢她，但是你不懂。”

“我是搞不懂你！”

“嗯。”

你在辩论上是个呆子，尤其是这种很私人的问题要跟别人解释的时候，你因力不从心而语塞。所以你决定不去扰乱他的大部分观点，一直在“嗯”。这时候我在想，你也许可以写出来，你的文笔比你的口才好得多，但如果你写，仅是为了阐释给乌桑你对我的喜欢，写上个三五千字，再起个标题叫作：我的自白书。这未免也太滑稽了。

但我听到你还是在尽力地试图让乌桑可以明白：“鹿葱她很好，我……我还不够好，我常常怕我会辜负她，我害怕失去她。”

“你害怕失去她就更应该好好和她在一起啊，你们这算什么，朋友？同学？路人甲？你真没劲！你到底在想什么？你这样不明朗的态度会耽误人家的。辜负她？是的，你辜负她我们都会和你没完！你真是身在福中不知福。”

“也许是吧。”

“她这么好的女孩子，怎么会看上你了！”

“乌桑，因为我也有优点的。”

我终于忍不住笑了，就像小杜每次说“哎呀你简直不可救药”的时候，我看着她那张痛心疾首的脸也会忍不住笑。我常常这样，在别人认真表情达意的时候，我会忽然笑场。我不是不够严肃而是我的思维常常会走神，走神到小杜鼻尖上一颗黑头或者是你说你也有优点时，那很好笑的东北口音。

如果按小杜的说法，我确实不可救药。因为爱情对于每一个人来说，都是一场绝症。患上以后，没有出路。

在这场类似寻死的病疫中，能全身而退的人真的太少太少。

但如此严重的事件，我们却决定让它以最轻淡的面貌呈现。

你说的那种喜欢我明白，就像我从来将你视为一份宝藏、一种信仰，不敢轻易触碰，但又不舍得离去。这种心情，是超越了情爱以后的，对彼此的珍视。我相信它更高级，它是爱情里的EST，最高级。

“我爱你。”你终于还是说了。

有一些话语如果被当成了禁忌，那么，在它被说出口之后，会有怎样的结果其实很容易想见。

照例是黄昏时分在送我的小岔路分手，你却忽然说出了这三个字。我们都吓傻了。接下来发生的事也超出我们的想象，我被这话语击中要害似的，既甜蜜又痛苦地，我几乎荒不择路地选择了逃跑。你没有追上来。我心绪复杂，有语难发，我最大的直觉是：你中了乌桑的激将法，这使你和我本来的沉默平衡被打破。你觉得似乎必须对我说点什么，承诺或保证，于是你告诉我“我爱你”，你觉得对我们的爱情你必须有所交待，于是你把深思熟虑后本可以不必说破的三个字轻言出口了。

对于某种爱情来说，表白是禁忌。

触犯了禁忌的我和你，忽然变得别扭起来。

你睡过头，我放在花墙上的早点你忘记了吃。小菜场里走着走着，我忽然找不到你。你抽了满屋子烟，小狗不肯进你的屋子，我们都很尴尬。我们的步伐不知为何走不到同一个速率……这些如果只是瞎担心、自吓自的话，那么，最让人发窘的事是，咖啡馆的生意越来越好，你从最有用的改革者变成了闲人一名。

你看着我的目光，让我知道，那目光是顶起了很多东西才到达我眼睛里的。是的，沉重的心事。

其实，我是明白你的。我明白你，要从我们十八岁那年明白起。十八岁，你离开家乡，我考上大学。你所经历的，和我所经历的，基本上是两个截然不同的世界。我的世界里有很多烦恼：图书馆能否占到靠窗的那个舒服座位，暑假去海边打发还是回家，而毕业论文伤脑筋，该找多少参考资料才拼凑出能过关的一篇？更伤脑筋的也许是毕业工作以后，每天清早的闹钟铃，它响得太烦人。

而你的世界，它比似乎要简单得多，它可以只概括为两个字：生存。

生存在上，你不敢计较太多。你做过最低级的工作，在一份一份低级的工作堆垒起来的经验之上，你慢慢成为此刻的你：一个丰富的、沉默的人，身后是一场刻苦忍耐的小半生。你一边工作一边坚持阅读，阅读之外，你思考、写作。如果是一个对自己要求很松散、很好和自己相处的人，这些刻苦的小事儿也许早就被代替为打打牌，喝喝酒，最多是练点半吊子的乐器，几句笛子，口琴或二胡，用以打发掉下班之后，睡觉之前那空虚寂寞的时光。

但你不是那样的。你，我早就看穿了你，是一个想把任何事都做得尽善尽美的人。你没有什么理想，于是你只好自己把自己当理想。所以当我认识你以后，再想想之前我逢遇过的那些男孩们，他们玩世不恭、打趣一切，对什么都是三天打渔两天晒网的样子，使他们看上去比你俏皮得多，也更有趣，但我会在认识你以后，为自己倒吸一口冷气：幸亏，我选择的不是那些人中的某一个，而是你。

乌桑给我打电话，告诉我你又回到了船上。这是我们认识七个月之后的一天下午，没有任何预兆，轮船从武汉起航，方向未知，汽笛声噎，长辈劝我不要难过。

其实，乌桑想错了。我并不难过。我几乎是幸福地面对着你离去这件事。因为你的离去,使这段美好的爱情有了一个最应该的结尾。我早已和你心有戚戚过不是吗?因为彼此懂得,所以互相慈悲。我们从不说爱,因为不说爱,爱就不会在现实生活中变成求婚、结婚、买房、生子,这些把爱情肢解得密密麻麻血肉横飞的事儿。我愿意和你过一段琐碎平凡的小日子,童话般的小日子。过这段日子的最初,我就知道这段日子不可能持续永久。太美丽的事物都不可以永久,因为美,它就易碎。这个心理准备我有。

因为明白你而原谅你,因为原谅你而更爱你。其实,也说不上原谅不原谅,你本也没有做错过任何事情。你的出现,是我生命里一场额外的加分,没有这加分,我也会进入成长的录取线,有了加分是双保险。所以,我不会因加分的失去,而心存不安。

确实,你任性,因为你任性,你才成为你。而我也任性,我是因为你的任性才了解了我的任性。这个世界上,若说难以言诠的事太多,大概我们的事可以算进其中的行列。

别担心,我会夜夜站在江边想念你。但我不会再寻找你。

因为,我已经找到过你。

你从此再没有音信。

我跟你弟弟告别,叫他不必送我。

但他还是来了,在小站的月台,和他的小女友站在石阶上对我挥手。这纯真的少年像个男子汉似的有担当,如今他和他的爱人生活得很好。今生我见过他们一次,也许就这一次,以后永远不会再见到了。火车开动,他们离我越来越远,黑沉沉的云朵越来越远,寒冷的空气越来越远,那片山脉和溪水越来越远,属于你的那棵树,越来越远。我将从北方离开,回归到南方去了。

我终是没有告诉他们关于你的消息。

那个消息，它会一直留在我心底，慢慢变成心的一部分，一份沉默的组织，一个哀愁的增生，一块偏安一隅的悲伤肿结。

想一想，你的弟弟，就像十八岁时候的你，他早晚也会离开那个闭塞而美好的小地方，去到更广阔的去处，去生存，去寻找他的生命意义。他和你真的很像，见到他，如同再次见到你，在他的脸上寻找你的神情，在他的手里吃过如同你亲手制做的菜肴，跟随他的步子，走过一段短短的路。这是我给自己的告别仪式。

然后我将会在你投水的那个岸角坐着，一直坐到天近黄昏，冬雪降下，坐到年轻的孩子们放够了焰火，卖焰火的老者开始数钱、离去，留下一地粉红深红的残纸屑。我会起身，回到我的住所，如今那里什么都没有，只有一条茫茫人海里，我的小狗。

我合起你最后寄达的那封信。

它是在你离去之前，发自蔡锷路邮筒的最后消息。

信的内容很短，意思也明确。你觉得你的人生失败，你一直以来都过得不快乐，你想结束自己的打算其实是从你十八岁离家那年就已经有了。但弟弟尚未成年，你必须作为一名兄长给他亲人能给的照顾。这个过程里，你努力让自己积极地活下来，活下去，把事情做到你能做到的最好，把人生可能留下的遗憾像填枪洞一样，一颗一颗填平。这些枪洞最大的一颗，是你关于爱情这事的疑惑，你承认，你与我认识、交往，直到相爱、分别，都不过是想完成这最初也是最后的体验。之后，你可以了无遗憾地去做你想做的那件事了。

尘世若无尘埃，必因我们有明净的眼。

尘世若已蒙尘，我们合上眼。

我能想到的那些劝慰的话语，也不过来自从前课本所学、书中所写，或是报刊杂志与电视连续剧演的，以及朋友们劝过我的那些：不要对自己要求太高，那会痛苦；看开一点，没有什么事是值得往绝处想的；珍惜现在的一切，其实已经很好了……俗气的话语塞满我发木的大脑，它们没有一句能够真正地劝说你，我知道。

我看到大水滔滔，对岸灯火荒凉。腐草化为萤虫，飞散。此时，夜上浓妆。岸边在城市大厦流彩俗丽的背景下，却成荒芜之壤。

我忽然想到这样一句话：人的一生，非要说清楚的话实在不多。

是说给你，也是说给我自己。

既然你觉得死亡是你必去的归路，那么，以言语以哭泣作别，都不如以微笑以静默相送。

锦灰堆

每夜她看着锦缎盛放，守着锦缎成灰，

她目睹锦缎蒙尘无人剪裁，她任凭锦缎寂寞独自枯萎。

就像她等着爱情生生荒废，她住在这华丽无用的锦灰堆——

他用一根手指叼着景佚的下巴。

足足有十分钟，他看着眼前这张脸，就像看一面清楚的深渊。

在这深渊的反射光里，他看到自己的目瞪口呆，唇焦舌燥，还有他的孤标自许和居心叵测，当然，这些，对于此时的他来说，都已经非常地微不足道。

而他不知道在同样的分秒里，景佚已经完成了从厌恶，到接受，到忍耐，到平和，到心灰，到放弃的全部情感发轫与转变。

他眼光转移，瞳孔焦距拉近，最后停落在她左侧锁骨之上，一处凹陷下去的涡里。这单薄的涡，是他此生唯一一口自愿投奔的井，他若某天死在当中亡灵亦会逡巡不去吧，为那脆弱与坚忍并存，纯洁与诱乱相居的所在，为所有的快乐，为所有的迷惑，为所有的罪与罚。

他迷茫而专注地盯着这只涡，双眼略微有些斗鸡。

这是他们的第一次。

十年来，他们在意念中早已有过无数次。他们训练自己如同两只自燃烛，不需任何介质只要眼神相撞便可神似潮巅。十年后，他们的肉身渐趋枯朽，而第一次实体的拼接才掀开血淋淋的紫痂，带着华美的倦意，尘封多年想象多年的人骨拼图，嗒地接榫。

那个白昼，据说有彗星扫过了天宇，整个中原地带所有的花蕾都同时殒落，泥土干燥，鸟兽逃离。武汉城北起了白色的大风，城南卷着腥黄的尘埃，长江停止流动，江水涌进城外乡村的稻田。船只停航，交通灯失灵，电缆暴废，自来水笼头无端喷出棕黑矿浆。

开始下雨。下雹子。苍穹之下，无数膨胀的雹子嘶哮而来。气温骤降，空气带着辛辣。雹子落下来，被楼下开过的车轮碾碎。白骨一样满世界横陈，碎裂，融化，化成一滩滩低温的冷水。有很多落到湖里，无声无息的湖，温柔顺受承接天空的精子。

而他只想进入景佚。

像冰雹进入湖水。沉重的。没有感情的。占领式的。毁灭性的。无数次的。咬牙切齿的。带着恨意的。

是的，他恨景佚。

他恨她，如同她恨他一样多。

他恨她，又如同他们彼此的爱慕一样多。

这恨与爱，在某一时刻会忘情显现出它们的本质——那令人心灰的真相：它们，其实是同源的双生。

暖气太热，满身的汗，太响的风，过软的床，动荡的光，呼吸窒息，目光淹没，没有念头，没有过程，没有时间，没有他，没有景佚。

没有。

她总是搞不清楚怎样去胭脂路最方便。

路线太多了。

A线路是从关山坐车走珞瑜路这条笔直的直线，到阅马场的武昌起义纪念馆停下，而后右拐走过那条常年滴水的黑漆漆桥洞。

B线路是从小东门穿进，当中经过中山桥旧城区两排碧绿参天的梧桐。

而C线路则是从黄鹤楼旁边的铁路桥台阶走下去，穿过司门口的闹市，在第一个十字路停下，向左。

她常常不知所措，选择总是太多。

武汉是一座大而无当的城，一天只能做完一件事。早上九点，她起床穿衣，洗漱完毕，背上她大大的麂皮背囊，去往胭脂路。下午四点，她也许刚刚回到家里，在阳光下展开她挑选的美丽布匹。当中，她不过只贪恋了一次小乐川的桂花糊或者烤剥皮鱼，一天就已经耗光。

苦而短促是她所拥有的时间，因此，她总是很焦虑。坐在车上忍不住把双脚不停地印地板，走在路上总是习惯皱起眉头，面对书或纸张，她总爱画上许多铅笔线。她常常觉得自己的日子太少，青春快要过去，而她越急越无所事事，越无所事事越急于求成，一觉醒来恍惚感到已然半生潦倒，一事无成，又自爱到抽筋，敏感得要死。

事事不如意，只因贪心极。

她贪心吗？也许是吧。

二十六岁这一年，林景佚已是一位不可救药的恋物癖患者。她购买整匹的丝，整卷的绸，百米长的鲜红乔其纱，大幅水彩花布，她囤积她来生也未必用完的锦缎，如同囤积一场隆重的陪葬。

其实胭脂路不过是一条窄小的巷子，景佚跟人讲起“胭脂”这两个字，听者都往张爱玲的比喻里想象去了。“高高的一盆糕团，每一只上面点着个胭脂点”，那样的胭脂，粉妆玉琢，毫无差池，不浸烟火，仅仅是个供人意淫的美梦吧。

真实的胭脂路其实油腻肮脏。她带很多人来过胭脂路，大多数人失望透顶，也有小部分人，比如R，肯陪她来也并不催她快走。R是一位绅士，一身修养训练得滴水不漏，他再厌恶一件事，也不会赤裸裸地表达出来。他只是在路边停了车，开始掏烟，仿佛他浑身上下全是口袋。他和气地跟景佚说:“你先去逛,我在这儿吸支烟,好不好?”

只有景佚实心实意地热爱着胭脂路,像一个女儿实心实意地热爱着自己的父兄。她热爱那布衣饭菜的世俗街景和柴米油盐的安乐生活,用她所能做到的最大的通俗与谦和。

胭脂路早上九点开门,晚上五点收市,小店铺主人们的一日三餐都守在这里。武汉人的狡谲最具体的表现便是:店主们绝不肯在自己店里开火,怕油烟薰脏了墙,而一面洁白的粉墙是要花一些钱来粉刷的,那也是一笔不大不小的开销。于是家家店前放一只绿油漆的简易铁皮炉灶,对着大街尽情炒菜做饭,脏水正好泼在马路边的下水沟,还省了一笔脚力。

炉灶准点担负烹炒的责任,三餐过后,那点余火也不要浪费,煨上一只瓷罐,温着早上新煮的排骨藕汤。

听人说,古早时期,胭脂路不过是一条烟花巷。而考据的人喜欢说,因为这里有一座山,太阳照在上面,呈现胭脂色——从前的人物与事件不复存留,街还是那样的方向,在长江的右岸,蛇山脚下,春末,一街的樟树,一街梧桐的飞絮,发出翠绿的、毛茸茸的声响。

景佚连拼一块桌布也没耐烦,可她却常常想象自己是一位精心的店主。她买下那些简直令她爱到心碎的布,一张接一张,不厌其烦。她甚至买下小店门口蛇皮袋子里的零碎布头,三块钱一张,一米见方,图案各异。有很多是工厂淘汰的次品,不是套色出了问题,就是图案走错了墨,因此形成浓酽的错叠感。她有一次买了请一个裁缝做成四方布包,她背着这些浓墨重彩的包,铿锵地走路,像是收藏着整个京剧团。

或者她干脆用丝绸做面巾、枕套、被子、床单,她睡在一室一国的桑蚕丝里,蚕丝保暖过度,又太容易上火,她嘴角起了晶莹水泡,仿佛粗心人镶嵌的蓝田玉。

R对于这样的林景佚,只说一句话:“全是些精致的淘气!”

他毫无意识自己的习惯动作是触碰别人的腮颊,或者下巴。

他不记得有多少腮颊和下巴从他的手指下经过，他抚摸过的腮颊和下巴又都属于谁。

他不知道，他的一生里将一直不断地重复这个习惯动作，直到他老去，或者直到他死。

他习惯了一个“抬”的动作，偶尔使用“提”与“拈”。发生这些动作时他习惯了动用右手的拇指、食指和中指——很自然地，三根手指拈起那枚纤巧的下巴。

在那夏天，那四分之一秒的霎那，他的手指忽然觉得了软与冰冷。软与冰冷是十月细雪初降，是瓷缸里最后一朵荷花苞的绽放，是北极一只鲸鱼脑髓在头骨里滚动，松软颤抖没有框架，那软与冰冷，让他身体一麻。

他试图专注而不能，他不得不咬紧了自己的牙关，腮边起了一条青绿色的峰棱，尽量将整个的脸掩饰成一座山的形态。他妄想忍住余光，太好笑了，明明都已瓦解，却装作壁立千仞无欲则刚，他的表情变得凄厉了，他只好定定神，忍住眼珠上那一层来历不明的高光。

他用一面小巧的圆镜，往那熟知的地方探索，镜子，反射出秘密的内核——下排左三已经龋坏，蛀洞蔓延导致牙龈肿大。他用铁针试探了一下，铁针下面的人就发出尖锐的叫声。

至此他苦苦守住的真气泄露，眼睁睁看着自己的魂魄流失了一地。那个下午，他在他洁白的工作服里已然死去，只余下一张空洞的躯壳，捏着一只消过毒的银白铁针。

在光线之外，年华之外，时间之外，铁针之外。他已死去。

如果不是在那时死去，往后的十年，他怎会味同嚼蜡行尸走肉地生活。他明明会有丰美的一生。

他开始注视那枚嘴唇。甜润的嘴唇，像樱桃一般鲜妍多汁。而脖颈呢，脖颈细瘦得只要轻轻一折便断了。春衫薄，半透明的衣服里隐约透出背心的样式，还没习惯用胸罩，而胸部早已先于胸罩的到来发育成型，平躺时亦隆起很高，乳房的尖端在衣服里顶出明显的凸痕。

她在椅子上皱着眉，闭着眼，左手手指在右手手背上不停地叩，叩，叩，越来越快，急管繁弦。

景佚焦虑的身体发绿。

他便俯下身去，探近她的脸。他闻到她身上的麝香味，那气味令人有说不出的难过与兴奋。

他戴上橡胶手套挤压那块肿痛发热的牙龈，脓血透熟，产生波动感，于是他在白色口罩下面说："需要开刀，一个小手术。"

他听到她说不，不要，她说不要。他已经拿出乙醚。

整个施行麻醉的过程中她一直在呻吟，那呻吟几乎是介于恐惧、痛苦与陶醉之间，是她成年后的第一次呻吟。她不知道这呻吟带给听者的感受是多么复杂和强烈，她只是很本能地发出声音，她十六岁的声音如紫胀的葡萄，一颗接一颗破碎。

现在这声音响在遥远的时空那头，已经风干，剥落在回忆的墙角。现在他与任何女子做爱时都会觉得耳鸣，是自己给自己下过了蛊。

若这世间有一种瓶能够盛装声音这东西，不知道那年的声音到现在是否还活着。埋在土里的话，是否会长成参天大树，爬满了蛇，结着硕大鲜红的苹果；流到水里的活，是否会染得满池狼藉，充满铁锈，姜黄，肉桂，薄荷，血的颜色与气味……

那声音，一再地发出——

以至于他不得不拉下他白袍的下摆，他为他忽然而至的生理反应震惊和胆寒。

箱子是同四十平米的小楼房一起买下的，三大只，从汉口香港路的旧货市场寻觅得到。景佚雇一辆有篷的蓝色小货车，装好，往武昌迤俪行来。

车过长江时，她无意间转过头去，看到车厢平放着的三只沉黑木箱。

箱子长方形，极其陈旧乌亮，简直就是三口大棺材。景佚想，一只给我，一只给他，余下一只，放上所有值得葬送的回忆，真是刚刚好。

小房子已快装修停当，工人正在做最后一遍油漆。房间里到处是金色的灰尘。废弃的包装纸散乱堆积，荒凉感不请自来。景佚等不及油漆风干就要往里搬箱子。装修师傅有一位姓姚，长年做油漆伤肺，姚师付一幅痨病相。两只眼睛突出，黑眼圈红面颊，瘦骨伶仃的。上前拦着景佚："唉唉，小姐啊，箱子不能进，蹭上油漆擦不掉的。"

景佚知道姚师傅的苦口婆心，可是她是一个任性的人。箱子都硬给抬了进去，第三只，果然刮破了新刷的卧室门。门上留下一条刮痕，箱子落下一道白漆。两败俱伤。

工人走后，景佚在她的房子里辗辗转转。这新房是自己的了，可是竟然没有一处可以踏脚，没有一处是干净的。景佚的洁癖发作了。她像一位暴君一样拧开水笼头，残忍地洗拖把，凶狠地擦地板，咬牙切齿地清洁玻璃。她扫出成堆的废纸与木屑，累得形骸散乱，大口喘气喝水。她身上的衣服全被汗液浸透，她一味顽固地要看到一间整洁的新居，从客厅到卧室，从厨房到卫生间，她机器人一般无情鞭笞这间屋，直到它乖顺起来。

下午，景佚光脚跪坐在纤尘不染的地板上，用橡胶水擦一只有白色污点的樟木衣箱，白色擦掉的同时，沉黑乌木也见了木质的内里，就像揭掉一只疤，露出里面鲜红的肌肉。

只有白油漆了，于是她又把那只箱子涂成了白色。

R 总对景佚说："不要再用麝香味道的香水，我受不了。"他抱着头，闭眼。他一颗头都薰成两颗大。

"景佚，求你了。"

R 不知道，景佚从来不用香水，不过是衣箱里放着的两块麝香在作祟。麝香是多年前一位青海人送的，为了感激父亲当年的妙手回春，替他保全了本应全部脱落的牙齿。那人走后，足足有十年，林家的三房两厅都飘荡着麝香刺鼻的气味。人们可以不必看到他们便知道是谁来了。热情地打招呼："林教授，出门呐！"

景佚的父亲微笑点头，被十六岁的景佚挎着胳膊。"去给她看看牙齿。"

很讽刺，父亲是一位何其高明的牙医，他的女儿却有一口千疮百孔的破牙齿。父亲叹息凝看景佚，"景佚，你不可以再吃糖了。"景佚便在他的嗔怒下又剥开一枚金币朱古力，挑衅地大嚼起来。父亲笑了，那宽厚慈爱的眼神永世都不会变严厉的吧，那眼神几乎不像在看女儿，而是在看一位深爱的情人。

父亲自己从来不给景佚看牙齿，他受不了女儿的撒娇尖叫，不疼她也叫，真疼了她还叫，父亲没法得到对病牙的真正判断，所以他把景佚交给他的学生，便心如刀割地走出了医院。

景佚记得那一天，天气阴了很久，忽然出了个大太阳，烤着人的身体，很痒。景佚记得那天下午，她被年轻的男医生麻醉，切开牙龈，在恐惧中她抽空看了看他的脸，白色口罩下，他只露着眼睛，他的眼睛完全被睫毛遮盖了，像黑森林里隐约闪耀的两片湖水。

傍晚景佚洗了澡，换上裙子，夏天便来了。

那年夏天，父亲开始驼背，而景佚变成了一个大女孩了。

"看来以后我得买些口罩。"R帮景佚盛好汤，递到她面前来，每个周末他都带她来这间叫做阿二靓汤的小馆，喝一罐排骨莲藕汤。

只有武汉才有这么肥厚的藕，只有武汉人才懂得怎样把藕用最美味的方式吃掉。深秋，莲花结过了莲子，枝叶萎谢，莲塘静寂如墓，而在泥土之下，黑暗之内，不为人知的所在，沉甸甸的养料正在藕里蕴积。莲农选择适当的日子，把它们从淤泥里挖出来，小卡车笃笃笃载进城市里。整车整车的藕，像整车整车的幸福，运输着，传递着，母亲们挑选肥壮粉质的藕，细腻的手势清洗它们，再用一只陶罐盛装，加入排骨、花椒、姜片、盐。啪，点燃火，盖上盖子，母亲们一直守在罐子旁边，把汤表面的渣沫舀净，尝一下，很鲜，母亲们呼喊一家人："开饭啦！"

林教授家的排骨藕汤味道其实很好，可是景佚的母亲尝不出味道，也许在她还年轻的时候，她便已失去了嗅觉。景佚曾听母亲抱怨过关于那些麝香，后来，这种抱怨就渐渐平息了，取而代之的是容忍和适应，继之是溶和与满足，而那种令人失去食欲的中药味如今已经成了晚饭桌上必备的气息，家庭里始终隐身的又一主角。

母亲的鼻子再也嗅不出有麝香的空气与纯净空气的区别，就像她再也分辨不出一罐自家的排骨藕汤和别家的排骨藕汤有什么区别，就像她再也感知不出婚姻的幸福与不幸到底有什么区别。

"如果爸妈离婚，你跟谁走？"母亲曾经问过景佚这样的话。

"你们为什么要离婚？"景佚寻找着母亲的眼睛，可是找不到。

"你爸爸外面……有人了。"母亲想了想，终于跟女儿四目相对，没有什么好客气的了，她的女儿虽然还是个少女，但她是林家人，林家人，应该知道林家人的劣迹。十几年来，她多少学会对家人的爱里加些狠毒。

十四岁的景佚睁着大眼，又羞又恨，眼睛涨红了，仿佛被背叛的不是面前这个女人，而是她。眼泪像煮沸的水，唰地涌出一股，隔一会，又唰地涌出一股，"干吗告诉我这些！"她哭喊着，跑出门去。

一街的蝉鸣，兜头砸过来。

食物总是使人心安，景佚喝着汤，R坐在她身边。小时候再难过闹困或是心里委屈，只要有一枚朱古力就会好了，看来食物除了果腹以外，也是一种镇静剂。景佚可以慢慢地喝一个晚上的汤，手边放一本随便什么小说。吃什么的时候，她习惯看点什么，看点什么的时候，又喜欢吃点什么。她一句话也不跟R说，只跟书本渥谈着。R也不理她，一边喝汤，一边玩手机，跟人发短信，甲乙丙丁四方联络着，也忙得不可开交。

无论如何，景佚是感激这样的时刻和这样的R的。这样的时刻，让她觉得原来人可以很安静很安静地活着，安静得只有书本翻动的声音和手机按键的声音，只有羹匙舀汤的声音，安静广大无边，覆住所有的噪音，而安静的R，让她看到男不耕，女不织的岁月静好，世间男女除开情爱，还可以这样默默相对。

而在景佚足不出户时，她那间无人知晓的小小的楼宇就是她的安静。她睡在当中如同死去，房间成了墓地，灯光便是墓地里的阳光。灯光终日照耀，水一样淹没了时空。景佚的墓地荒草萋萋，一只虫也不生。

在狭窄闷热的房间

或是

树叶枯萎的荒原

或是

潮湿云彩的傍晚

或是

天鹅浮游的湖畔

或是

极夜来临的冬日

或是

十号风球的夏天

或是

石榴夭折的雨季

或是

船只朽烂的河边

景佚躺在地母的怀抱，整个武汉便是她的墓园。

他阴暗的瓷白皮肤看起来相当邪恶又相当美妙。他跟护士打情骂俏，从不觉得半点羞耻。在手术间他同女病人厮混，在白色的制服下他伸出他的手，拧着她们的下巴，那些下巴，那些腮颊，那些结实的下颌骨，除开体温，其实与尸体并无区别。

他咭咭笑，充满了愉悦。

实习结束，毕业之前，他送给女友的礼物是一只解剖室偷出来的下颌骨，装在精美的盒子里。他剪下另一位女友的长发烧成灰，种植一盆黄色酢浆草，开花时黄色的酢浆草变成白色。他与又一女友看通宵电影，回来的路上追赶一只野猫，大汗淋漓地将那只猫捉住，抛向空中。

年轻时候的他，为所欲为，肆无忌惮，凡事无所不用其极。他从来不知道什么是不开心。

他流连在汉口江滩那漫长的酒吧街，一连喝五家酒吧的事也有，他用武汉话同女人们调情，拒绝讲哪怕一句普通话。在江滩这种地方，他显形为一名顽劣的土著，看着长江的水，吐一口痰，摆出流氓的劣样，给女人们调笑，他自己则得到更多的宠爱。

此水几时休，此恨何时已。

因此我们就容易理解他成年以后所具备的一个男人全部可能的委琐了。

既然能被理解，就有可能被原宥。

童年的伙伴名叫东东，左手掌上有一颗红色的痣。东东是第一个牵着景佚的手而与她没有血缘关系的异性，那一年他们六岁。东东触到她的小指，像玩棉花一样揉来揉去，东东说，你的手好奇怪，这么软。六岁时，她曾信以为真一个男人说将来会娶她就一定会娶她。而七岁时东东已经学会写情书给邻班的文娱委员，她第一次知道了什么是谎言。

商店里有金币朱古力，专门售卖给爱吃零食的小孩。景佚积攒许多的硬币去交换十枚金币朱古力。撕开朱古力金色的外壳，吃掉棕黑的内里，她觉得了甜蜜。十岁时，那商场倒闭变成一间粉红色发廊，里面常有穿着廉价暴露的女人花枝照展地坐着。她第一次知道了什么是变迁。

中学的好友小薏说，将来会考一所神学院，景佚说她将来只愿做一名邮差。小薏送她的玫瑰色信封她一直没用，邮差需要信封吗？或许邮差并不需要信封，邮差可以直接将想说的话说进收信人的信箱里。十三岁，小薏休学了，抑郁症使她变成了一个年幼的老人，隔年来了信，说，想念，说，日子真漫长，我还没死。她第一次知道了什么是疏离。

十五岁，景佚跟R在一起。R说你嘴唇怎么这样干燥？从那天开始她用口红。她坐在教室最后一排，涂着橙色口红，像是一个橙色的怨妇，人人都以为她至爱R，爱到成为一位全校闻名的怨妇。那可能是她这一辈子为R所做的唯一一件类似于牺牲的事。她第一次知道了什么叫欺哄。

十五岁那一年，武汉还没有现在这样热。太阳虽然也很低，金光闪耀的，可是那热度确实没有现在这样没心肠。街上也没有这么多人撑阳伞，景佚就不撑伞，晒得浑身棕黑，双眼闪亮，黑眼珠边缘泛着点蓝，又喜欢梳一条蓬如黑海藻的麻花辫子。

一整个夏天，她跟R在江上蹭免费的轮渡消磨时光，有位置也不坐，就在船头的铁栏杆那儿站着，或者坐在拴缆绳的铁墩子上，吹着腥凉的江风，头发被吹得很长，很长。瞎掰着，搂搂抱抱，吵架，看汉江蓝绿色的水注入长江黄浊色的水里，那一处地点叫做龙王庙。那次R不知怎么被她激得没办法，纵身一跃跳进江里，她笑得前仰后合，一船的人直叫阿弥陀佛。

那时候她就觉得了衰老，以及由衰老带来的对事物的习惯。其实衰老和习惯都不需要太多的时间，有时候，一昼夜便够了。

她的背心一昼夜便干得像纸，她把它们折好，放在专属于她的那一层衣柜，仅在拉开衣柜的瞬间，会嗅到一股轻薄的麝香味，数十年如一日，她被浸染得像株草药。

她往手背和小腿上涂维他命E霜。医院里自制的粉红色瓶盖白色瓶身的维他命E霜，三八节发给母亲十只，劳动节再发二十只。他们家的维他命E霜成了灾，送给亲友都还嫌多，最后用来涂小腿，实在用不了就涂皮鞋，涂皮包。

初夏的傍晚，她无聊地坐在床上只穿一件伶仃的白背心，短裤，她下午的时候刚刚去做了牙齿手术，那年轻的男医生在她的牙龈里填入一条橡皮条，目的是引导脓血流出。填充物使嘴巴不是滋味，她整个小脸带着不是滋味的表情，看上去正是一个青春期少女标准的不耐烦模样——但她确实习惯了。

刚刚涂完一只小腿，又出了一层新汗。吊扇需要开大一些才好——这时候，她看到了他。

睫毛像黑森林的男医生。

景佚感觉到伤口里的橡皮条弹了一下，疼痛使她做了个鬼脸。他仿佛才进门，又像已经站在那里很久了。他笑着一个成年人的笑，眼睛里却有种微小的闪躲，不足为外人道。"景佚，你父亲呢?"他有一张天生就很有礼貌的脸，加上他后天经营的彬彬有礼，他礼貌得就有点过份，看上去成了讨好了。"帮我喊一下呀，景佚。"他讲完这话，向后退了一步。

就在那一步里，他暴露了他自己。在这次相遇前他本和她隔着鸿沟万里不通音讯，可他竟因这后退的一步，明白了自己的畏怯，他感到了窘。

而她的反应是——穿太少了。那是她第一次觉得自己在另一个人面前需要很多的遮挡才行。她瘦小的身体缩成一团毫无形状的绳索，缠绕，她抱了一下自己，忽然感觉到了胸部，胸部在成长了，在那樱桃垂下累累果实的夏天。

她扔下维他命E霜，赤脚跑到里间书房。

父亲正在午睡，而母亲，为了节约电费，她就在书房和父亲共用吊扇，手里剥着虾球，预备晚饭。

她忽然对这世俗生活产生了由衷的厌恶，很想跺脚大哭一场。

虾球这种东西全国都有，但叫法有别。在北京，它们叫麻小，在东北，叫喇咕，在长沙叫口味虾，在深圳叫小龙虾。只有武汉人叫它虾球。

春末夏初，虾球肥美，这种产自当地池塘里的黑色生物，有很硬的壳，一双巨大的螯，而好吃的白肉几乎都聚集在下半身里，精刮的武汉人绝不吃可能聚集肮脏内脏的上半身。买的时候，会当场将它们腰斩，卖龙虾的小贩也顺便帮人杀龙虾。他们什么工具也不用，两手一掰就结了。顾客离去后，满地神经不死的虾的上半身在蠕蠕爬行，刑场上到处是被踩扁的残肢断臂。

而那被买走的下半身，一双双腹肌排列有致，油盐、辣椒、葱蒜、胡椒烹煮之后，自然卷曲成一个通红的圆球，内里的肉质甘美异常，拈起一枚，用牙齿衔住肉，轻轻地一拉——全是你的了。

峰峰虾球馆的烤虾球是被全城公认的美味，因为它不是普通的暴炒，而是用烤的。在街道口一条狭小的胡同里，一侧是省艺校的外围墙，另一侧并列着数十家苍蝇小馆。看起来最低矮的那一间，屋外摆满了塑料桌椅，或者时常连塑料桌椅也不够用，很多人情愿站在那里吃的，便是峰峰虾球馆的前身。

他带景佚去过那儿，就是在他给她治好虫牙之后的夏天。

之前的一个傍晚他来见老师，借书，顺便吃了晚饭。他谈起有一家虾球馆很好，景佚便嚷着要去。

“带我去!”

“景佚，没礼貌，对长辈不可以要求这样那样。那种东西很脏，吃多了会生血吸虫。”父亲说。

景佚皱起鼻子，对父亲瞪眼睛。“妈还不是也做虾球，妈做的虾球像鸡蛋的味道，不好吃!”

一个星期后，他开一辆摩托车带景佚去吃虾球。他们坐在那破旧的小巷里，要了好几盘。虾球表面的滋味已经出神入化，虾肉又是如此莹白如玉。景佚的颈子弯下来，小猫一样咬开坚硬的虾壳，锋利的虎牙嚼碎肉，她那时留着两手稚气的长指甲，又用指甲剥壳，她身体充满了多芒的利器，因此行动就有了作为一名女子初步的残忍与性感。

他为这着迷，可他必须装作无知。

她为这自得，可她必须装作无知。

她不看他也知道他在看她，以一种微笑，一种纵容，她知道她侧面的脸会很美，于是她要让他看到那侧脸，那尖削的下巴，只要让他的眼睛停留在她的脸上，她便觉得自己赢了。

她后来跟他混熟了，曾经叫过他："小叔叔。"

他每被景佚叫一声小叔叔，就觉得心间一凛，这人称无情地提示着他的年纪，还有他们之间的代沟，他所有的胡思乱想应该立即画上休止符才对。他当然知道，她还太小，而他，绝对太老。

不知为何，在景佚面前，他总有种自卑，就像在试剂面前的药水，瞬间显影着那老去的十岁，不被认同的自己，有瑕疵的生活。他的魁梧成了庞大，他的漂亮成了花梢，聪明成了奸诈。他总想抹杀这感觉，变得自如一点，可是屡次失败。因此他只能极力修行使自己成为一位看上去洁白的男子，浪荡子装成良家子，恶人扮作好人，老老实实言行如一，充满抱歉极力向善，人世间最窝囊的自废武功。

一个女人装起傻来，会比一个男人得心应手得多，也更叵测。

就算那女人只有十六岁。

父亲叫景佚去他的弟子那里拿回被借走的解剖图册，他第二天需要用。

那个晚上，景佚第一次去他的宿舍，看到了一只大白老鼠。

那时候，他正替他的某位女朋友伺养着一头实验室跑出来的白鼠。这只雪白的老鼠性情暴躁，脾气凶猛，时常在笼子里像一只红冠子公鸡一样左右磨着嘴巴，或者四肢攀在笼子上，旗帜般倒挂着，浑身上下写满了对民主和自由的向往。

景佚蹲下身去，很开心地逗那老鼠。

“咬我吗?”

“你叫什么名字?”

“喂，你怎么不动?”

他把那只白鼠送给了她，不到一个星期就跑掉了。后来医学院的家属楼开始闹耗子。据说那些新生的小耗子们一律都是花的，来自父系的白色与来自母系的纯黑杂糅，使它们看起来就像一只只狂奔在走廊上的微型奶牛。

景佚转动她的眼珠，望着他找书的身影，他的宿舍里没有空调，天花板上一只吊扇，地上一只风扇，对着吹。他上身破背心，下穿一条全武汉不论老男人还是小男人不论达官显贵还是草芥平民都会有的四方大短裤，在他五味横陈的书架上，找寻解剖图册。

这时候，景佚看到了那个东西。那东西落满了灰尘，看上去有种忧伤的光泽。那东西被一根红绳吊着，拴在书架边缘，因为被震动而微微摇晃，灰尘一点点扬荡。

它已经酥了，本来的白色与柔韧流失后，现出古老的瓷黄。

景佚拿起了它。

“别动!”

“这是什么?”

他们同时说话。

他还是伸手打掉了她手上的东西。

“别动!”

“这是骨头?”

他们又同时说话。

这次，他把它拿回来，他第一次发现，有些东西，他原来是怕的，尤其是在这个十六岁的小女孩面前，他发现他怕的东西竟然不止一件。

他把那块骨头放好在抽屉里，锁上，他双手无端出了汗。

“去洗洗手。”他指指走廊外面的公共水池。

景佚不知所措，在水池旁边转了一圈，她终究没有洗手。她心里明白，那是一块人骨，那个人已经死去，骨头还留在这世间，那人不晓得自己的骨头丢失了，丢失在医学院研究生宿舍楼的一格抽屉里，那人可能还在到处寻找。景佚不觉得脏，只是不明白，骨头血肉，谁不是它们组成，谁又不是它们造就？为什么要洗手呢。

她又有点儿得意。她是多么愿意看到这个男子的焦急，还有，他两只乌黑的眼珠，穿过那些更为乌黑的睫毛，看向她，带一点点责备和更多的担忧时，她是多么想让他停留一下，停留一下，她多么想象浮士德临死那样喊一句：

“你真美啊，请停留一下！”

这时，有人推门进了他的房间。一个女人，烫着卷发，穿着碎花衣裙。虽然没有化妆，面上却有一种嚣张的浓妆效果，或许是那白炽灯的缘故，她仿佛蓝眉毛，绿眼睛，深紫嘴唇苍黄面颊，手里拿着一袋桃子。

她看到景佚，笑了笑，旋而恢复了一种大人对小孩的矜持态度。其实文竹对于十六岁的景佚应该没有戒备之心，她所有的只不过是优越感罢了。她把桃子拿出来，就在他的宿舍里用热水瓶的水洗了，第一只递给景佚，“坐啊，小孩。”她轻蔑又体贴地说，完全没把她放在心上，她自己先坐在他的床上。

景佚拿着一只大桃子，装作想吃，给大人捧场，她觉得自己实在是很假。一个假的小孩。一场伪装的童年。其实她自始至终都在用一个成年女子的妒意打量着文竹。

他跟文竹说些他们俩才懂的笑话，每讲几句就哈哈大笑一次，以为景佚是听不懂的。隔一会儿文竹又来搭理景佚：“你是谁家的小孩啊？”她洗完第二只桃子，撮尖了两只指甲，开始撕桃子的皮。

“林教授的女儿。”他倚着桌子站着，角度刚好吹到南北窗的过堂风。

他看了景佚一眼，他看不到一颗成熟女子的心长在一具十六岁的躯壳里，是多么难过，多么别扭，多么憋屈。

一只粉白多肉的桃子,完全剥光了皮,一双红酥手托着,简直让人不敢吃。

“这只给我吧。”他眼巴巴地央求。

“想得美吧你!”她斜了他一眼,“没你的份儿!”尤三姐似的,牵着他的心思,不撒手,自己先吃了起来。

他赶忙装出很渴望的样子,还夸张地咽口水。她就笑了,“没见谁能馋成你这样的。”桃子终于递给他了。

“你吃啊。”文竹提醒景佚,“赶快吃,过会儿氧化了就不好吃了。”

文竹决定不再剥第三颗桃子了。他就对文竹说:“咱们送景佚回家吧。”有文竹在,他觉得自己略微正常了一些,也自然了一些,他不再有被拷问式的紧张。三个人出了宿舍楼,空气里的雨味越来越重,人人皮肤下都藏着一脉汗液。

景佚走到离家最近的路灯下和他们说了再见。看着他们急匆匆往回走,不超过三十米,他和文竹便搂作一团。

他没有回头。

雨终于落下来,像透明的大火,熊熊烧着,把整个夜空烧得雪白。大雨的夜晚,景佚浑身透湿站在马路边,眼泪也像两股蓝色的火苗,扑簌簌地把脸烧化。

那晚淋湿的人应该不止景佚一个。去跳舞的母亲因为没有带雨具,躲在一颗巨大的法国梧桐树下,她一边诅咒这鬼天气一边诅咒她的亲人,竟然没有一个到仅仅五十米开外的桥上给她送把伞。

而与此同时,景佚的父亲正和他的女研究生在一起,激烈地讨论着一条解剖学上的新概念。女学生微微探近身子,拉住教授的手,那男性的、衰老的、布满了青筋然而却那么斯文清秀,甚至可以说是柔媚的手,女学生缓缓将它贴在自己的脸上。

景佚像一只水母一样进了屋。“你爸爸没接到你?”母亲说这话时已经完全消了气,并且猜测到她丈夫的大致去向。她深深知道她没有本事挽留住这个男人的心,于是她为自己的无能转移方向:“今天晚上我们跳得真好。”可她知道,她舞跳得再好也是没用的。

在浴间惨白的灯光下景佚看到自己。美是多么危险的一件事。十六岁，脖颈还很细，四肢长长的，眼睛里可以什么也不装而只有好奇——他们当然可以忽略她。

她不知道那一瞬间她为什么会忽然往回走——

从离家最近的那盏路灯到他的宿舍，一共五百五十七步。她默默跟踪着那一对背影，看他们进了宿舍，然后一楼的寝室亮了灯，被风吹得时而飘动时而静止的窗帘里，投射出两人的影子，她踮脚从那窗帘隐约的掀动里，看到男子汗水淋漓的肉身。

默默往回走，数着一盏两盏路灯。就这样，在精神世界里，景佚失去了她最初的童贞。

景佚的 R 先生，最大的特点是喜欢眨眼睛。从前他是不喜欢眨眼睛的，可是自从戴了隐型眼镜以后，他总觉得眼睛里有异物，后来他换回他超薄加膜的树脂眼镜，眨眼的习惯却保留了下来。他和景佚在一起，总像猫那样眨眼睛，仿佛对世界太过着迷，以至于不愿意错过任何看清它的机会。

挺有意思的，景佚看着他，看他在秋天里不停地眨眼睛。

父亲喜欢 R，是一个男人对一个男人的垂青，父亲垂青 R 还有一个最重要的原因是，R 是个商人，不是个文人，R 的言行举止让父母觉得阔达，没有身边那些搞学问的年轻人满身的酸文假醋。父亲希望女儿的丈夫最好就是这样一个跟学术完全不搭界的人，如此，相看两不厌，唯有 R 先生。

父亲拍着 R 的肩膀，夸赞他，有出息，是个好男儿。

如果你所爱的人并非面前这一位，你会觉得，他无论做什么，被赞扬，被批判，荣耀与耻辱，一切都是那么自自然然，他好他的，他坏他的，对你来说，全都无关紧要。景佚看着父亲跟 R 谈笑风生的样子，觉得自己的存在很多余，他们两就这么谈着话，喝喝茶，已经刚刚好。

她便把那老藤椅移一移，移到窗旁的暖阳里，打起盹来。

冬季难得的晴天，满楼晒被子的味道，花盆里一株黄金橘子是别人送的，阳光跟橙黄的橘子配合出让人犯困的色调光线。景佚做了个梦。

梦到跟R结婚，婚礼当天，找不到礼服，到处去找，到处找，找得满头的汗，忽然在一间壁橱里找到了，拿出来穿上，刺鼻的麝香味像只大网罩下来。

有些事，不可说，一说就破。

母亲就从来不跟父亲说她知道了什么，知道了多少，怎么知道的。她懒得说，或者，她已经全然放弃，不想再动脑子了。她不再想离开现有的一切，她也知道，如果她把话明白说出来，就等于她必须舍弃这些，这些她熟悉的房间，熟悉的路，熟悉的人，骨肉里复制下来的一个女儿，甚至包括那个为她所憎恨的男人，都将断决，从此当作谁也不认识谁，她才不干。

他们早年因何种原因相识结婚，景佚不知道。但她记得他们也曾有过欢好无虞的日子，母亲去菜场买蔬菜和水果回来，那些水灵灵的大桃子，母亲总是挑最大最好的留给父亲吃。

现在，母亲不再给父亲留水果，她只是像一位车间主任一样布置好每天的晚餐，一家三口坐下，沉默地吃饭，谁也不发出声音。餐桌变得如此尴尬而寂寞，要是景佚说了句："今天晚上学校有事。"那她就成为这晚上话最多的人。隔上十分钟，爸爸成为第二名，他嗯了一下。

可是在别处，他们并不是这样。

他们一样笑谈自若，甚至口若悬河。景佚的父亲在讲台上是一位洒脱的男子，一支烟当成粉笔，不抽，由它燃着，指点着黑板上的江山。眉头扬动的样子，像一股股英俊的硝烟，摧毁在座者的心，以至于有一些女研究生常年像花草一样围绕在他周围，令他觉得很苦恼又觉得很必须。

父亲挑选了最不起眼的一名作为自己的情人，景佚不明白他为什么会这样做，也许他只想证明自己的不好色。后来才发现，父亲还是很有远见的，那位瘦小的女子，性格温良像一只母鹿，到他现在这样一把年纪，这个选择确实比较贴心。

母亲现在最大的人生乐趣，是每天晚间去跳舞。她几乎会跳所有的舞。民族的，秧歌，交际舞，小团体的老师换过一个又一个，同伴来了又走了，和母亲吵过架的，和母亲要好的，泛泛之交滴水之恩的，每一个人都牢牢记住了这位年老而舞艺绝伦的伙伴。

谁也没想到会是这样。

父亲做了一辈子学问，忽然被人质疑，他真的没法不愤懑。

以至于后来就病了，用中药养着，家里一时多出许多玩意儿。

药罐，捣药的木杵，称药的小秆，剪药的剪刀。草药的气味再次强烈起来，盖过青海人送的那两大包麝香。家里也无端多了许多知疼着热的人，多半是父亲的同事，这帮人在他最需要安静的时候不停地前来骚扰，把门铃按得没了电。

有人语重心长地扇阴风："林教授啊，这只能说明你命不好，嘿嘿，你看看学校多少老师都是由学生做实验写报告，怎么偏偏轮到你，就遇到这么个爱较真的……败类呢！"然后是一个很尽心的"唉"。

"他这小子，太精明喽。"

景佚不说话。各路神仙吸饱了幸灾乐祸的草药味后，各自打道回归自己的洞府。景佚立在炉前，拿纱布蒙住药罐口，将药汁倒进碗内。

她始终觉得父亲好丢脸，尤其是——他竟然病了。

她一直记得他年轻时候在实验室里工作的样子。年轻的时候，他眼角眉梢还很生涩呢，那时他的脸还是圆的，皮肤上一条皱纹也没有，头发乌木般黑，常常喜欢大笑。她记得五岁时候，她偷跑到实验室，见到他带着学生解剖一具人体，他手指无情，双眼明澈，一举一动都有着万人不及的优雅，行止如油画中的人物，简直不像在从事医学操作而是在进行艺术表演。他是那么那么的漂亮。

而这一切，被时间击钝后，留给她的却是一位眼神干枯话语腐朽的中风的老父。他坐在竹躺椅里不停地咳嗽，咳嗽的声音几乎成了他的自言自语。没人倾听他，他更不想跟任何人解释，他不是不气短的。他咳着，惊天动地或窃窃私语，带着鼻涕和血痰的混音，偶尔一口痰挣扎出来，吐进痰盂里，不去看也会知道那痰的颜色和重量。

听他咳嗽，也像是对他的打搅，所以大家都装作没听到。

一辈子辛劳苦做，从一个吃粉笔灰的高中教员，到现在为人尊敬的大学教授，他曾经奉献了太多给别人。他也曾被人拿走过成果，也曾把自己的实验报告双手捧着奉献给别人。他一直以为，世界就是这样的，他以为，顺理，便可成章，他以为众人走过千百遍的路是没有错的，只要按那条路走下去，就行了。他以为自己给了，会有人再给他，总不会损失什么，人毕竟都是有感情的。模式会循环下去，那不就是必然，规定和伦常吗？

可是，这次，他栽了。

他收下的这个徒弟竟然不是吃素的。他拒绝将自己的名字隐在他的师尊名姓后面，他要求成为那本书唯一的著者。

“这些实验都是我亲手做的，我有第一手资料，并且做了详尽的纪录，你们要调查，我的证据都可以出示。”他淡淡地，但是坚决地说。

老教授的颜面不保，在学校公开的大会上，这个问题一再被提及。

父亲渐渐沉郁下去，他独自坐在秋风浩荡的院子里，看着远处的孩子捉蟋蟀，光影打在他脸上，以前也许生长过青春痘的地方，已经形成硕大暗淡的寿斑，他确实是一个老人了。

他不是君子，但谁也不能说他有错。

他确实什么也没做错，甚至可以说，他所做的，是完全正确和正义的。但，在正确与正义之外，自有另一种道德与伦理，谁敢否认，这世间不存在一个约定俗成的以错为对的逻辑世界呢？在那个世界里，他是个满身败架，浑身污糟，散发着奇怪恶臭的流浪汉，世人避之唯恐不及，只有啐他一口清洁的唾沫，让他走远点。

他至此远离了林家，像一只伤害了主人的狗，没有颜面再回头。

每次见到景佚，他总是能恰如其分地绕开她，不与她直面相对。

其实，真的没有必要。

她不是不知道他的房间彻夜亮着灯，她不是不知道他独自一人在实验室整月与三箱大白鼠为伍，她不是不知道他吃过的泡面可以堆成小山，没有娱乐，没有休息，没有白天和黑夜。暗无天日的忙碌，积重难返的工作，可能的失败，一蹶不振，前功尽弃，担忧，迷乱，怀疑，否定，再肯定，再否定。神经病一样自说自话。她知道他在吃苦。

也许，换作她，她也会那样做。那实验成果是他呕心沥血夜夜吐纳凝成的明珠，为此他头发脱落，生出黑眼圈，走路常常感觉有光在闪，眼睛长时间对住显微镜和电脑，他患上流泪症。这还仅仅是冰山一角，为此他失去接近他最喜欢的女孩的机会，当然，那也许根本是妄想，但他确实断绝了对她哪怕一丁点儿的妄想，他枯燥生命中唯一的营养，他都不要了。

他怎么舍得把这辛苦换来的结果白白交付给别人？就算只交出一部分，那也如同尖刀逼在他胸前，挑出他跳动的心脏。那是他的骨血，他人生的种子经过无数不眠之夜孕育成形的孩子。黑暗里他还来不及看清它的全貌，还没听到它的啼哭，还没和他相处还没看到他所预料到的它将是怎样的惊世骇俗，黎明一到忽然有人宣布："它属于我，要跟我姓，由我带走。"

他怎么甘心！

离开也许是最好的选择了，也是唯一的选择。这一场风波之后，非常可笑，被人众叛亲离的反而是他。哥本哈根的春天很冷，他跟文竹在房间里煮一锅碧绿的菠菜汤，两人面对白雪皑皑，吸溜着汤汁，他忽然想念景佚，便在一锅嘟嘟作响的汤面前，极力咬紧牙关，克制着自己内心的号啕。

他不知道景佚是否会原谅他，在他的判断里，他对得起世间任何一个人，只对不起那个他迷恋过的少女。

他走后，景佚就在父亲的系里读书了。这是校长对林教授最后的留情，安排他高考落榜的女儿进入学校最好的口腔医学系。很快，父亲病退，在退休前一个月，他奇迹般地同母亲离了婚，并与女研究生结合。

景佚有时会去看望他的父亲，他略微好转，总喜欢拉着景佚的手，絮絮叨叨地说话，激动时还要哭上一场。女研究生递来一张纸巾，景佚感激地站起身，几乎承受不住对面女子这么沉重的体贴。

“你费心了。”

对面的人没有回答，却在景佚走时忽然说：“谈不上费心，是我愿意。”

她眼光柔软，面颊丰厚，温柔的女子都有着相似的面孔。

母亲在景佚回来后，鬼鬼祟祟旁敲侧击了半天，终于憋不住，决定不再转弯抹角，开始打听有关负心人的近况。景佚只好按取悦她的方式编瞎话，母亲听到她说“那狐狸精不会做饭，天天买餐馆的菜给他吃”时，果然笑出一个得意又心酸的笑。下次景佚再出门，她叫她带上她煲好的排骨汤，景佚知道，在那一刻，她的母亲是发自内心地感到爱与仇恨的满足了。

忽然明白了，这一辈子，父亲也许没有爱过母亲，但母亲一定深深爱过父亲。父亲是一个幸运的男人，被两个女人这样死心塌地地爱慕，他如今的境遇，何尝不是一种幸福。

有时候景佚会跟那女研究生一同去逛街，一起去吃四季美的小汤包，选好了衣服彼此打气买下，像姐姐跟妹妹似的，当然，这些，她都瞒着她妈。

女儿出世那天，他简直吓了一跳。

这枚瘦小的婴孩，在护士的掌中扭转着身体，血红，狰狞，几乎带着兽类天生的残暴表情，衬得护士的绿袍更绿了。

婴孩张开嘴巴惨声大叫，对这世界是有仇的，看她那攥紧的小拳头，看她那皱着的小眉毛。看他两只不停踢动的脚,看她的额头,额头上的筋,简直像一束小鞭子,甩出来就会抽得人生疼。

她是没有牙齿的魔鬼,不佩飞镖的杀手,失去毒药的女巫。

她太像景佚了。

他见过一张照片。那一年,他还只是一名实习医生,还没有如今显赫的地位和名气。一个下午,他去他的导师家里拿一本书,在那间医学院的家属楼里,等待的间隙,他翻看了一组影集,在影集的第一页,他看到一张婴儿的照片。照片下面写着:景佚出生三天。

那照片上的小东西,还不能叫做人吧。那只是一堆小肉,一堆红色多皱的肉叠成一个貌似人的形状,他看着那照片,忽然觉得非常诡异,神志恍惚,他不明白为什么这样的肉,会发展成那么美丽端凝的少女。

生命就是一场剧烈的蝶变。

一个红色的女婴可以变成一位让他一辈子无法释怀的女子,而一本书,可以让他失去所有的朋友跟曾经最疼爱他的恩师。

二十六岁春天的某个晚上,景佚去她那间小房子的工地监督装修。傍晚时分,人困马乏,往母亲家里一路行来。

路过校园的湖畔,看到了一个小孩。

那小孩跌跌撞撞,正在学步的年纪,因为平衡感尚未建立,她一旦发动了跑的动作,便像一只小炮仗似的,向景佚直冲过来。

四周没有大人,景佚蹲下身抱住了她。小孩长着一双黑水晶般令人心盲的大眼睛,看到景佚,口齿不清地喊着:妈妈,妈妈。

在极近的距离,她与她面面相觑,彼此观察,相认,孩子发现景佚不是她妈妈,抽抽鼻子,嘴巴扁了,要哭。景佚慌忙说:“哎,你别哭啊。”说完才发觉哄小孩哪能用这样的语气,连忙改口:“好宝宝,不哭不哭。”把小孩在怀抱里晃着,抱得更紧一点。

皮肤贴着皮肤，景佚忽然很贪恋那一刻的接触。

这时候，小孩的妈妈出现了。

“景佚。”这位妈妈轻轻地喊道。

这便是十年后景佚再次遇见文竹的情景。景佚衣衫浸着汗水，满脸的倦容，新房装修带来的疲惫周身可见，她是这样一个普通甚至有些邋遢的女人。文竹笑了：“景佚，你长大了。”

是文竹故意等在景佚回家的路上。

那晚，景佚没有回母亲家吃晚饭，她被邀请去她的老朋友家里共进晚餐。十年后的文竹已经不再用尖削的手指剥桃子，她可以做一桌很好的宴席。

景佚吃了很多。

多年来，她几乎无时无刻不在幻想与他重遇的情景，而此时这种情景，却是万万没有料到。面对一桌的盛宴，她如此饕餮，简直宾至如归，她气极败坏地吃着，她想，反正，我已经老了，我已经变丑，反正坐在你对面的我，已经完全不是我。那不是我！

心底里，景佚怨恨文竹，恨她彬彬有礼地制造了这样一场仓促的重遇。让她连衣服都没时间换，头发都没好好梳，就这样上场了。

“景佚，你母亲还好吗？”他问道。

“母亲还好。”景佚答。

他一直没有问起她的父亲，他仍是一个倔强的人。

“希望你能原谅我父亲，他……”景佚终于抬起头，看着他的眼睛。

“景佚，不要说了，我希望他健康。”他几乎面无表情地说，别过了头去。

“他去世了。”

然后，他们就久久地沉默着，凄凉这东西，立时充塞了整个十二月的房间。

景佚隔着那张橡木餐桌，看着对面的男人，这人缓缓地放下了碗筷，慢慢地将双手合拢在脸上，整个身体，被悲伤牢牢绑住，挣脱也挣脱不出来，何况他根本不想挣脱。

吃过饭，景佚往回走，并且答应下次带 R 来玩。

可是她一直没有带R来玩，她已经没有任何意愿再与他们这样家常理短地交往下去。

景佚原本以为，时间还多着，可以在等待中了结那最卑微不见光的恋慕，和自己曾经拥有的，不再富足的青春。

可是为时晚矣。

这次见面，她知道，她身体里沉睡多年的爱情还是不幸醒过来了，并且以凡人无法预见的速度迅猛长大，嗷嗷待哺，撕咬着她那本不牢固的心墙。她再也装不下它了。

爱如洪水猛兽。防爱之口，甚于防川。

“林景佚，你防得住吗？”景佚问自己。

没有人回答她，冬夜的时钟滴嗒，景佚在她安静的寓所失眠，时间一滴一滴，滴水穿石，景佚看到自己细瘦的胳膊，小腿，嘴唇，和自己刚刚发育的胸部，仿佛一切还是老样子，她还只有十六岁，没有长大，正在长大。

景佚翻身下床，打开灯，拨通R的电话。

“我们结婚吧。”

“好，别闹，我明天还要上班的。”

景佚放下电话，黑暗再次抱紧了她。她想起有一次，她跟R去看一处楼盘，那时R很想买下那幢楼作为他们未来的家。可是，那天下午，他们因为爱与不爱这件事吵了一架，景佚心灰意懒，R无可奈何。两人在街头走散。

中途，景佚忽然折返，然后，她在那座楼盘里，挑选了一间四十平米的小单元。

下了定金，第二天，交了首期。

她忽然发疯般地想有一间自己的房子。此后的一个月，她开始装修这间小房子，并一点点将自己的东西搬离母亲家，同时拿走了那两块麝香。

她不知道为什么要拿走麝香，也许，麝香已经成为回忆的代替品，回忆之味，情感的膏香，整个十六岁那年，所有收存与所有荒废的唯一的证物，如果没有麝香，她不知道该如何平静地生活下去。也许，她已经中了麝香的毒。

房间里堆满金粉金沙的宁静，景佚囤积的数百卷锦缎，均匀染上麝香之气味，并以植物的样貌呈现。以昼为夜，景佚苟活于纲常人世，睡在布与布之间，植物与植物之间，并不见得比别人不快乐。

房子的地址无人知晓，她从不透露给任何人。

包括R，包括她的母亲。

她要的，就是这样一间仅仅留给少女林景佚的墓地。

景佚再去那所医院，与当初那个牙疼的少女之间，已经相隔了十年的光阴。医院的小护士彬彬有礼地问道："请问您是院长约见的那位客人吗?"

景佚点点头，在并不强烈的光照下，戴上了墨镜。

通过一层层玻璃门，路过一间间消毒水味道的诊室，景佚看到流年中的自己，从十六岁，到二十六岁，从一名少女到一位成人，从夏天到冬天，从淋漓的暴雨到寂寥的冬日，她深深地呼吸，抑止自己因过份激动而发生的呼吸不畅。

门被推开。他背对着门，坐在那里。十年，他确实老了。他的背都开始驼，头发也见了风霜。他不再年轻，也不再健硕，他睡着了吗？他开始咳嗽了。有那么一瞬，景佚错愕了。

停了一下，她发现自己的眼泪迸溅了满脸，颠沛流离，而后蜿蜒不去，这使她来时的精心化妆完全变成了适得其反的效果。

"怎么哭了？景佚。"他走过来，伸手想抹她的脸，可是终究没有。

景佚便主动拉过他的手。她仰起脸，仔细察看面前这个男人的容颜。在分开这么久，想象这么久，无数次决心要把他从心里根除，无数次命令自己仇恨他以后，她知道她仍在深深地恋慕着他，恋慕着这位老去的浪子，她少女时代触不到的情人，一个众人认定的叛徒，一个正直的恶人。于是她不再讲话，顺从情爱的安排，她把他拳握的手摊开，再摊开自己的手，在她掌纹凌乱的手心里，是一把崭新的钥匙。

景佚的房间永远有种纸醉金迷的气氛，尽管地板是白的，墙壁是白的，连三口樟木衣箱的一只，也涂刷成雪白的。但是置身其中，你会觉得光影暧昧，纷红骇绿，朱紫难别。也许，全是因为那些麝香的缘故。

又或者，因为那些染了麝香味的锦缎。

景佚一直不睡床，她睡在两尺高平铺的锦缎之上。

每夜她看着锦缎盛放，守着锦缎成灰，她目睹锦缎蒙尘无人剪裁，她任凭锦缎寂寞独自枯萎。

就像她等着爱情生生荒废，她住在这华丽无用的锦灰堆——

这是一个下着大暴雨的白昼，门铃响，他披着一身雨水进门，像是刚从泅溺中挣脱。他没有说话，只是抱住景佚，他们彼此凝视，咬牙切齿，他苦心营造的疏离与冷漠，他的伟岸，他的骄傲，他的正直光明坦荡，全部土崩瓦解，他变得很小很小，不过是一个为爱折腰的男子，他就那样牢牢地，卑微地，将景佚抱住，深深亲吻她锁骨与脖颈之间，那凹陷下去的涡。

景佚闭上眼，寻觅着爱情的来路，是的，她爱他，她恨他，她爱他就如同爱自己的生命，她恨他就如同恨生命里所有命定的安排。他们本应世代为仇的，可如今却紧紧拥抱在一起，用他们所余不多的热量，两架即将腐朽的躯壳，满足对方的渴念——喜欢的话，就拿去吧。

景佚便以最虔诚的姿势，俯身亲吻他的脚背，如同奴隶躬顺主人。

他泪流满面，啜泣得像暴雨中的树枝。

一个大闪电。冰雹降下。

电光。石火。秋凉。有生之年，有这么一次已经足够。

他们绝对是无耻的，但他们绝对是美好的。

他们绝对是不可饶恕的，但他们绝对是可以原宥的。

第二日，景佚的锦缎，正式收起。